十二國記
白銀之墟 玄之月 三

小野不由美 Ono Fuyumi
繪者◆山田章博 Yamada Akihiro
譯者◆王蘊潔

十二國記

白銀之墟 玄之月 卷二

目錄

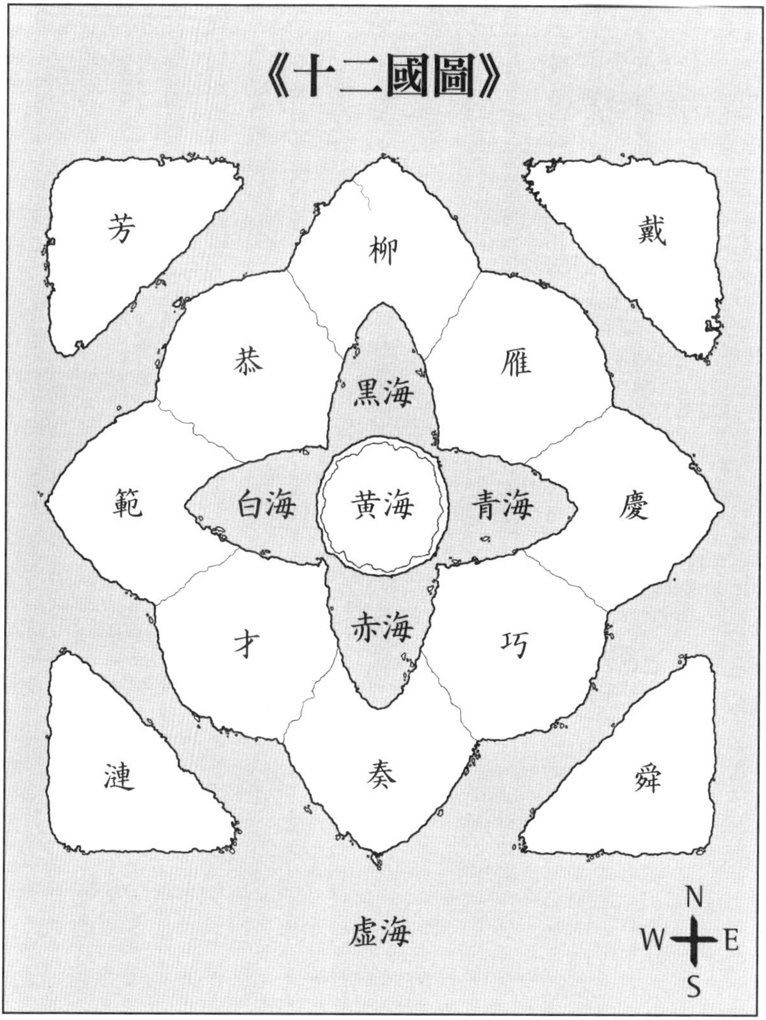
《十二國圖》
芳
柳
戴
恭
雁
黑海
範
白海
黃海
青海
慶
赤海
才
巧
漣
奏
舜
虛海
N
W
E
S

《戴國文州圖》

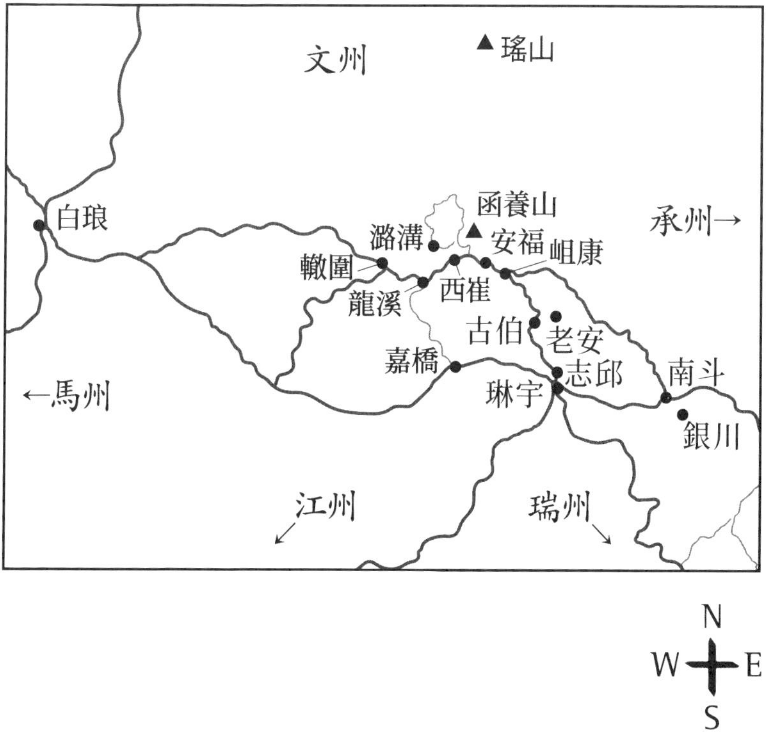

第七章（承前）

1

白圭宮的風一天比一天寒冷，位在雲海附近的王宮上方每天早晨都可見早霜，據說北方高山上已經降下了初雪。

項梁和泰麒仍然受到監禁，整天無所事事。這段期間，完全沒有人來訊問他們，甚至沒有人來探視泰麒。不光是阿選，就連張運等高官也完全沒有動靜。

項梁不禁思考，這到底是怎麼回事？就連原本氣定神閒的泰麒也忍不住滿臉愁容。項梁只知道事態陷入瓶頸，而且白圭宮內的情況和項梁等人之前的想像完全不同。

項梁原本認為，阿選理所當然地坐上了王位。他篡奪了大位，濫用權力，唯我獨尊地執政。六官對阿選察顏觀色，為了自保汲汲營營，不顧國家和百姓利益。一旦有志者想要撥亂反正，就會像在下界一樣，遭到殘酷的報復，所以只能保持沉默，導致戴國陷入目前的境況——

但是，阿選的王朝和項梁的這種想像完全不同。

首先，阿選不見蹤影。從平仲或是浹和口中瞭解到的情況，都幾乎感受不到阿選的存在。雖然他坐上了王位，但很少離開王宮深處——六寢。既不在朝議中現身，也不公開命令任何事。

——該不會？

項梁忍不住想。

「阿選會不會已經遭到暗殺？」

浹和聽了項梁的問題，驚訝地停下了正在為泰麒梳頭的手。

「怎麼可能？」她瞪大了眼睛，「應該不至於有這種事。」

自從浹和來了之後，牢獄生活頓時有了起色。她住在牢獄內的一個房間，清晨起床生火取暖燒開水，開始打掃整理、為泰麒更衣，忙東忙西。今天早上也提出要為泰麒打點門面——雖然泰麒說不需要，但浹和不理會——正在為他剪頭髮。

「——嗯，這樣就差不多了。」浹和對泰麒說：「因為您偶爾要見人，所以還是看起來清爽些比較好。」

然而，必須有人做事，國家才能運作。目前由冢宰張運和六官長負責國家大事，但六官長幾乎都是張運的親信，所以可以說，目前實際上由張運統治戴國，只不過張運也並非心狠手辣、窮凶極惡的官吏。

張運在驕王時代是副春官長——小宗伯。

「我記得他是因為春官長大宗伯的全力支持而成為小宗伯。」

「我也這麼聽說，所以他並非靠對驕王阿諛諂媚獲得官位，而是靠腳踏實地累積功勞而獲得肯定。」

項梁點了點頭，之前聽說張運精通禮儀，無人能和他相提並論。雖然在驕王治世末期，有不少貪官汙吏任意而為，但他並非一丘之貉，項梁記得他當時是眾人眼中周到能幹的官吏，正因為這樣，驍宗才會拔擢他成為春官長。

「現在也不曾聽說他有什麼殘暴的行為或是為人冷酷的事。雖然對我來說，春官長高高在上，我無法瞭解他的人品，但至少不曾聽說他是破壞國家的酷吏。」

「既然這樣，戴國為什麼會變成目前這種情況？」

項梁問道，只不過浹和也答不上來。從浹和與平仲的談話中發現，這個國家並不是因為有人做了什麼而荒廢，而是因為沒有任何人做事，才會變成眼前的狀況——這應該最接近目前的實際情況。正如平仲之前所說，目前王宮內「各自為政」，朝廷本身支離破碎，國不成國。

「問題是這未免太奇怪了，」泰麒插嘴說：「阿選為什麼不露臉？」

「的確。」項梁點頭時，門外傳來平仲的聲音。他應該來送早餐。項梁應了門，平仲像往常一樣，和送早餐的下官一起走了進來。

「讓兩位久等了……」

平仲鞠躬道歉，下官走過他身旁，把早餐送進了廳堂。項梁看著他們，忍不住皺起了眉頭。因為其中有一名官吏完全沒有做事，只是面無表情地站在那裡。從他的官服和掛在腰上的印綬，得知他也是天官，但他完全沒有協助其他官吏準備早餐。不僅如此，他甚至沒有看正在忙碌的同事一眼，只是茫然地注視著半空。並不是只有項梁感到奇怪，平仲和平仲帶來的下官似乎也有點心裡發毛，不時偷瞄那個人。

——這個人是誰？為什麼會在這裡？

項梁捕捉到平仲的視線，用眼神問他，平仲微微搖頭，所以他也不知道嗎？從平仲等人的態度判斷，雖然他們一起進來，但那個人應該是奉其他系統的命令來到這裡。

下官放下早餐後走出廳堂，平仲露出淡淡的笑容對泰麒說：

「雖然這麼晚才送來，請用——」平仲說到一半，剛才像雕像一樣站在那裡的官吏突然動了起來。他走到泰麒面前，用機械式的動作跪拜著說：

「主上召見。」

項梁大吃一驚，但立刻抿緊了嘴脣。主上應該是指阿選——終於等到了。

「我奉命帶台輔前往內殿。」

「是阿選親自下令嗎？」

項梁問，但天官面無表情，也沒有回答，甚至沒看項梁一眼。

「我們想先瞭解是為何事？」

項梁再次問道，但天官仍然沒有回答，只說他半點鐘之後再來接人，請做好準備，然後突然起身，面無表情地走了出去。

「半點鐘。」浹和輕輕叫了一聲，慌忙看著周圍。既然要面見阿選，必須稍微整裝一下，她應該在思考該穿什麼。平仲也驚慌失措，他似乎也不知道天官此行的目的。但是，項梁在意的是另一件事，他問平仲：「剛才的官吏是誰？」

「不知道。」平仲偏著頭回答：「只說是六寢的天官，至於叫什麼名字就……」

項梁並不是要問那個天官的名字，但他也不知道該具體問什麼，只是那個天官整個人都讓人感到不自然。最明顯的就是雙眼混濁，眼神渙散，好像喝醉了酒一樣，無法窺視到內心——並不是無法反映內心，更像是沒有內心可以反映。不僅面無表情，動作也很機械化，聲音沒有起伏，不像是憑自身的意志在說話。

「該怎麼說……簡直就像是傀儡。」

項梁小聲嘀咕。

「嗯嗯，」平仲點著頭說：「六寢所有的天官都這樣。」

「所有的天官？」

「對。」平仲點了點頭，然後看著浹和。浹和也點了點頭，又露出一絲不安的表情。她可能感到害怕。

「是阿選都挑選這種人嗎？而且到底是什麼狀況？」

平仲搖了搖頭。

「我也不知道，不知道從什麼時候開始，到處可以看到這種樣子的官吏，好像失魂落魄般走在路上，讓人看了心裡發毛，不久之後就不見了。」

「那些人一開始就這樣嗎？」

「不是。」平仲壓低了聲音，「聽宮中同僚所言，他們是後來才變成那種樣子的。彷彿患病般萎靡不振，最後就成了這副死氣沉沉的模樣。」

項梁聽到「像生病一樣」這幾個字，不由得一驚。

「不久之前還很正常的人突然變得沉默寡言，委靡不振，精神也很渙散——或者說心不在焉，反應很遲鈍。別人問他們是不是生病了，他們也回答說沒有。結果情況越來越嚴重，不久之後，即使對他們說話也完全沒有反應，只看到他們面無表情，搖搖晃晃地走在宮內，最後連人也不見了。」

「那些人都去了六寢？」

「好像是這樣。那些人消失不見之後，官籍也從之前所在的部署消失了。即使打聽他們去了哪裡，也沒有人知道。之後聽說曾經有人在六寢看到了那些消失的人，似乎是換了部門，變成了六寢的天官。」

「跨部署嗎？」

「對，這是我認識的秋官告訴我的，他告訴我說，他所在部署的人就是變成那樣的狀態後消失了。」平仲又繼續說道：「聽說有時候還會出現更巨大的變化，這種人通常是對阿選將軍的王朝感到不滿。前一天還大肆批判，隔天就變成了那種狀態。但這種人並不是完全都消失，有些還繼續留在原來的部署。」

「聽起來有點可怕……」

「對。」平仲點了點頭，身體微微靠了過來。「……魂魄被抽走了。」

項梁皺起眉頭看著平仲。

「我們都這麼說那些人。」

項梁忍不住發出低吟，他覺得「魂魄被抽走」的形容太貼切，簡直就像行屍走肉，只剩下人形的空殼子。

——阿選周圍都是這些人？

淶和不知道有沒有發現項梁和其他人陷入了沉思，自言自語著「要去找衣服」，衝出了監牢。

那名下官如剛才所預告，在半點鐘後出現了。項梁理所當然地跟在泰麒身後，下官並沒有制止。項梁和泰麒被關了多日之後，跟著面無表情的下官，終於走出了監牢，把一臉不安的平仲與淶和留在廳堂內。鋪設的道路上吹著冷風，但呼吸好像頓時變輕鬆了。原來那種半牢獄的生活比自己所意識到的更令人窒息。

項梁一行人沿著道路來到了路門，經過鑿開白色岩石的巨大門闕，前方是巨大的白色階梯。這段有咒語加持的階梯可以迅速走完到雲海之間的距離。

沿著又白又長——但和實際距離並不相稱——的階梯而上，就來到雲海的上方。海水的味道隨著冷風撲鼻而來，巨大的白色空間內響起輕微的海浪聲。

他們來到敞開的門外，項梁看到眼前的景象，忍不住愕然。正前方的廣場是通往外殿的門闕，左右兩側建了通往東西方向的門閣，廣場四方應該也建了角樓，但這些建築物都無情地遭到破壞，石頭堆起的隔牆出現了龜裂，建築物的灰泥四處剝落，大屋頂的屋簷歪斜，角落也掉落了。

「這到底……」

項梁忍不住問，但走在前面的天官沒有回答。

這裡簡直就像曾經淪為戰場——項梁這麼想著，然後恍然大悟。宮城也曾經發生意外事故，發生了照理說不可能在雲海上發生的蝕——

項梁轉頭看向泰麒，泰麒也驚訝地打量周圍。

隔牆後方的堂宇也隨處可見損傷。雖然有幾處搭起了鷹架，似乎正在修理，但大部分仍然維持殘破的狀態。

項梁目瞪口呆地看著左右兩側，經過了外殿。周圍的建築物雖然沒有受損，但來往的官吏人數很少。即使偶爾遇到，那些人不是低著頭，就是面無表情，露出空洞的眼神，輕飄飄地走在路上。

——這是怎麼回事？

有哪裡不對勁，這種異常的狀況到底是怎麼回事？

也許是和鴻基的落差，讓項梁產生了這樣的感覺。鴻基的街道和他記憶中一模一樣，難以想像這個國家失去了正當的王，目前被偽王霸占了王位。相較之下，燕朝怎麼會有這麼大的變化？項梁知道之前曾經發生鳴蝕，也聽說造成很大的災情。然而，鳴蝕發生至今已經過了六年的歲月，眼前荒廢的景象讓人覺得至今仍然沒有善後。

短短六年的時間，能夠做的事情也許有限，但讓項梁感到異常的並不是王宮沒有從那場災難中重新站起來，而是看不到想要站起來的意志。雖然稍微整理了一下，但瓦片掉落的屋頂依舊，龜裂的牆壁和傾斜的基座也隨處可見。

雖然已經把瓦礫清理乾淨，但就連一些細小的破損也沒有修復，就這樣棄之不理。

——王宮整體就像眼前看到的情況一樣，充滿詭譎的氣氛，而且泰麒只帶著項梁一個人，跟著一名天官走在宮內這件事本身就很奇妙。來往的官吏人數很少，他們可能都不認識泰麒，既沒有人磕頭，甚至沒有人停下腳步。

——簡直就像鬼魂的王宮。

宮內雖然有秩序，卻毫無生氣。冷冷清清，整體籠罩在陰鬱的氣氛中。

正當項梁在想這些事時，突然聽到一個聲音。

「——這是怎麼回事！」

在停滯的風景中，響起一個充滿生命力的聲音，項梁忍不住嚇了一跳。那個聲音充滿憤怒和驚愕，是活生生的人的聲音。項梁在驚愕的同時，更感到安心，回頭看到一名官吏怒不可遏地漲紅了臉，肩膀用力起伏著。他應該就是目前的冢宰張運。

「該不會是台輔？」

無論是說話的張運，還是跟在他身旁的幾個人，「人」的色彩都很濃厚，每個人都露出試探的眼神看著泰麒。項梁猜想張運等人應該不認得泰麒的臉。

「誰同意你去見台輔？」張運對著下官咆哮，「又是憑什麼權限擅自把台輔帶出來？馬上——」

張運的話還沒說話，下官就用沒有起伏的聲音打斷了他。

「主上召見。」

張運聽了，立刻就像吃到什麼苦口的東西般皺起了臉。項梁忍不住內心納悶——阿選的這個王朝似乎並非堅若磐石。

「為什麼——」張運說到一半，抿著嘴說：「那我也一起去。」

「主上並未要求冢宰同行。」官吏沒有感情地說。

張運瞪著他說：「豈可恣意妄為？但既然是主上召見，那也無可奈何，我至少必須同行。」

2

項梁和泰麒跟著下官走進王宮深處，張運等數人一臉不滿地跟在後方。等在內殿的是阿選——八成是這樣。龍椅前垂著珠簾，雖然知道有人坐在龍椅上，但看不清容貌。項梁感到扼腕，因為他很想見識一下，這個叛徒面對泰麒時，臉上露出怎樣的表情。

天官用機械式的動作對著龍椅磕頭，只說了一句：「臣奉命帶來了。」然後就像鬼魂一樣離開了。泰麒站在龍椅所在的階臺前，隔著珠簾和裡面的人影對峙。張運等人跪在旁邊，但泰麒並沒有跟著跪下，所以項梁也沒有跪拜。

泰麒沒有說話，只是注視著階臺。珠簾內的人沒有發出任何指示。通常應該有官吏主持這個場面，但阿選似乎並沒有安排這樣的人。殿內籠罩在冰冷的沉默之中。

項梁對眼前的毫無動靜感到詫異，珠簾內終於傳來聲音。

「……為什麼回來？」

聲音很冷靜，無法從中揣測出任何感情。

「我只是來到有王氣的地方。」

泰麒回答的態度也很冷靜。

「這是怎麼回事？」

「就是我說的意思。宮中有王氣，所以我就來了，就這麼簡單。」

「那是我嗎？你為什麼這麼認為？」

「我只能回答說，因為這就是我的感覺。」

泰麒淡淡地回答。項梁覺得泰麒的態度太冷靜，太缺乏熱忱。這樣能夠騙過阿選嗎？

比起冷靜——項梁在內心感到不知所措。因為他覺得泰麒好像和之前不太一樣，完全感受不到泰麒的感情。泰麒和阿選正面交鋒，既沒有膽怯畏縮，也沒有挑釁的態度，只是淡淡地出現在那裡。

「這種說明，別人怎麼可能聽得懂！」張運怒氣插嘴說道：「希望你向阿選主上說清楚。」

泰麒露出沒有感情的視線瞥了張運一眼，嘆了一口氣。
「因為我也搞不懂——我從蓬萊回到這裡，當時感受不到王氣。可見王氣很稀薄，雖然我猜想在我離開期間，驍宗主上可能駕崩了，但也無法確信。」
泰麒說到這裡，微微偏著頭。
「而且我也不知道如果王駕崩時，我是否會知道——如果知道，又會以怎樣的方式知道，因為我從來沒有經歷過王駕崩的經驗。」
泰麒說他不曾經歷過，也沒有聽別人說過。
「我很清楚王氣是什麼，我可以感受到驍宗主上，絕對不可能搞錯，但是之前一直感受不到王氣。」
泰麒淡淡地訴說著。
「既搞不清楚到底有沒有，更不知道在哪裡，但是有一天，突然明確感受到王氣，我確信就在這裡。當時以為終於知道驍宗主上的下落了，又覺得不太對勁，因為有點不一樣。硬要說的話，就是王氣的色彩不一樣，那是驍宗主上以外的人，而且在鴻基的方向，所以我就冒著危險來到鴻基附近，看到鴻基時確信，王氣就在王宮內，同時發現我接觸過那種氣息。」
泰麒說完，淡淡地看向龍椅的方向。
「——那是你的氣息。」
泰麒說到這裡，又用沒有起伏的聲音說了一句讓項梁嚇出一身冷汗的話。

「我不願意承認這件事。」

珠簾內的人沒有吭氣。

「六年前，你試圖殺我，而且背叛了驍宗主上，犯下大逆不忠之罪。對我來說是雙重的仇恨。」

「台輔。」項梁忍不住小聲叫了一聲，但泰麒甚至沒有看他一眼。

「我當然不可能承認你身上有王氣，但我終究只是天意的化身，不是由我選擇，而是上天的選擇。」泰麒好像事不關己地說完，小聲地說：「你就是王——雖然我感到很不甘心。」

珠簾後方傳來了竊笑聲。

「你很老實。」

「我以前很怕驍宗主上。在蓬山的時候，就覺得有什麼可怕的東西靠近了，見到驍宗主上之後，害怕的感覺絲毫沒有減輕。即使這樣，驍宗主上仍然是王，無論我再怎麼害怕，都無法擺脫他就是王的確信……」

泰麒的聲音只有在這時帶著懷念和憐惜。

「同樣的，我痛恨你，即使這樣，你仍然是王。雖然我無法原諒，但無法不承認這個事實。」

項梁目不轉睛地注視著泰麒的臉。這是——泰麒所說的「計謀」之一嗎？還是說，該不會……

不可能。項梁在內心搖著頭。這就是泰麒的計謀，他所說的是欺騙阿選的謊言。雖然泰麒的語氣和態度都很冷靜，但為什麼聽起來完全就像是他的真心話？張運和其他人似乎也有同感，好幾個人發出了低吟。有人說「原來如此」，也有人小聲地說「太諷刺了」。

張運打斷了他們，大聲地說：「即使是台輔，說這種話也未免太無禮了。」

泰麒瞥了張運一眼，但沒有說話。

張運生氣地低吟一聲說：「恕我失禮，光是台輔三言兩語，讓人難以信服，之前從來沒有聽過這種前例，所以原本打算充分調查之後，再向阿選主上報告。這到底是怎麼回事？琅燦！」

項梁驚訝地看向四周。

——琅燦？

琅燦是以前的冬官長大司空，也可以說是驍宗的親信，所以之前一直認為她遭到阿選逮捕——

「一定又是妳出的餿主意。如果妳在這裡，就趕快出來。」

張運大聲嚷嚷著，一個嬌小的女生從他們身後的柱子後方走了出來。她正是琅燦。

泰麒和項梁一樣，驚訝地轉頭看了過去，琅燦從容以對。她走向龍椅的同時，臉上閃過一絲笑容。

「果然是妳，為什麼恣意妄為？」

張運漲紅了臉，但琅燦冷漠以對。

「因為覺得有必要。」

琅燦在階臺前停下腳步，回頭看著所有人。阿選坐在龍椅上，琅燦站在下方，顯然有龍椅的威勢撐腰。泰麒面對著琅燦，提出異議的張運等人在一旁看著他們兩個人。眼前的狀況簡直太不正常了。

「你責怪我未免太莫名其妙。明明是你恣意妄為。你擅自隱瞞了台輔的存在。」

項梁大吃一驚。果然是因為這個原因，導致一直無人理會泰麒。

張運被戳到了痛處，回答說：「這是考量主上的安全！」

「你自作主張，踰越了分際！」

琅燦不假辭色地說。

珠簾後方傳來竊笑聲，然後有一個聲音問：「琅燦，妳怎麼看？」

琅燦回答說：「首先要釐清事實。為了謹慎起見，我已向二聲氏確認，白雉並未落，也就是說，驍宗主上並未駕崩。既然這樣，戴國的王依然是驍宗主上，把驍宗主上趕下王位的你是竊取王位的罪犯。」

項梁忍不住倒吸了一口氣，阿選並沒有責備琅燦說出如此不遜——卻是如實道出真相的話。

「嗯……是啊。」

琅燦若無其事地點了點頭，又繼續說了下去。

「王未死，天意卻變，改選他人為王。這種情況前所未聞，更何況是從王手上篡奪王位的竊賊？通常不可能有這種事。」

「所以這是泰麒信口開河嗎？」

項梁發現自己的背上冒著冷汗，但琅燦微微偏著頭，抱著雙臂，一隻手摸著下巴說：「……也不能這麼說。因為戴國發生的事本來就前所未有，所以不能用史無前例來斷定不可能有這種事。」

琅燦說到這裡，瞇起眼睛，偏頭想了一下。

「……情況可能恰恰相反。」

「相反？」

「也許該認為正因為是史無前例的狀態，所以任何情況都可能發生。」

「到底是有還是沒有！」張運心浮氣躁地插嘴問，「阿選主上是王嗎？到底要怎麼確認？」

「有什麼好確認的？」琅燦一臉受不了的表情看著張運，「只有麒麟知道誰是王。」

「這太棘手！」

「你對我說棘手有什麼用？」琅燦語帶諷刺地嘀咕後，再度閉嘴沉思起來。不一會兒，她開口說：「……也不是沒有確認的方法……」

「該怎麼做?那就趕快來確認。」

張運急切地問。

「雖然有點粗暴,但有一個簡單的方法——只要主上砍泰麒就好。」

在場的所有人聽了都感到驚愕。項梁立刻跳到泰麒前,用身體掩護泰麒。

「妳想幹麼!」張運大叫道:「如果阿選主上真的是王怎麼辦?怎麼可以讓台輔登遐——」

「我並沒有說要主上殺泰麒,」琅燦輕鬆地回答:「只是要主上砍泰麒看看。泰麒受點小傷並不會死,但是,對台輔的使令來說,台輔受傷是大事。如果是王動手,使令不敢輕舉妄動,但如果不是,就不可能放過對方,絕對會保護泰麒免受攻擊。」

琅燦說到這裡,輕輕笑了笑。

「當然也可能順便取阿選的首級。」

「太荒唐了。」

張運怒斥道,但一個有力的聲音打斷了他。

「有意思。」

珠簾動了起來,一個身穿袞冕的人影出現在捲起的珠簾下方。

——阿選。

項梁看著他的臉,那張臉和最後一次看到時沒有改變。這個叛徒若無其事地穿著並不屬於他的大裘,而且單手提劍,手握著劍柄。

項梁想要抱住泰麒，但泰麒制止了他。

「項梁，少安勿躁。」

泰麒看著阿選，沒有絲毫的慌亂。

「但是，台輔……」

泰麒看著項梁，平靜的眼神似乎在訴說什麼。項梁終於心領神會——現在是大好機會。

這是讓「新王阿選」成真的絕佳機會。即使阿選揮劍，也沒有人能夠保護他——泰麒目前並沒有使令。

阿選拔出了劍，抵在泰麒面前。

「你說我是王？」

「很遺憾。」

項梁還來不及做任何事，阿選已經毫不猶豫地揮起了劍。直直砍下的白刃無情地割開了泰麒的手臂。

在場的所有人都發出尖叫和悲鳴，隨即是一片寂靜。殿內的氣氛完全凍結。

「……好像是真的。」

凶惡的盜賊露出冷笑。縮著肩膀倒下的泰麒沒有發出任何聲音，抱住了自己的手臂，露出痛苦的表情蹲在那裡。鮮血從他按住傷口的指尖流了下來。

「所以，果然是——」

張運和其他人發出驚叫聲。

阿選無動於衷地瞥了他們一眼，低頭看著泰麒說：「准許歸朝——來人，為他包紮。」

阿選說完這句話後轉過身，把劍收回劍鞘，回到龍椅上，冷靜得令人厭惡。項梁抱著蹲在地上的泰麒環視周圍，看到琅燦一臉好奇，張運目瞪口呆，張運的親信大驚失色地站在那裡。

「趕快找醫生。」有人叫了起來。所有人都慌忙動了起來。

「台輔……」

項梁叫了一聲，面無血色的泰麒對他點了點頭，氣若游絲地說：「……謝謝你的忍耐。」

3

泰麒立刻被抬到了位在殿堂角落的夾室。項梁檢查了傷口，雖然傷未見骨，但傷口很深。阿選完全沒有手下留情。當項梁用手邊所有的布按住傷口時，醫生趕到了。醫生驚慌失措地建議找瘍醫來，然後用手邊的材料為泰麒止血。瘍醫趕到後，處理了泰麒的傷口，這才終於找了黃醫。項梁覺得這種手忙腳亂的狀況完全顯示出王宮內的混亂。

——但總算成功了。

項梁既驚訝，又混亂，但看到阿選暫時相信了泰麒，暗自鬆了一口氣。雖然好幾次背脊發冷，泰麒當初提出「新王阿選」的計謀雖然看似魯莽，但總算成功了。在獲得阿選的承認後，泰麒正式回到了白圭宮，可以重拾宰輔和州侯的權力。

——但是……

接下來該怎麼辦？阿選會登基嗎？項梁不知道新王產生之後會有怎樣的程序，只知道新王登基之前，應該有某些步驟，問題是泰麒無法完成這些步驟。因為阿選根本不是王。雖然可以公布新王即位，舉行即位儀式，因為這是國家的事，只要阿選決定舉行，就沒有問題。事實上，過去也曾經有偽王舉行過登基儀式，然而，王必須得到上天的承認才能夠真正即位，但項梁並不知道實際上是怎樣的儀式，只知道會有稀奇的祥瑞和奇蹟出現，然而這次不可能發生，阿選無法得到上天的承認。「新王阿選」的計謀會在某個時間點觸礁。

——泰麒到底有什麼打算？

項梁很想問泰麒，但在眾目睽睽之下無法問。看到泰麒躺在床榻上，面無血色，閉上眼睛的樣子，不敢出聲打擾他。正當項梁在遲疑時，黃醫趕到了。在下官的帶領下火速趕到的年邁醫生跑到泰麒身旁，不由分說地磕了頭。

「看到您平安無事真是太好了。」

老翁忍著淚水說道。他從驕王時代開始就是麒麟的專屬醫生黃醫，泰麒也和他很熟。

「文遠，你沒事嗎？」

泰麒看著他的表情充滿溫柔。

「對，託您的福——您還記得老朽嗎？」

「當然記得。」泰麒說著，環視著跟在黃醫身後的下官。

「原來你們也都在。看到大家都平安，我就放心了。」

文遠聽了泰麒的話之後說：「聽說您發生了危急的狀況。」

「我離開了這麼長時間，真的很對不起。」

「台輔，您不需要道歉——恕我失禮一下。」

黃醫說完，恭敬地拿起泰麒的手。雖然泰麒手臂上的傷口已經處理完畢，但黃醫檢查了傷口的情況。從肩膀到手臂，有一道筆直的傷口。

「太可憐了……竟然做出這麼殘忍的事，會不會痛？」

「現在已經麻木了。」

「雖然傷口很深，所幸避開了會影響手臂功能的部位，但那傢伙至少應該手下留情。」

黃醫氣憤難平地說，可能已經聽說了事情的原委。文遠小心翼翼地重新清理了傷口，命令下官備藥，然後為泰麒把脈，看著他的臉。

「您真的長大了，沒有比能夠再見到您更高興的事了。」

文遠在說話的同時，仔細確認了泰麒的狀況，向下官下達了詳細的指示。

「您原本身體狀況就不太理想嗎？感覺很虛弱。」

「現在已經好多了。」

「但您的狀況太差了，該不會是穢瘁？阿選對您做了什麼？」

「不，」泰麒搖了搖頭，「這和阿選無關。」說完之後，他微微偏著頭說：「對——沒有直接的關係。我因為鳴蝕回到了故鄉，在那裡生了病。」

「聽說阿選那個壞蛋攻擊您？」

「我的角被他砍掉了，所以我無法回來這裡。」

「喔喔。」文遠雙手捂住了嘴，「太可惡了。角是麒麟的生命源泉，他竟然砍了您的角，而且您在故鄉生了病嗎？如果不是因為穢瘁，您的傷也很快就好了。」

「請問，」項梁插嘴問道：「聽說穢瘁是麒麟因為汙穢生的病。」

文遠看著泰麒，似乎在問項梁的身分。泰麒說：

「他叫項梁，以前是英章的手下，我和他巧遇之後，他一直護衛我。」

「這樣啊。」文遠說著，對著項梁深深點頭，似乎表達內心的感謝。「沒錯——穢瘁是因為汙穢生的病。我以前曾經聽說，蓬萊對麒麟來說並不是好地方，聽說這也是墜落蓬萊的麒麟活不久的原因。」

「穢瘁本身應該已經好了，」泰麒說：「所以現在的狀況已經好多了。」

「是這樣啊？希望王宮內的空氣不會對您造成不良影響。」
「這裡的狀況這麼差嗎？我不在的期間，你們有沒有受到殘酷的對待？」
「那傢伙根本忘了我的存在。」
文遠語帶諷刺地說完，慌忙閉了嘴。
「我說得太過分了……聽說現在是新王。」
文遠說完，充滿憐愛地為泰麒拉了拉身上的衣服。
「反正這種事和我沒關係，只要台輔平安無事，對我來說就足夠了。」
說完，他環視周圍問：「您的隨從只有這個武人而已嗎？」
「他照顧我的生活。」
「他一個人？」文遠驚訝地問，然後吐了一口氣，「但看到您有值得信賴的隨從，我也就放心了。因為瑞州州官幾乎全都更迭了，我原本還在擔心，不知道會由誰來照顧台輔。」
「所有人都更迭了？」
「州六宮所屬的主要官吏幾乎都更迭了——啊，您不要露出這樣的表情，他們並沒有遭到處罰，只是主要的官吏都由主上重新任命，他們只是解任之後，派他們擔任閒職。目前由阿選兼任瑞州侯，所以實質上由國官代理瑞州的政務，並不需要另外安排州官。」
「文遠，你知道正賴和潭翠的情況嗎？」

正賴是瑞州令尹，也是州宰。潭翠是之前負責泰麒護衛工作的大僕。這兩個人是和泰麒關係最密切的下官。

年邁的醫生皺起兩道白眉。

「芭墨大人被懷疑謀反而逃離宮城時，潭翠大人也一起同行，之後就沒有任何消息。正賴大人被捕了，我也不知道他目前在哪裡做什麼，我想應該只有阿選的幾個親信知道他的下落。」

「聽說他受盡折磨。」

「我也聽說了，所幸並沒有遭到殺害。聽說阿選麾下的一名軍醫都在一旁，所以不會有生命危險——但這樣也可能更慘。」

項梁忍不住嘆氣。正賴隱藏了國庫內的帑幣——國帑，阿選為了問出國帑的下落，一定對他嚴刑拷打。為了避免在問出想要掌握的情報之前就失手打死，所以經常會派軍醫在一旁待命。雖然可以避免最糟糕的情況，但無疑會延長正賴的痛苦。

「您一定很擔心，我會悄悄打聽有沒有人知道他的下落。」

「不需要太刻意。」

「我知道。我會派醫官陪著您，因為您只有一名隨從，生活應該很不方便，而且您暫時還需要治療。」

文遠說完，轉頭對下官說：「德裕，你可以接下這個任務嗎？」

「當然沒問題。」看起來忠厚老實的醫官回答。

「我會向冢宰報告，台輔暫時需要休養和密切觀察。除了身體方面的不適以外，如果心裡感到不舒服，也請隨時吩咐我。」

「謝謝。」泰麒向他道謝，年邁的文遠用雙手捧著泰麒的手說：

「……是我該向您道謝，看到您回來，真是太好了。」

4

黃醫離開後不久，來了一名武官。項梁認得那個人，他是阿選麾下的惠棟。

惠棟一走進夾室，立刻恭敬地向泰麒磕頭。

「您終於回來了……」

惠棟深有感慨地說，但項梁感到怒不可遏，很想質問他，難道不知道泰麒當初是因為誰的關係才離開白圭宮嗎？

「您的身體還好嗎？」

他試圖靠近躺在床榻上的泰麒，項梁擋在他面前。他看著擋在面前的項梁問：

「你是英章大人的……」說到這裡，他可能察覺到項梁冷漠的視線，羞愧地低下頭，猶豫了一下之後，再度看著泰麒說：「我是惠棟，阿選主上派我來照顧台輔的生活。」

雖然他這麼說，但實質上並不是照顧，而是監視。泰麒也察覺到這件事，對他說：「不需要，有項梁在，文遠也派了人照顧我。」

惠棟聽了泰麒的話，看到了也在一旁的德裕，露出了驚訝的表情。德裕告訴他，泰麒暫時需要醫匠隨侍在側，他點了點頭，似乎瞭解了狀況。

「我知道台輔有一位隨從，所以絕對不是對項梁大人有任何不敬，而且您目前受了傷，應該也需要黃醫的照顧，但是，目前照顧您的人手絕對不足。天官將派寺人和女御過來，但天官只能照顧您的生活起居，更何況只有各一名人手，根本沒辦法輪替，這樣甚至無法充分照顧您的日常生活。」

而且泰麒還有身為宰輔和州侯的職責，照理說，應該有國官和州官的兩大組織協助泰麒。天官的平仲與浹和的職權有限，的確需要有人能夠統籌指揮六官，所以阿選派惠棟擔任這個職務。

「我知道台輔目前暫時需要養傷，我會在這段期間內迅速建立各種體制。」

「瑞州沒有州官嗎？」

泰麒問。惠棟一時語塞。照理說，泰麒是瑞州的州侯，擁有不同於國家的獨立行政府，其中不僅有負責護衛工作的夏官，還有照顧生活起居的天官。只要瑞州的體制還在，不需要藉助國家和阿選的協助，目前的生活也不會有任何問題。

「正賴呢？」

「正賴大人——」

惠棟低著頭，沒有繼續說下去，似乎正在思考要怎麼說。

「因為有重大的瀆職行為而遭到逮捕。」
「所以他並沒有死，對嗎？」泰麒說：「我要和他見面。」
「很抱歉，這件事無法由我決定。」
「我回來這裡，是為了讓阿選將軍成為這個國家正當的王，為了拯救百姓。我需要恢復身為州侯的權限，為了行使這些權限，需要正賴的協助。」
「我非常瞭解。為了迎接阿選主上踐祚，國家和瑞州的體制都需要重新調整，在此之前，請暫時──」
「請你轉告阿選將軍要加緊完成。」
「是。」惠棟不停地磕頭。
「而且我要在這裡停留多久？如果可以，我想回去休息。希望不是回去那個牢獄，而是自己的宮殿。」
「已經火速派人準備了。」惠棟回答後，羞愧地低著頭，匆匆走出了夾室。項梁目送他遠去，對泰麒出奇冷靜的措詞感到痛快，但看到惠棟無力招架的樣子，也不由得心生同情。
雖然惠棟剛才說「火速派人準備」，但項梁以為可能暫時仍然必須住回那個牢房，沒想到不到一個小時，惠棟就回來了。
「住處已經準備妥當，位在仁重殿內，但仁重殿的主要宮殿損傷嚴重，已經無法使用，只能安排您住在目前尚存的小殿堂，不知您意下如何？」

「沒關係。」

惠棟恭敬地點頭之後，率先走出夾室。屋前準備了轎子，但泰麒拒絕坐上轎子。

「不需要，我走路就好。」

「但是……」

「如果你擔心我走路太累，就把我和項梁的騎獸送回來。」

惠棟露出為難的表情回答說：「我會去請示。」

德裕攙扶著泰麒，項梁等一行人跟著惠棟走向王宮西側。

內殿周圍和之前的風景相同，但隨著漸漸往西，損傷的情況越來越明顯。這裡的大部分建築物也都沒有修理，棄置在那裡。繼續往西走，看到了完全崩塌的房子。有些瓦礫已經清理乾淨，露出了光禿禿的空地，但也有些地方倒塌的房屋還沒有清理，仍然留在那裡。剩下的建築物也幾乎都荒廢，應該完全無人照顧。

——簡直就像廢墟。

雲海下方——到治朝為止的風景和之前沒有不同，宮城最深處的燕朝如此荒廢，讓人不願正視。

嗚蝕發生至今已經六年，為什麼王宮的荒廢完全沒有改善？這或許和正賴隱藏了國帑一事不無關係，即使這樣，眼前的景色也很異常。即使資金不足，難道沒有人出面在力所能及的範圍內整頓王宮嗎？

昏暗的廊屋內傳來鴿子的叫聲。難道鴿子也發現了冷清的王宮日益荒廢，所以在這裡築巢嗎？鴿子空洞的叫聲很有象徵性。

沿途仍然沒有遇到什麼人，有幾個人發現了泰麒，每個人露出各種不同的表情當場跪地。有人面露喜色磕頭，也有人心疼地伏地而拜，但也有人完全不感興趣地走了過去。不知道是沒有發現泰麒，還是因為其他原因？

從西側走出內宮，項梁立刻驚愕地停下了腳步，泰麒也驚訝地倒吸了一口氣。

原本是宰輔居宮的仁重殿，以及是瑞州正廳的廣德殿都完全不見了，堆積的瓦礫形成了一座小山，混沌的起伏後方可以看到海灣和幾乎已毀的園林，以前被一片雄偉的建築物擋住，根本看不到這些風景。

「這麼嚴重嗎？」

泰麒停下腳步，用顫抖的聲音問。

「對。」惠棟低聲回答。

「損失到底有多嚴重？」

「不知道實際數字。」惠棟說完之後，又語帶安慰地補充說：「但並沒有從目前看到的情況所想像的那麼多。因為並不是因為蝕導致所有的一切都坍塌，變成目前的狀況。在蝕發生後，許多建築物仍然維持了外形，而且裡面的人都保住了一命，但如果有傾斜或歪斜，棄置在那裡很危險，所以就把房子推倒了。」

聽他這麼說了之後，才發現的確沒看到半毀的房子。雖然零零星星的建築物看起來慘不忍睹，有的瓦片掉落，有的牆壁坍塌，但主體結構都仍然完好。

他們走過瓦礫山向北前進，看到了雖然有損傷，但仍然維持外形的建築物漸漸增加。他們從其中一個完好的門殿走進宮內，走在沒有太多損傷的廊屋內，很快就看到一片幾乎沒有損傷的小規模建築群。

惠棟帶著一行人走進其中一棟建築物。根據方位判斷，應該是仁重殿北側小規模園林的西鄰。走進大門，穿越前庭，進入相當於門殿的樸素門廳。經過冷清的前院，來到了過廳。過廳前面的正院是一個小型庭院。他們經過沿著廂館的走廊，來到了正館。正館掛著「黃袍館」的匾額。黃袍也有黃鶯之意，所以有庭院樣子的正院左右兩側分別是一排梅樹和桃樹的古樹。照理說，宰輔居住的殿堂應該是有三個院子的三進院落，但這裡只有前院和正院兩個院子。

「很抱歉，這裡的空間很狹小，請您暫時在這裡歇息。雖然已經派人做了最低限度的準備工作，但應該還有很多不足之處，之後會陸續補充，望乞海涵。」

正如惠棟所說，雖然已經派人火速打掃，但這裡只有最低限度的家具和擺設，而且一眼就可以看出多年無人居住。

「寺人和女御很快就到了，要不要再增派照顧您生活的下官？」

「目前暫時不需要增派，但我想見瑞州六官。」

「關於這件事，請您再耐心等待一下。目前請暫時專心養傷，我一定會轉達台輔希望盡快恢復州侯身分的意願。」

泰麒又對恭敬鞠躬的惠棟說：「我想見巖趙和琅燦。」

惠棟明顯露出了困惑的表情。

「這──」

「雖然剛才見到了琅燦，但沒有機會交談，我想再和她見面，也想見見巖趙──我要確認他平安無事。」

「我會轉告。」

惠棟的言外之意，就是無法保證一定能夠和他們見面。泰麒默然不語地點了點頭，惠棟又說：「如果需要什麼，請隨時吩咐。我會先去向冢宰報告，之後會在過廳旁的房廳內，盡可能避免打擾您，有任何事都敬請隨時吩咐。」

惠棟說明了屋內的環境後悄然離去。

德裕看到他離開後，問項梁說：「他穿著軍服，到底是誰？」

「他是阿選的麾下，我認識他的時候，他還是幕僚，但不知道他目前的身分。聽說由他負責照顧台輔。」

「是因為事出突然，所以暫時這樣安排嗎？」

德裕在說話的同時，檢查了中央正廳左右兩側的臥室。

「啊，這一間比較好，台輔，您請先休息。」

那是正廳右側的臥室，隔成前後兩間。前室有面向正院的大窗戶，是風景良好的書房，後面是用折疊門隔開的後室。後室面向以整棟建築物的規模來說，面積很大的後院，放了雅致的擺設和床鋪，是一間感覺很舒服的臥室。

「台輔，您應該很疲累了。我猜想您應該想看看王宮的狀況，所以剛才沒有制止您，但暫時不可以再走這麼多路了，今天真的是例外。」

德裕說話的同時，俐落地硬是把泰麒帶到床上，為他換好房間內準備的睡衣，鋪好被子、放好枕頭，讓泰麒睡了下來。

泰麒乖乖躺了下來，微笑著說：「……其實有好幾次都差點癱坐在地上。」

「我知道。」德裕笑了笑說：「目前還有藥效，但藥效很快就會過去。如果您痛醒了，請隨時搖鈴叫我，我就在前室，您完全不需要忍耐。」

「好。」泰麒彬彬有禮地回答後，安心地閉上了眼睛。

5

惠棟傍晚時回來了，但德裕說泰麒睡著了，不讓他進入臥室，他只好回到過廳。雖然恢復泰麒體制一事並沒有太大的進展，但需要耗費一點時間也情有可原。不一會兒，平仲與浹和也到了。雖然寺人和女御通常都住在自己家裡，但他們兩個人暫時住在正院前的前院生活。

那天晚上，黃醫文遠再次來探視泰麒。為泰麒診察之後，向德裕問了身體和飲食的狀況，並慰問他說，明天就會派醫官來和他輪流，請他繼續好好照顧泰麒。

「請放心交給我吧。」德裕說：「你喝杯茶再走，我馬上來倒茶。」

他請文遠坐在正廳的椅子上，俐落地泡了茶之後，自己回到泰麒身旁。

目前成為起居室的正廳很寬敞，天花板也很高，縱深很長，是一個舒服的空間。北側面向後院的庭園，面向南方的牆上有一扇裝了玻璃的大窗戶，還有一道裝了玻璃的門。隔著玻璃可以看到走廊和正院，對面是惠棟所在的過廳。原本門口內側有一道屏風，但目前已經移到不會遮住視野的位置，所以只要有人靠近，馬上就知道了。

「謝謝你特地過來。」

項梁向他道謝。

「不客氣，我們的工作就是服侍台輔。」

項梁微微笑了笑。同樣是醫匠，醫師、疾醫和瘍醫在管理王和達官貴人的身體以外，還必須掌管醫療行政，但黃醫單純只是麒麟的侍醫。

「所以對阿選很嚴格。」

文遠聽了項梁的話，皺起眉頭說：「談不上嚴格不嚴格，因為他攻擊台輔，所以他就像是我們的仇敵。」

「你之前就知道阿選攻擊台輔這件事嗎？」

「因為除此以外，沒有其他的可能。既然發生了鳴蝕，就代表台輔的貴體承受了比發生鳴蝕更重大的危害，再加上事態後續的發展，絕對就是阿選幹的。不光是我們這麼認為，從好幾年前開始，這就是宮城內的常識。阿選煽動文州的土匪引發叛亂，然後抓了主上，攻擊了台輔。」
項梁探出身體問：「抓了主上？驍宗主上被他們抓了嗎？」
文遠偏著頭回答說：「我是這麼聽說的，雖然對外宣布主上已經駕崩，但白雉似乎未落。既然這樣，就代表主上還活著，所以當然就是被阿選抓了。」
「在宮城內嗎？」
「我並沒有聽說主上好像在宮城內的傳聞。如果主上真的在他手上，應該不是在鴻基，而是在哪裡的離宮，或是阿選掌握的州城。」文遠回答後，低聲問項梁：「阿選真的是新王嗎？」
項梁沉默片刻後，只回答說：「……台輔這麼說。」
因為他覺得無法憑一己之念，向文遠透露更多情況。
「真的可能發生這種事嗎？」
項梁想到琅燦說「任何情況都可能發生」，於是問文遠：「琅燦大人投靠了阿選嗎？」
文遠皺著眉頭說：「……好像是這樣，但我也不太瞭解詳細的情況。她辭去了大司空一職，如今成為太師，但其實目前仍然指揮冬官。既然她有這麼大的自由，只能認為她和阿選聯手，只不過她和阿選的關係並不好，所以也許不該說她投靠阿選，而是和阿選交換條件，換取自由身。」
「張運呢？」

文遠露出輕蔑的笑容。

「他也不能說是向阿選投降，只是為了自身的利益巴結討好阿選。阿選掌握了宮城的指揮權之後，他立刻為阿選奔走。當有人質疑阿選篡奪王位時，他搶著四處否認，而且還以反叛假王之名，排除他看不順眼的官吏。他也因此受到了阿選的重用，但恐怕對阿選沒有任何忠誠。」

「現在由他擔任冢宰——」

「主上的麾下有許多能幹的文官，正賴大人可說是第一名。這些文官都擔任重要職位，所以主上在一夜之間就完成了建朝工作。如今這些官吏都遭到肅清，只剩下少數高官。張運就是其中一人，他對驍宗主上根本沒有忠誠心，所以就成為阿選為數不多的盟友。張運迅速受到重用提拔，轉眼之間就成為冢宰，利用阿選對政務不感興趣，隨心所欲地掌控朝廷。」

「這就是我想問的問題，」項梁再度探出身體，「阿選對政務不感興趣嗎？」看起來就是這樣——項梁雖然不瞭解白圭宮的內情，但一直認為阿選棄國家不顧。

他剛篡奪王位時，曾經用敕令推動政務，可見他曾經想要治理國家，但隨著眾人懷疑他篡奪王位，豎起叛旗者越來越多，他開始殘酷討伐後，就不再干預國事，棄百姓於不顧。

雖然國家未垮，但只是以前的機構自動運作，完全感受不到阿選基於某種想法推動任何事。隨著逐漸瞭解白圭宮的內情，項梁認為這絕對不是自己的憑空想像。

「我原本懷疑阿選什麼都沒做，但他真的什麼都沒做嗎？果真如此的話，那又是為什麼？他不是想要王位，才會採取行動嗎？」

文遠偏著頭說：「這——我也搞不懂這件事。說得好聽點，就是把一切都交給張運，但張運一味想要擴大自己的權勢。利用阿選完全沒有任何作為，他也不做任何事，也可能阿選要求他什麼都別做，為了迎合阿選，所以他也什麼都不做。」

這也未免太奇怪了。項梁忍不住陷入思考。阿選不是想要這個國家嗎？既然這樣，為什麼又丟著不管？

「聽說阿選周圍都是一些奇怪的人。」

文遠皺著眉頭問：

「你是說那些傀儡嗎？好像是這樣。」

「那到底是怎麼回事？」

「我也搞不清楚，只能說他們簡直就像生了病。雖然也有人說是中了邪。因為很多人都是曾經反抗阿選的人，所以有人懷疑是阿選用了什麼咒術。」

「咒術……」

冬官的技術中也包含了咒術。難道是琅燦提供了協助？

「阿選周圍都是這種人嗎？」

「還有在阿選稱假王時分配到他身邊的天官。不，照理說應該還有那些人，只是聽說很少看到。除此以外，還有奄奚，但我們無法瞭解內情。」

文遠說，阿選深居的六寢並非正常的狀態。沒有人能夠靠近六寢，阿選也不出六寢半步。

「張運──他也一樣嗎？」

「好像是這樣。所以這也許代表阿選並不打算和張運一起經營這個國家，而是隨便他怎麼做。」

「也就是棄之不顧嗎？」

「應該吧。」文遠點了點頭，「但如果阿選是新王，這種情況應該會改變吧？姑且不論對戴國是好事還是壞事。」

「文遠大人，你認為有可能是壞事嗎？」

「這我就不知道了，也無從得知天意。但是，阿選明顯是篡位，實在難以接受天意選中犯下如此大罪的人。我覺得有問題，而且我覺得這個王朝、這裡王宮的樣子在根本上出了什麼問題。項梁大人，你不這麼認為嗎？」

項梁無法回答。

項梁陷入了混亂。

琅燦倒戈投向阿選帶給他很大的衝擊，但琅燦敬稱驍宗「驍宗主上」，對阿選說話毫不客氣這件事也讓他感到奇怪，而且阿選對此也未加以責難。阿選和琅燦的關係令人難以理解，他們兩個人和張運等人的關係也令人感到匪夷所思。

張運和琅燦似乎關係不睦，但阿選、琅燦兩個人並沒有和張運對立。阿選目前是王，張運之流當然不可能和他對立，然而，張運對阿選並沒有崇敬之意，阿選似乎也沒有器重張運。

王宮冷清，官吏像鬼魂，阿選等人之間的關係又令人看不透，所有的一切都異常得超乎想像，完全不知道該如何因應。

——的確在根本上出了什麼問題。

雖然阿選對泰麒說「准許歸朝」，但也許事情沒這麼簡單。

第八章

1

文州吹起了條風。風從戴國的東北方，虛海的彼岸吹來。冰凍般的冷風吸收了虛海海上的溼氣，在戴國北方連綿的山脈降下大量的雪。風失去溼氣後變得很乾，讓聳立在琳宇北方的瑤山一帶變得更冷之後，繼續吹向南側的丘陵地。

李齋在琳宇暫時落腳處的院子內仰望天空，低矮房子的屋頂後方，是位在北方的一片高山。山頂有一條白色稜線，高山已經開始下雪。此刻，陽光灑滿院子，今天剛好沒有風，所以在屋外也不會冷。溫暖的陽光照在身上很舒服，但能夠像這樣坐在屋外的日子也不多了，天寒地凍的冬天即將來臨。

李齋等人在喜溢的協助下，盡可能蒐集了函養山和占據函養山的土匪相關消息，只是至今仍然無法掌握明確的線索。許多都是傳聞，很難辨別真假。

「果然還是必須實際看了才知道……」

李齋喃喃說道，去思和酆都也跟著點頭。

隔天，他們離開了琳宇，走向往北的街道。

琳宇位在瑤山山系的南側，從琳宇往西北方向有一大片山谷，通往函養山方向的街道。以前沿路都有在函養山工作的人所住的零星里廬，但現在幾乎無人居住。這意味著許多人都失去了生命，少數倖存者也流離失所，變成了流浪的災民——

沿著街道最先來到名叫志邱的里。從琳宇出發，走路也只要一刻鐘的時間就到了。之前有一個住在志邱的女人說，曾經看到驍宗和阿選麾下的官兵好像在密談，她說是在志邱旁那座廟附近的樹林看到他們，但如今那座廟已經不見了，不知道是否被燒毀了，眼前只有一片焦黑的岩石山。

「……太悽慘了。」

李齋喃喃說著，撫摸著燒焦的松樹樹皮。扎根在岩石之間的高大松樹有一半已經燒得焦黑，完全沒有樹葉，另一半留下了正常的樹枝，只是看起來奄奄一息。李齋覺得這棵樹的外形很有象徵意義。

喜溢也哀傷地抬頭看著松樹。

「志邱遭到討伐時，許多百姓都逃來這座廟，結果他們把整座廟連同百姓一起燒光了。」

「這樣啊……」

「但這棵樹仍然活了下來，」酆都說：「所以生命看似脆弱，但也很堅強。」

希望百姓也可以這麼頑強——去思也撫摸著松樹粗糙的樹幹。

聽喜溢說，往函養山的路已經封閉，但經過志邱之後的街道上並非完全沒有人。冷清的街道上偶爾會看到往函養山方向的旅人。

「所以並不是無法通行……」去思說。

喜溢告訴他：「再走四天的距離，就是名叫岨康的市街，到岨康的前一個市街為止都可以正常通行，岨康以北都被土匪占領，所以不相干的外人無法進入。」

以前這條街道可以到函養山後，繼續翻山越嶺前往轍圍，但現在無法通往任何地方，所以很少有人走這條路。

「雖然有從岨康往東的街道，但因為岨康被土匪占領，所以也無法從那條街道通行。除非是有事前往前面的市街，否則都不會走這條路。」

喜溢他們在說話時，看到一對年邁的夫妻走在街道上，也沒有去志邱歇腳。他們靠在一起，保護著彼此，慢慢走上緩和的坡道。

「他們要回去里嗎？既然還有人住，代表並不是很危險，只是應該會覺得很寂寞吧。」

「人真的少了許多——但他們是白幟。」

「白幟？」

「對，是本山位在琳宇的天三道巡禮。」

天三道是戴國北部盛行的一個道教宗派，所屬的道士會前往瑞州、馬州和文州的道觀和本山的石林觀巡禮，做為一種修行。

「原本只有出家的道士會巡禮，但這幾年，即使沒有出家的信徒也會模仿道士開始巡禮。他們的拐杖上不是綁了白布嗎？」

走上坡道的那對老夫妻都拿著拐杖，拐杖上綁了一條白色帶狀的布。

「那就是記號，原本是天三道的信徒把寫了石林觀許可的白幡繫在拐杖上，想要巡禮的信徒必須向石林觀申請，獲得許可之後，就可以在巡禮途中的廟宇受到最低限度的保護。既可以住宿，住宿期間也可以用餐，白幡是石林觀准許巡禮的證明。」

「是喔……」

「這一帶的百姓之間也漸漸流行巡禮，他們應該也是天三道的信徒，只不過他們混入了民間信仰，所以宗旨有點不太一樣，於是為了和天三道的巡禮加以區別，稱之為白幟。」

白幟不需要向石林觀申請巡禮的許可，所以並沒有石林觀許可的幡，但在旅途上會綁一條白布加以模仿。石林觀接受他們是在家信徒的一個流派，廟宇也向他們提供保護。

「天三道的道士巡禮時，從石林觀出發，經由瑞州、馬州後繞到文州，最後再回到石林觀，是一段漫長的旅程。沿途走訪各地的廟和石碑，巡禮各個道觀，有一條連結這些地方的修行道。因為那是以修行為目的的路，所以故意挑選了山中險峻的地方。在完成巡禮之後，就成為地位很高的道士，受到眾人的尊敬——這就是天三道巡禮。」

雖然後來有熱心的信徒希望也能像道士一樣巡禮，但普通信徒並不是修行者，所以很難完成。因為路途很艱辛，不是修行的人很難走完全程，於是石林觀准許熱切希望巡禮的信徒不走修行道，盡可能使用街道，也減少了走訪巡禮的地點，避開太危險的地方。

「所以是簡便化了。」

喜溢聽了去思的話，點了點頭。

「但有一部分路段仍然是道士走的修行道，所以還是不輕鬆。因為這個原因，石林觀不會輕易准許信徒，只准許有相應資格者巡禮，而且必須集體結伴而行。」

天三道是以修行為宗旨的宗派，信徒也會進行修行，所以只有累積了某種程度修行的人才能申請到許可。

「但是，白幟就不一樣了，白幟的巡禮是從道士和一般信徒巡禮路線中截取函養山周邊的那一段，在參拜石林觀之後，再去參拜位在函養山東峰的廟宇，然後前往石碑，再繞函養山一周，回到石林觀。即使這樣，也要花將近一個月的時間。」

喜溢說完，看著那對漸漸遠去的老夫婦背影。

「天三道道士的巡禮和信徒的巡禮並不常見，但白幟的巡禮很常見，尤其是這幾年，好像比之前更多了。因為和土匪的利害沒有關係，所以土匪會默許白幟通過他們的勢力範圍，但對方終究是土匪，聽說有很多犧牲者——」

明知有危險，仍然堅持巡禮嗎？即使土匪默許，目前山上應該很冷。雖然可以在沿途投靠廟宇，但旅途上還是會有很多危險——正當去思在想這件事時，李齋突然問：「巡禮從什麼時候開始流行？」

「在家信徒的巡禮的話，從我小時候就已經有了。」

「他們會不會曾經看到過、聽到過什麼事？」

「啊！」喜溢叫了一聲，然後微微偏著頭思考著。

「正式的巡禮很少見，白幟的巡禮很流行，我記得是在文州之亂以後——遭到討伐之後的事。但因為巡禮的地點就在函養山周圍，所以很有可能曾經看到或聽到。」

李齋點了點頭，拔腿去追那對老夫婦。

「——打擾一下。」

李齋一開口，那對夫婦立刻發出驚叫轉過身，老婦人轉身時不慎跌倒了。

「很抱歉，妳沒事吧？」

無論是老婦人，還是跪著想要扶老婦人站起來的老人都露出害怕的眼神，抬頭看著李齋。

「好像嚇到兩位了。」喜溢很快跑了過來，跪在地上向他們伸出手，「有沒有受傷？」

老夫婦驚訝地看著喜溢，也許是看到他身上的道服鬆了一口氣，點了點頭說：

「我們還以為是土匪……」

「真的很抱歉，我們只是有事想請教。」

喜溢扶起老婦人，為他們拍了拍身上的灰塵。

「請問你們是本地人嗎？這一帶也有土匪嗎？」

老夫婦終於站起來後回答：「聽說這一帶還很安全，但也聽說土匪最近越來越野蠻，也開始在南方出沒……」

「即使知道這件事，你們仍然要去巡禮嗎？」
李齋問，老夫婦一臉困惑地看著她。
「你們這麼大年紀，不會有危險嗎？」
老夫婦低下了頭。喜溢為他們解圍說：「想必兩位要祈求重要的事。可以稍微占用兩位的時間嗎？」
「呃……好，有什麼事嗎？」
「請問兩位是第一次巡禮嗎？」
「對。」老夫婦點著頭。在一旁看著他們的去思忍不住在心裡嘆息。既然這樣，這對老夫婦應該不可能知道有關驍宗去向的消息。
「你們有沒有聽其他巡禮的人說過，之前曾經見過一位受了傷的武將？」
「沒有。」老人回答之後，瞇起眼看著喜溢的臉問：「你們在調查什麼嗎？」
「不，我們只是在尋找一位朋友的下落。即使不是最近的事也沒關係，只要是土匪之亂以後的消息都可以。」
「我們什麼都不知道。」
老人用拒人千里的語氣回答後，對老婦人說：「走吧，我們快走。」
「也沒有聽到任何傳聞嗎？」
「完全沒有聽到任何事——失陪了。」
那對老夫婦急著想離開。

「快下雪了，路上沒問題嗎？」
「會有廟宇。」
「我也曾經多次去函養山的天帝廟參拜，沿途很辛苦。我相信兩位是為了祈求而上路，所以不會制止你們，但請你們格外小心，千萬別勉強。」
老夫婦露出複雜的表情回頭看著喜溢，微微欠身說：「謝謝你的關心。」但臉上的表情似乎在說，不想和他們有任何牽扯。
「喜溢，你不阻止他們嗎？」
李齋目送著逃也似離去的兩個人問道。
「因為他們已經下定決心要去。」
「但這也太危險了。」
不知道那位老婦人是否聽到了他們的說話聲，害怕地轉頭看著他們。
「不光是土匪的問題，還有天氣和路途的問題。」
「他們知道很危險。」喜溢露出溫和的笑容，「這代表他們有這樣的決心，信仰就是這麼一回事。」
李齋沒有說話，但仍然難以接受。去思覺得能夠理解。明知道有危險——但仍然想去，無法不去。去思目送著漸漸遠去的老夫婦，覺得對他們來說，祈求就是如此殷切，所以甘願冒著危險踏上旅途。
「希望他們可以平安回來……」

去思目送著那對老夫婦，喃喃說著。

這時，李齋似乎想到了什麼，回頭看著喜溢問：

「喜溢，我們是否可以喬裝成白幟？」

啊！去思恍然大悟。雖然無法帶騎獸上路，也不能騎馬，連盔甲和刀劍也不能帶，但只要衣著像巡禮者，再有一條白布就解決了。

去思在內心點頭，應該可以在懷裡藏短劍，代替拐杖的棍棒也不會有問題。這種時候，如果有項梁在就安心多了——不知道項梁目前在幹什麼？他忍不住掛念起來，但馬上搖了搖頭。現在想這個問題也無濟於事。

「那就火速準備。」

去思等人馬上返回琳宇，在總算準備妥當的那天晚上，喜溢說，希望他們帶一個人同行。

「這個人住在琳宇，是很值得信任的人。有俠義精神，武藝也很高，浮丘院的那些人也經常找他幫忙。他對函養山一帶很熟悉，有他同行，應該對你們有幫助。」喜溢又接著說：「考慮到萬一和土匪交手時的情況，我會造成你們的負擔，所以最好還是不考慮和你們同行，因為我不能扯李齋將軍的後腿。」

去思很感謝喜溢提出這個要求。四處旅行的酆都至少能夠保護自己，自己應該也沒有問題，但喜溢就另當別論了。萬一發生意外時，自己沒有把握是否能夠保護喜溢。李齋可能也有同樣的想法，所以欣然接受了喜溢的提議。隔天早晨，他們三個人站在那裡等琳宇開門時，喜溢帶了一個熟人過來。

「——建中？」

喜溢聽到李齋的叫聲，驚訝地看著他們的臉。建中也很驚訝，但臉上並沒有太多表情，只是困惑地點了點頭。

「原來你們認識？」酆都笑著說：「在尋找目前的落腳處時，神農向我介紹了建中。看來無論神農和浮丘院，都覺得建中是值得信任的人。」

「原來是這樣。」喜溢露出了笑容。

原來這就是有緣分嗎？去思暗自想道。

「建中，你和函養山也有關係嗎？」酆都問。

「不。」建中簡短地回答。

喜溢代替他回答說：「建中是為近郊的礦山安排坑夫的差配——」

「我也聽神農說了。」

喜溢點了點頭又說：「因為這個緣故，所以他對這一帶的礦山都很熟悉，對函養山一帶也很熟。因為函養山周圍的里廬原本是函養山的坑夫町，但建中本身應該不曾派坑夫去函養山。」

建中點了點頭說：「那不是坑夫的山。」

函養山不是玉礦，而是玉泉的山。玉泉就是產玉的湧泉，函養山湧出的水可以培育玉。自然湧出的泉水會讓地面長出玉，坑夫可以採掘這些玉，但因為函養山是戴國最古老的玉泉，經過長年的採掘，龐大的埋藏量也終於見了底。在驕王時代，函養山就只剩下幾處玉泉，每個玉泉都由坑氏守護，在泉中培育玉。坑氏向國家和州取得了獨占玉泉的許可，在那裡培育玉，為了避免被人搶走泉水和玉，會在坑道設置多處關卡，不讓外人知道玉泉的地點，同時派人在關卡守衛。通常都由土匪擔任守衛。

「坑氏培育玉時並不需要坑夫。」

尋找新的玉泉當然需要坑夫，但函養山在多年前就已經沒有新的玉泉了，所以建中也不會派坑夫前往函養山，但是，函養山周圍——瑤山的南部一帶有好幾個小型玉泉，而且琳宇周邊還有許多產出金、銀等稀有金屬的礦泉，也有不少礦山，建中之前曾經安排坑夫去那些地方工作。

「文州發生動亂當時，函養山周圍有幾個玉泉還在產玉？」李齋問。

「應該不到十個。」建中回答。

在驕王失道導致國家衰敗時，函養山和周邊的玉泉，以及琳宇周邊的礦泉都開始乾涸。雖然也有的山上找到了新的玉泉，順利步上了軌道，但大部分的山都無法這麼幸運。坑夫開始慢性失業。但是，以前的玉泉和泉水經過的水脈因為捲入沙礫形成了玉層，這些玉層並不具有玉的價值，但這些漂亮的石頭也有一定的需求，於是有人開始挖掘，但之後一個一個被土匪占領了。

「因為文州根本放任土匪肆虐，文州侯也根本無意治理政務……」

喜溢沮喪地說。土匪一度被王師打敗，但在阿選篡奪王位，王師解散後，逃走的土匪再度集結，也有一些窮困的百姓加入，所以又找回了以往的勢力。文州聽任土匪肆虐，完全沒有驅逐土匪，拯救百姓的跡象。

「占領函養山的是一個名叫朽棧的土匪，那些有實力的主要土匪都被王師擊敗，那些不值得討伐的手下和嘍囉形成了新興勢力，朽棧就是其中之一。」

他們既不像以前的土匪那樣有組織，而且也並不強悍，只是一群烏合之眾，但和這種人打交道，也往往難以藉由談判解決問題。

「雖然不至於太危險，但還是要小心行事。」

喜溢對他們說。隔天，琳宇的門一開，去思等一行人就離開，再度往北前進。帶武器上路只會刺激土匪，所以他們只帶了代替拐杖使用的棍棒，並在上面綁了白布。走了一刻鐘左右，就經過了志邱。

2

四個人花了三天時間，終於來到一個中等規模的市街。這裡是可以安全往來的最後一個市街，繼續往北，就進入了土匪的勢力範圍，在旅行時必須格外小心。

隔天清晨，他們在建中的帶領下來到的街道，周圍雖然仍有里廬，但幾乎感受不到人的動靜，不知道是否棄置已久，所有的房子都和廢墟沒什麼兩樣。

「雖然已經荒廢，但仍然有屋頂，也有牆壁……」

去思嘀咕著。

如果土匪沒有占據這裡，如果沒有土匪的威脅，這裡還有這麼多房子和土地，投靠浮丘院等各地寺院的災民，就可以在這裡生活。

這裡也看不到琳宇周邊隨處可見的鴻慈，代表這裡真的荒廢已久。

傍晚時分，終於在前方看到了岨康，但他們無法靠近。因為雖然看起來一片荒廢，但到處亮著燈光，顯示並不是無人居住。街道從岨康的西方繼續向北延伸，市井前方也有一條往東的路，通往位在東方的山上。

「這是？」

「這是往東的路，經過兩座山峰之間，和在琳宇東方往承州的斗梯道會合。」

酆都回答後，建中也默默點頭。這個身強力壯的男人幾乎不說廢話，如果向他發問，他都會回答，但通常都是最低限度的簡單回答，感覺很不好親近。但聽說很多災民都找他幫忙，可見他很有人望。

——所以只能靠成果。

李齋想到這句話，忍不住露出了淡淡的微笑。酆都可能看到她在笑，於是問她：

「怎麼了？」

「在下不由得想起了主公的事。他曾經說，自己沒有人望。」

「啊？」酆都瞪大了眼睛，「他沒有人望嗎？」

酆都似乎很意外。李齋笑了起來。自己當初應該也露出了相同的表情。

——怎麼……

李齋只說了這兩個字，不知道接下來該說什麼。如果要說人望，沒有人比驍宗更有人望。正因為他有人望，所以才得到了王位。

——別人好像覺得朕既沒有趣味，也不可愛。

驍宗說完苦笑起來。那是他登上王位那一年冬天，被人說新王太性急的時候。李齋曾經問驍宗，需要這麼急嗎？驍宗當時回答，自己「沒有人望」。

「如果要問朕為什麼這麼急，朕只能說因為百姓需要。」驍宗說：「因為驕王的壓榨已經讓百姓凋敝，必須讓百姓早日看到希望。」

「固然言之有理……」

但是，也有人無法適應急劇的變化，那些人也害怕改變，可能覺得自己快被激流沖走。李齋也不是不能理解那種對將來感到不安和膽怯的心。

「但朕也覺得這和朕的天性有關，朕隨時都想要全速前進，否則就會感到不安。因為朕這個人沒有人望。」

李齋當時和此刻的酆都一樣瞪大了眼睛。

「呃？怎麼會？」

「這不是事實嗎？」驍宗笑著說：「像巖趙、霜元和臥信那樣的人才能稱為有人望。巖趙的豪放磊落，霜元的耿直高尚，和臥信的心胸開闊都受人敬仰。」

「對……這我能瞭解……」

「英章雖然有個性，」驍宗苦笑著說：「但正因為有個性，和他合得來的人，會覺得他充滿魅力。正賴的話，雖然有人批評他，但也有很多人和他情同手足，全面信任他。」

「是啊。」李齋回答。雖然有很多人討厭，但也有很多人仰賴，尤其許多麾下都衷心佩服他們。

「但朕沒有他們這種特質，別人覺得我太一板一眼，既沒有趣味，也不可愛——也就是說，根本沒有人望。」

「在下認為人望並不是只是這方面的意思……」

「人望」並不只是一個人的人品讓人產生親近感和信任而已。

「很多人都敬愛和信賴主上，您剛才提到的巖趙等人，也都很尊崇您，這不也是人望嗎？」

「大家只是信賴我做出的成果。」

驍宗笑了笑說，但並沒有感到自卑。

「一旦沒有做出成果，就不會有人跟隨我。」

「沒這回事……」

「我並沒有為此感到羞恥，這個世界上也有像我這種沒有趣味的人，但即使是這種人，只要能夠累積成果，就會有人追隨。如果說我有人望，就是靠那些成果所建立的，正因為這樣，所以我隨時都必須加快腳步，做出成果。」

「喔喔。」李齋點了點頭，驍宗的確靠功績建立了人望。

「……因為我無法不急。」

驍宗說完，看向雲海。

——眼前追求的成果，就是為百姓帶來安寧。

驍宗這麼說道。

酆都聽李齋說完這段往事，好奇地「喔」了一聲。

「主上真的是一個沒有趣味的人嗎？」

「他是個一本正經、一板一眼的人。我從來沒有想過他到底有沒有趣味這個問題。」

「既然從來沒想過這個問題，就代表他果然是這樣的人。」

「這……」李齋說到這裡，去思喃喃地說：「如果是這種個性——現在應該很痛苦。」

李齋感到一陣難過。

驍宗並沒有死——也就是說，此時此刻，他在某個地方活著。他應該深刻瞭解到，自己目前無法為戴國的百姓做任何事，也知道因為這個原因，戴國陷入荒廢，更知道阿選放棄施政，導致百姓生活窮困。果真如此的話，他一定心急如焚，懊惱不已——李齋之前不曾仔細想過驍宗的這種心情。
「……是啊。」
李齋小聲嘀咕著。
這時，一個女人牽著一個孩子從她面前走了過去。女人年約三十多歲，雖然消瘦憔悴，但身體挺得很直，一隻手牽著女兒匆匆趕路。她的頭上綁著白布。
「她們該不會也是……」
李齋小聲叫了起來，去思也順著她的視線望去。酆都驚訝地看了那對母女一樣，立刻快步追了上去。
「打擾一下——雖然應該不太可能，但妳們要去函養山？」
女人聽到突然有人叫她，驚訝地轉頭看著酆都，看到酆都手上的拐杖上綁著白布後放了心，放鬆了臉上的表情。
「對——是啊，你們也是嗎？」
「對。」酆都點了點頭，然後看著那位母親牽著的女兒。女孩大約六、七歲左右，天真的臉龐露出緊張的表情，緊緊握著母親的手。
「這是妳女兒嗎？妳好。」
酆都向女孩打招呼，女孩害怕地躲到母親背後。
「不好意思，她很怕生。」
「不，是我嚇到她了。不好意思喔。」酆都又對女孩笑著說。

「妳女兒也要和妳一起上山？」
「對，是啊。」
「或許我太多管閒事，」酆都關心地說：「但會不會有危險？聽說這一帶的土匪最近越來越野蠻。」
「我也聽說了這個傳聞……那是真的嗎？」
「好像是，而且也已經過了立冬，高山上已經下了雪，妳帶著小孩子上山會不會太魯莽了？」
女人聽到酆都這麼說，立刻移開了視線，好像被人問到了虧心事。
「但……終究只是傳聞而已，因為說好不打擾白幟。」
女人催促著女兒快走，似乎想要結束話題。
「我們走吧——祝你們也一路平安。」
女人冷冷地說完，正準備離開，李齋擋住了她們的去路。
「妳沒聽到嗎？前面很危險。」
「只是有這樣的傳聞，我會小心謹慎。」
「不是原本就很危險嗎？雖然說好不打擾白幟，但他們終究是土匪，沒有人知道他們什麼時候會改變心意，而且即使改變，也不會特地宣布。」
「是啊。」
女人心浮氣躁地看向李齋身後——她們打算要走的路。

「聽在下一句話，妳最好還是回去，至少等氣候回暖之後再去。」
「妳不是也是白幟嗎？為什麼要阻止我？」
女人露出嚴厲的表情瞪著李齋。
「我還是要去，但會格外小心，所以不要再攔著我。」
「但是……」
「我當然知道很危險，」女人大聲說道：「我丈夫也在前面送了命。」
「既然這樣，妳為什麼——」
「正因為我丈夫心願未了就死了，所以我才要去。謝謝妳的關心。」
女人說完後鞠了一躬，但她的態度很冷淡。
「至少不要帶孩子一起去，請別人幫忙照顧一下。」
「請誰照顧？」
女人的眼神很冷漠。
「現在有哪裡可以幫忙照顧孩子？如果可以有放心托育的地方，我根本不可能帶她來這裡。」
「但是……」
「請妳別管我，我必須去。」
「為什麼這麼堅持？」
女人沒有回答，氣勢洶洶地瞪著李齋的臉問：「妳是誰？」

李齋一時語塞，不知道該怎麼回答。

「妳不是本地人，也不是文州的人，生活也沒有困難。即使穿了窮人的衣服偽裝，也一眼就看出來了。為什麼生活富裕的外地人要冒充白幟？」

「在下住在琳宇。」李齋回答：「在下的確不是在文州出生，但信仰和出生無關。」

「是嗎？」女人冷冷地抓起了女兒的手。「……那座山上有一位了不起的道士。」

女人抬頭看著聳立在北方的山。「是以前排除萬難上山後升仙的尊貴道士。只要見到他，就可以擺脫寒冷和飢餓，這個孩子以後也不會飢寒交迫而死。」

太荒唐了。李齋忍不住想。這個世界上根本不可能有神仙能夠創造這樣的奇蹟。

雖然不知道這個傳聞出自誰的口，但根本是在做夢。

——但是……

李齋又忍不住想，這代表文州的百姓已經走投無路，只能追求這種夢想。

「為了這個孩子，我必須去。」

女人說完這句話，就拉著女兒的手，匆匆走向岨康的方向。李齋目送著那對母女遠去的背影，對去思等人說：「我們追上去。」

「那個女人看起來很頑固，她會改變心意嗎？」酆都說。

「但我們也不能置之不理，至少緊跟在她們後面，一旦遇到危險，我們就可以助一臂之力，而且別人也可能以為我們是一起的。只要認為她們有同伴，就可以減少危險。」

「好。」去思回答後，快步追趕那對母女，李齋等人也跟了上去。

「岨康的安全程度如何？完全被土匪控制了嗎？」

李齋問建中。

「雖然被土匪控制了，但那裡有很多外地人，因為那裡的土匪人數很多，所以也有人在那裡做生意。當有人在那裡做生意，就會有貨物的流動，也就是會有人進出，也有不少在附近的山上工作的坑夫。岨康並不是只有土匪而已，至於如何評價這種情況就因人而異了。」

李齋點了點頭。走在前面的那對母女轉頭看了過來，露出驚恐的眼神快步趕路。但她們回頭幾次之後，發現李齋等人只是跟在她們後面，於是放慢了腳步。來到岨康城門前時，甚至不時停下腳步，等待李齋他們趕上去。她可能也想到集體行動比較安全。

進入城門後，那名母親左顧右盼。街頭幾乎荒廢，半毀的房子仍然棄置在那裡，沒有損傷的房子亮著燈光。雖然來往行人不斷，但周圍建築物只有一半的窗戶亮著燈，一眼就可以發現，和市街的規模相比，居住在這裡的人並不多。這裡是交通的樞紐，是連結函養山和琳宇的街道，以及通往承州街道的分歧點。附近有很多礦場，有許多坑夫來往。

那對母女走在昏暗的路上，路上不時看到被灰塵弄髒的白幡。她們順著白幡往前走，在一個街角轉彎後，進入了岔路。在轉彎時瞥過來一眼，似乎在確認李齋等人是否跟上了腳步。李齋一行人跟著那對母女進入了岔路，筆直的道路遠方出現了像是廟宇的門和屋頂。

「那座廟裡有道士嗎？」

「應該。」建中簡短地回答。

石林觀是修行的場所，天三道的道士基本上不干涉外界，所以也和土匪之間建立了不可侵犯的約定。

「這樣啊。」正當李齋小聲回答時，前方突然出現了影子。幾個男人從旁邊的小巷內竄了出來。

那幾個男人一看就知道是土匪。雖然他們沒有穿盔甲，手上也沒有拿武器，但一看就知道是惡棍。他們在路上散開，擋住了那對母女的去路。

「幹什麼？」

那個母親不安地問。李齋等人加快了腳步，追上那對母女。

「以前沒看過妳們。」

一個男人用醉醺醺的聲音說。

「我們是白幟，請不要打擾我們。」

「這個時期山路很難走，更何況帶著孩子，太辛苦了。」

「請讓我們過去。」

那個母親想要繼續往前走，但男人擋住她的去路，臉上露出猥瑣的笑。

「為了妳的孩子著想，我們也勸妳打消這個念頭。」
「沒錯沒錯。」另一個男人幫腔說。
「旅行放棄了，盤纏就在這裡喜捨一下。」
原來是劫匪——李齋握緊拐杖時，聽到建中大聲說道：「不是說好不打擾白幟嗎？」
那幾個男人看著建中——李齋他們的方向。
「你們放棄旅行了，既然這樣，不是不需要盤纏了嗎？」
「既然放棄了，就不再是白幟。」
「我沒有放棄。」那名母親說完，想要從那幾個男人之間衝過去，其中一個男人抱住了她。
「不是叫妳放棄了嗎？」
「這樣才明智，這一帶也快要下雪了。」
「她說要放棄了，所以盤纏就留給我們喝酒，應該還會為我們倒酒吧。」
去思瞥了李齋一眼。李齋微微點頭，去思拿著拐杖，衝向那個母親。他推了抓住母親的男人的肩膀，當那個男人鬆手之後，打向他的手。
「你幹麼？」男人大聲咆哮。
「把他們帶去廟裡。」
李齋對建中說話的同時，推開了那幾個準備向去思出手的男人手臂。建中點了點頭，側身擠進男人和那個母親中間，用手肘打向男人後，立刻把孩子抱了起來。男人正想追上去，去思打落他的手。旁邊伸出一隻手抓住拐杖一拉，他沒有抵抗，順勢衝過去用肩膀撞向男人的胸口，同時用騰空的腳一掃，男人栽了跟頭，倒在地上。

建中趁勢帶著那對母女跑向廟的方向。另一個男人準備追過去，酆都跳到他面前，擋住他的去路。當那個男人停下腳步時，去思用拐杖掃向他的腳。當男人倒下時，他踩住男人的膝蓋，然後立刻用拐杖打向從旁邊跳過來的男人胸口。

——很好。

去思滿意地點了點頭。多虧了李齋和項梁，自己比以前更有戰力。

「你進步了。」

李齋笑著小聲說話，對他輕輕一笑，同時動作俐落地把一個男人打倒在地。

就在這時，去思聽到背後傳來腳步聲。回頭一看，有幾個男人從他們剛才經過的轉角處跑了過來。

「我們走。」

李齋說著，視線看向廟的方向，剛好看到那對母子和建中消失在山門內。那個母親在走進山門時，回頭看向身後。因為距離太遠，看不清楚她臉上的表情。

最早出現的那幾個醉漢中，有兩個已經倒地不起，失去了戰意。另外三個人仍然不死心，還想抓住去思等人。酆都推倒了其中一人，李齋用拐杖打倒向她逼近的一個人，去思和其他人從那幾個男人之間鑽了過去，跑向廟的時候，又有好幾個男人衝了出來，擋住了去路。

——腹背受敵。

去思他們立刻背對背站在一起。去思大致數了一下，前面有六個人，後面有七個人，而且另外還有三個人從馬路的方向跑了過來。幸好他們手上都沒有武器。

「向前突圍！」

李齋低聲說道。去思和酆都點了點頭，立刻衝向跑過來的六個人方向。去思用拐杖打向出現在前方的男人胸口，當男人重心不穩時，他正想要撞過去，被從旁邊竄出來的男人擋住了。去思避開了他的手，重新站穩，打向伸過來的手。當對方縮手時，正想衝過去，剛才沒有撞到的男人撞了過來。他好不容易才閃過了對方，正當他穩住腳步時，聽到背後傳來了腳步聲。

他對著前方的男人伸出拐杖，想要殺出一條血路。拐杖被推開，他舉起拐杖正想敲下去時，拐杖被人從後方抓住了。他扭著身體掙脫，閃向一旁，拉開了距離。這時，趴在地上的男人抓住了他的腳，他雖然踹了一腳逃開了，但當他拉開距離想要重新擺出姿勢時，背後已經有十個人趕到了。

——逃不掉了。

去思感到背上流著冷汗。這就叫寡不敵眾嗎？他想起了項梁的話。想要打贏，人數上要超過對方，這是絕對的基本。

一個人無法應付好幾個人。至少去思沒這個能耐。即使不顧一切地想要撂倒幾個人，也不時有人從旁干擾。雖然剛才都幸運躲開了，但人數繼續增加，根本想躲也躲不掉。

去思不由得心生恐懼，但李齋仍然冷靜自若地排除出現在前方的敵人。去思很想前去支援，但遭到其他人的阻擋，困住了他。李齋也漸漸被好幾個人縮小了包圍圈，手上只有拐杖這個武器，根本無法打退那些人。

去思胡亂揮著拐杖，衝向包圍李齋的那些人。一定要衝進去，讓對方害怕，然後突破重圍逃出去——

這時，他的側腹遭到重擊，頓時感到無法呼吸。他搖晃了一下，一個拳頭從旁邊打向他的臉。他勉強閃過了，但手臂立刻被抓住。他抵抗著想要把他拉倒的力量，這時，太陽穴遭到一陣衝擊，他眼前頓時暗了下來。只見黑暗中冒著金星，失去了所有的感覺，但隨即感受到腹部被踹了一腳，痛得他又清醒過來。他轉身正想逃開，立刻有好幾隻手按住了他，把他拉倒在地上。

——避免對方的攻擊。

項梁的聲音在耳邊響起。

——一旦遭到攻擊，就會落敗。

「不是說好不打擾白幟嗎！」

酆都大聲說道。酆都也被按倒在地，喘著粗氣。

「這是在搞什麼啊？」

「我才想問這個問題。」

這時，響起一個慢條斯理的聲音。一個高大強壯的男人撥開人群走了進來，臉上帶著無奈的笑容。

「白幟為什麼要這樣大打出手？」

「因為這幾個男人威脅我們的同伴——我們同伴中的女人。」

酆都大聲叫道，那個男人挑起眉毛問：「女人？」

「剛才——幸虧先逃去廟裡了。」

去思看向那座廟，那裡完全沒有動靜，剛才的女人和建中甚至沒有從外張望。路上擠了很多男人，人數似乎比剛才更多了。只有李齋還站著，但被重重包圍，她已經放棄抵抗，只是站在那裡。

大個子男人看向廟的方向，然後搖了搖頭說：「根本沒人啊。」

「還有一個小孩，但他們想要搶錢。」

「哼！」大個子男人在嘴裡發出這個聲音後，彎腰問倒在路上的一個男人：「怎麼回事？」

「他們突然打我們。」

「你別說謊！」

酆都說道，大個子男人不耐煩地搖了搖手。

「那就給我好好說分明——帶走。」

「但是……」周圍有人發出聲音。圍觀的人群中，有人氣憤難平，但也有人好像在看好戲。

「是他們先動手的。」

另一個人說道，想要推鄧都，大個子男人制止了他。

「——朽棧。」

「先說清楚是怎麼回事。」

去思抬頭看著目中無人的大個子男人。朽棧不是函養山一帶土匪的頭目嗎？

「跟我們走一趟。」朽棧露出可怕的笑容，「我討厭街頭不太平。」

3

去思等人被繩子綁了起來，然後帶到城門附近的一家客棧。那家客棧似乎是他們的根據地，許多窗戶都亮著燈，傳出喧鬧的聲音。李齋他們走進大門後，立刻被推進了倒座房。

「好——」

大個子男人說著，拉了一把舊椅子，抱著椅背坐了下來，無聲地笑著，看著坐在地上的李齋一行人。

「我再問一次，你們是誰？為什麼來這裡？」

李齋瞪著男人說：「我們是白幟，當然是要去函養山參拜。」

朽棧聽了李齋的回答，笑了起來。

「參拜？我知道你們的目的並不是廟，而是要去山上，對不對？」

「山上？」

「裝糊塗也沒用。」朽棧搖著手，「我曾經好幾次看到你們這些人在沒有路的山上走來走去，你們的目的是碎礦石吧？坑道都被我們占據，你們進不去，所以就找山上留下的礦洞躲進去。」

李齋對他嘲笑般的口氣感到心浮氣躁。剛才那個母親說，她要上山找升仙的道士，只要找到那位道士，就可以擺脫眼前的苦難——雖然聽起來像是痴人說夢，但對陷入窮困的她來說，這應該是唯一的希望，所以才會在這麼寒冷的季節，明知道有危險，仍然帶著孩子上山。土匪正是造成百姓窮困的原因。文州的土匪曾經協助阿選，讓驍宗失去王位。百姓的困苦也是土匪造成的，絕對不允許土匪繼續欺壓只能向神仙求助的百姓。

「白幟的目的就是巡禮，因為只能祈禱，所以付出了莫大的犧牲來到這裡。」

「沒這回事，沒這回事。」

「你親眼看到有人把碎礦石帶出去嗎？」

「雖然沒有，但那只是因為你們還沒找到礦洞吧。」

朽棧說完，誇張地露出為難的表情看著周圍的人說：「因為我心地太善良，覺得偶爾來一、兩個人撿碎礦石，也不必太計較，所以就睜一隻眼，閉一隻眼。」

周圍那些男人的反應各式各樣，有人笑了起來，也有人無奈地搖著頭。

「但我慢慢覺得事情沒這麼簡單。」

朽棧說完，把下巴放在抱著椅背的手臂上。

「我覺得白幟好像是有組織地行動。雖然看起來好像各自去山上參拜，但其實所有人上山都有目的。」

「你在說什麼？」

「起初以為他們在找廢礦，以為他們躲進很久以前廢礦的礦洞裡，尋找可以撿碎礦石的地方，但我覺得好像不是這麼一回事。」

朽棧目露凶光。

「你們是不是用這種方式刺探我們的動靜？為了有一天襲擊我們，搶回函養山？」

「莫名其妙。」

「真的是這樣嗎？我原本還半信半疑，但剛才確信就是這麼一回事。你們根本不是普通的善男信女，因為你們的武功太強了。」朽棧指著李齋說：「尤其是妳——妳以前是軍人吧？」

「這一點在下承認。」

去思忍不住小聲叫了一聲：「李齋將軍。」李齋看著去思，點了點頭。

「說謊也沒用……在下以前的確是軍人，你也看到了，在下失去了一隻手，所以被趕出來。在下這樣的人求神拜佛很匪夷所思嗎？」

「是喔？所以他們是妳的部下嗎？」

「他們是隨從，因為在下堅持要來巡禮，所以他們陪我一起來。」

「少騙人了……妳以為我會相信？」

「在下聽說函養山不打擾白幟，所以連劍都沒帶，因為在下來這裡的目的就只是為了祈禱，但快到廟的時候，那幾個男人上前找碴。他們抓住了和我們同行的女人，還威脅她要交出盤纏，為他們倒酒，所以我們只想救那個女人。因為那個女人帶著孩子。」

「妳別胡說八道！」一個男人大聲咆哮，對著李齋大吼，「是你們來找我們的麻煩。」

李齋還來不及反駁，朽棧開了口。

「你給我閉嘴！」

「但是……」

「我剛才就聞到你滿身酒氣，也知道你一喝醉酒，腦筋就不清楚。」

男人遭到喝斥後不再吭氣，李齋對朽棧的態度感到意外。

「無論你們的目的是什麼，應該都不希望在街上和我們起爭執，所以我可以相信，是他們先找你們的麻煩。」

李齋點了點頭。

「但我不相信你們是白幟。妳說妳來祈禱，所以是來祈求神仙保佑嗎？還是來詛咒砍斷妳手的傢伙？」

杇棧大模大樣地說完後露齒一笑。

「——白幟來這裡，並不是為了祈求這種正常的事。」

李齋很驚訝，沒有吭氣。

「他們巡禮的目的是為了結願，像這樣巡禮之後，就可以讓以前在函養山的神仙復活。」

——只要見到道士。

原來那個母親說的那句話代表這個意思。

「既然妳是白幟，為什麼不知道這件事？」

杇棧直截了當地問，李齋只能移開視線。

「他們說，之所以在沒有路的山上走來走去，是為了確認神仙有沒有復活。我當然不會相信這種蠢話，但所有白幟都說同樣的話，沒有人是為了自己來祈禱。」

——所以和天三道是「不同的宗派」。

李齋後悔不已。如果只是信徒參訪石林觀的廟宇和石碑，不可能稱為「不同的宗派」，正因為宗教的理念不同，才會加以區別。

——早知道應該問清楚。

因為聽到「巡禮」這兩個字，就認定是為了祈禱在固定的地方巡迴。

李齋和去思等人沒有為自己辯解，只能陷入沉默，這時門口傳來聲音，原本在旁邊看熱鬧的其中一個男人走到門口，說了幾句話之後，叫著朽棧。

「首領。」

那個男人從門口走回來，對朽棧咬耳朵說了幾句話。朽棧問：「沒搞錯嗎？」

「對。」男人回答說。

朽棧想了一下後點了點頭。男人再度走向門口，然後帶了一個男人走了進來。

「──建中。」

酆都叫了起來，建中看著去思他們後點了一下頭。朽棧打量著建中問：「你就是建中嗎？」

建中無視他的問題，好像沒有聽到一樣，自顧自地說：「我想帶我的同伴回去。」

朽棧苦笑起來。

「你還真是開門見山，難道不會先說一句謝謝你照顧我的同伴，或是不好意思，給你添了麻煩之類的客套話嗎？」

建中沒有回答，只是正視著朽棧。朽棧搖了搖頭說：「看來你不會說──你不是琳宇有名的差配嗎？為什麼會來這種地方？」

「因為有人請我帶路。」

「我從來沒有聽過白幟需要別人帶路這種事。」

「他們並不是白幟。」

去思聽了建中的話大吃一驚，酆都也驚慌失措地叫了起來。建中看著他們說：

「事已至此，欺騙對方沒有任何好處，更何況他並不是能夠靠狡辯欺騙的簡單人物。」

「很高興你這麼看得起我，認為我不是可以隨便唬弄的傻瓜，但他們既然不是白幟，為什麼要來這種地方？」

「他們告訴我，要來這裡找人。因為函養山有線索，所以想去函養山。但這一帶旅人無法進入，所以就想到喬裝成白幟，也許有辦法通過。」

「難道只有我覺得聽起來比狡辯自己是白幟更加胡扯嗎？」

「但這就是事實。事實上，如果想要進入這一帶，唯一的方法就是喬裝成白幟，只是我們在路上遇到醉鬼糾纏。為了救白幟的女人——她真的只是我們在路上遇到的白幟——結果就變成了這樣。」

「路上遇到的白幟嗎？」

「因為她帶了一個小孩，所以很擔心她們的安危，因為聽說函養山的土匪這一陣子很野蠻。」

朽棧聽了建中的話，嘆了一口氣說：「雖然很想否認，但這一點不得不承認——不好意思，最近收入不理想，人肚子一餓，就顧不得禮儀這種事了。」

「我無意對這件事說三道四，函養山是你們的地盤，但他們對你們沒有惡意。如果可以，希望你們可以放人，最好能夠同意他們上山找人。」

朽棧抱著雙臂。

「他們剛才說，那個女人是同伴，我很想把那個女人也帶來問清楚。因為我們最近懷疑，白幟是不是有別的目的，我也想問她這件事……只是可能會問得不太客氣。」

建中沒有說話。

「希望你能夠把女人交給我們，還有女人帶著的小孩。只要有小孩在，應該很快就可以問清楚。」

「你想把小孩當成人質嗎？」

李齋露出嚴厲的眼神看著朽棧。

「這麼一來，那個女人很快就會說實話，她願意早點說實話，我也比較省事，對她來說，這樣也比較輕鬆——我當然知道這樣很不合乎道理，所以可以用女人和小孩，再外加點誠意，來交換這裡的三個人。」

朽棧在要求贖款。

李齋咬牙切齒地說：「無恥！」

朽棧笑了笑說：「罵我無恥也沒關係，其實土匪這兩個字也是一種蔑視。」

「那是因為你們的生活方式讓人蔑視。」

「喔？」朽棧笑了起來，周圍的男人也都笑了起來，「說得好！看妳的舉止，應該是王師或是州師的餘黨。」

剛才和他咬耳朵的男人插嘴說：

「剛才他叫妳李齋將軍——我記得有一個遭到通緝的將軍就叫這個名字。」

李齋倒吸了一口氣，背脊忍不住發冷。

「妳好像嚇得發抖。」杇棧笑了起來，「我們也是為了生存，耳朵必須靈光才能生存。」

「不是這麼一回事吧？」李齋回答：「你們目前控制了函養山，誰在你們背後撐腰？」

杇棧誇張地瞪大了眼睛。

「背後？有誰在我們背後撐腰嗎？」

「阿選——不是嗎？」

就是這麼一回事。李齋恍然大悟。一介土匪能夠霸占函養山，背後一定有強硬的後臺。如果真有後臺，當然就是當初指揮土匪之亂的阿選。他們當初為阿選賣命，所以阿選就把函養山賞賜給他們。這麼一想，就可以解釋為什麼州會默許他們占據函養山，也可以理解杇棧他們為什麼猜疑心這麼強。

「阿選？」

「就是從王手上竊取王位的叛賊。」

杇棧微微張開了嘴，然後仰頭大笑起來。

「原來是這樣，所以妳認為我們是獲得那個叫阿選什麼的人同意，所以才能夠支配函養山，將軍大人是來確認這件事嗎？」

李齋沒有說話。

「所以妳是王的臣子嗎？剛才說要找人，所以是在找王師的餘黨嗎？」

朽棧說完後，輕輕搖了搖手，同時把椅子轉向，重新坐在椅子上。周圍的男人見狀，大部分都走了出去。

「——所以呢？找到人之後呢？妳該不會打算召集這些部下，做那種想要推翻阿選之類愚蠢的夢吧？」

「這很愚蠢嗎？」

「愚蠢到了極點。」朽棧笑了笑，「在發展成為能夠取阿選性命的規模之前，就會被阿選發現，然後把你們打得落花流水。」

朽棧說的是事實，所以李齋火冒三丈。

「更何況現在推翻阿選，只會讓國家更加荒廢。」

「你這種土匪懂什麼！」

「土匪不懂嗎？」朽棧大笑起來，「——妳說得也沒錯，我們的確是土匪，我們這種無恥之輩搞不懂住在雲上的人在想什麼，最多只能想像你們是迷戀失去的地位。」

「果然是下三濫。」

「哼。」朽棧用鼻子哼了一聲，彎下身體，把手肘架在腿上。「雖然妳開口閉口叫我們土匪，但其實我們原本是住在附近的百姓，因為沒飯吃，所以才變成土匪。天候不佳，收成很少，礦山是唯一的指望，但礦山帶來的財富全被上面那些傢伙因為私慾獨占。從早到晚在黑漆漆的坑道內賣命工作，領到的工錢少得可憐。不光是男人，連老婆和孩子都一起在坑道內工作賺錢，一家人才能勉強餬口。一旦發生意外，只要有一個人無法上工，吃飯就會有問題。乾脆死了也就罷了，如果半死不活地躺在床上，還需要別人照顧，就一下子少了兩個人的工錢，全家都只能餓死。如果不想死，就只能做違法亂紀的事，還是說偉大的將軍認為與其犯罪，不如餓死嗎？」

李齋咬著嘴唇。沒錯，的確是驕王的壓榨導致土匪出現。

「里家擠滿了沒飯吃的百姓，即使想去求助，也被趕了回來。我媽在坑道內工作多年，導致膝蓋受傷，他們對我媽說，即使沒辦法走路，至少可以做針線活。」

朽棧冷笑著繼續說道：「我媽連線都沒辦法穿。她整天在漆黑的坑道工作，眼睛早就壞了。結果他們說，至少還有嘴巴。只要有嘴巴，就可以在大街上乞討。」

朽棧放聲大笑起來。

「說得有理，所以我就這麼做了。姑且不論我媽，我很健康，拳頭也很硬，所以我用拳頭打倒身邊的人，接受他們的恩賜，然後用這些錢來養家。妳有意見嗎？」

朽棧肆無忌憚地問，李齋無言以對，好不容易才擠出一句話。「……被你搶錢的那些人也有父母兄弟。」

「我當然知道。我才不想聽那種與其造成他人的困擾，寧可自己餓死這種話，不是我餓死，就是別人餓死，我選擇了後者。如果覺得不滿，就把我打倒，把我所有的錢都拿走。」

李齋沉默不語，對明知故犯的人無話可說。文州的冬天的確很寒冷，一旦吃完存糧，就意味著死亡。

「怎麼了？妳不說教了嗎？」

李齋咬著嘴唇。眼前這個男人並非不分善惡，他知道自己在做壞事，但為了生存，他選擇了惡。李齋無法對他說，與其犯罪，寧可自己餓死這種話。就連李齋自己在被阿選追殺時，也曾經說過無數次謊，欺騙過很多人，也曾經做過違法的事。

「在你死我活的嚴峻環境中，強者會獲勝——這是天經地義的道理。」李齋嘆了一口氣，「在戰場就是如此，弱就意味著死亡。但你並不是天下無敵，會有比你更強的人，然後把你打倒。雖然你能夠接受現實，覺得自己不夠強，但靠你養的家人該怎麼辦？」

朽棧噗哧笑了起來。

「他們也只能接受現實，因為我只有這種程度的實力，這也是無可奈何的事。既然只能靠不夠硬的拳頭苟延殘喘，當然得要做好一旦被打敗，就斷了生計的心理準備。」

朽棧說完之後，靠在椅背上，翹起了二郎腿。

「雖然你們這些在雲端的人沒辦法想像，但其實強盜有強盜的世界，我們也懂得

相互扶持這種道理，反而是你們的世界，不知道彼此要相互幫助這個道理。」

朽棧又接著說：

「你們只知道施捨，卻不懂得幫助。如果我死了，我的家人或許會餓死，但這種事也可能不會發生。因為可能有俠義心腸的人會照顧他們。當我手頭寬裕時，我也都一直這麼說，可能會有奇特的傢伙對此感恩。我只能相信會有這樣的人。」

「強盜之間的相互扶持嗎？」

「雖然聽起來很荒唐，但就是這麼一回事。我們知道走旁門左道的人要攜手合作，正因為這樣，土匪有土匪的道理，有義理人情，也有上下關係。事實上，我之前曾經攻擊附近的里，因為早些年幫過我的人命令我動手，我沒有理由拒絕。反正就是要打人，沒有理由不可以對附近的里下手。」

「住在那裡的百姓……」

李齋的話沒有說完，朽棧就制止了她。

「在路上被搶劫的人也同樣很無辜，對我來說都一樣，唯一的不同，就是當時聽說只要攻擊里，就可以擺脫新王的支配。新王即位後，我們整天都戰戰兢兢，擔心會遭到王師的懲罰，好不容易建立的一切都會消失殆盡。事實上，就連州侯也換了人，我們當時都很擔心無法再像以前那樣，所以就答應幫忙。」

朽棧說完，注視著自己的腳下。

「但是，情況並沒有好轉，這一帶比驕王時代更加窮困，提供協助的土匪沒有一個有好下場，不光是這樣，當初和上面的人勾結，煽動我們的人接二連三地消失了。」

「太蠢了。」

朽棧自嘲地笑了笑。

「是啊，沒錯，反正我們就是一些不學無術、鼠目寸光的愚民。既然妳是王師的餘黨，那就太好了，可不可以告訴我這個愚民，六年前，文州到底發生了什麼事？」

4

朽棧出生在文州南部的一個小里，那是被人遺忘在荒涼山谷中的里。那個里沒有什麼產物，冬天的氣候又冷又乾，所以很貧窮。僅有的收成也在冰天雪地的冬季期間全都吃完了，再加上為了滿足驕王的奢侈，對百姓課以重稅，在朽棧十三歲那一年，他的父親終於撐不下去，放棄了戶籍，逃出了原本的里。

也就是說，朽棧在十三歲那一年就變成了無家可歸的遊民。但當時他們早已失去了國家給他們的土地和房子。朽棧的母親體弱多病，最小的妹妹身體也很虛弱，變賣房子和土地的錢全都拿去給她們買藥。父親原本被買下自己土地的地主雇用，為地主種田，但父親決定放棄這種生活。

一家人離開里之後，最先來到琳宇東方的礦山。父母在那裡挖銀子，朽棧也跟著父母一起成為坑夫。即使三個人工作，家裡的生活仍然很窮苦，工錢少得可憐，每當母親生病，就會吃了上餐沒下餐。兩個妹妹年紀太小，無法在礦山工作，只能由大妹照顧小妹。當母親生病臥床時，也要照顧母親。年僅十歲的孩子就勇敢地承擔起照顧兩個人的工作，結果一場感冒奪走了她的生命。傷心欲絕的父親也在不久之後，因為一場礦坑崩塌事故而送了命。母親眼睛出了問題，膝蓋也受了傷，無法再繼續工作，光靠朽棧的工錢根本無法養家。母親在無奈之下，回到以前生活的里，想要投靠里家，卻遭到無情的拒絕。朽棧帶著身體虛弱的母親和妹妹回到礦山後當了土匪，因為土匪的首領邀他一起加入，並承諾會照顧他的母親和妹妹。

那一年，朽棧才十六歲，但個子比大人更高。在終於可以吃飽飯之後，原本乾瘦的身體也變得強壯起來。他學會了如何用拳頭，也學會了使用武器，很快就嶄露頭角，首領也很疼愛他。朽棧在二十多歲時，已經代替生了病的首領管理黨羽。

雖說都是土匪，其實土匪也有不同的分工。雖然礦山基本上由土匪掌管，但如果山的規模比較大，掌管的土匪也會進一步細分。以朽棧所在的那座礦山來說，由一個名叫斂足的首領掌管整座礦山。斂足手下有三個土匪黨羽，分擔礦山的實務。朽棧所屬的黨羽在更低一層，雖然在首領退居二線，由朽棧管理黨羽，但朽棧在礦山上所管理的範圍非常有限。具體來說，就是地面上的事，尤其是坑夫之間發生糾紛時的仲裁，和維持秩序。在地面相關的業務中，由最有實力的黨羽負責管理出入商人和業者這種有油水的業務，監視不滿分子這些能夠在斂足面前立功的業務，則由比較有實力的黨羽負責，朽棧負責的是比較危險的事。當有人打架時，必須趕過去勸架；如果有行為太過分的人鬧事，就必須趕過去平息風波，讓他們解散；如果有人犯罪，就去揍對方一頓，讓對方收手——這些事很危險，而且容易招致坑夫的怨恨，所以是吃力不討好的差事。

但是，當初收留朽棧的首領似乎並不認為這是吃力不討好的差事，他再三教導朽棧，要動腦筋、動身體，不要怕辛苦。同樣是勸架，如果貪圖省事，只會招致雙方的怨恨，但處理得宜，就能夠得到雙方的感謝。如果能夠做到這一點，就可以贏得坑夫的信任和人望這種龐大的財產——事實上，朽棧貫徹了首領的教導，當時贏得的財產，也讓他日後能夠自立門戶。雖然函養山已經日薄西山，但目前他支配了整座函養山。函養山目前幾乎不再具有礦山的價值，但朽棧不受任何人雇用，實質上擁有了整座山。土匪通常都是受礦山的經營者委託，從這個意義上來說，朽棧算是例外的存在。

朽棧自立門戶三年時，發生了文州之亂。文州之亂始於名叫衡門的礦山，朽棧當時負責管理離衡門不遠處的小型玉泉甘拓。甘拓和衡門一樣，是近年開發的礦山，幾乎沒有值得採掘的高品質的玉，但坑道內有好幾處玉泉。

驕王治世末期，文州所有礦山的資源枯竭問題都十分嚴重，就連函養山也封山了，因此急速開發新的礦山。雖然大部分礦山開始投入生產，但規模都很小。只不過既然是礦山，就絕對需要藉助土匪的力量進行管理，於是像朽棧這種原本是土匪手下的嘍囉也可以輕鬆地自立門戶。也就是說，朽棧是在近年開發中興起的新興土匪之一。

成為文州之亂端緒的衡門，是獲得州官許可的民間礦山，甘拓是縣城古伯直接所有的礦山。雖然縣正是貪婪的小人，但礦山本身的素質很好。礦山以玉泉為主，也沒有太大的混亂。朽棧憑著之前建立的人脈，得以接手這個小而美的礦山。他獲得了之前支配他們的土匪首領斂足的認同，成為他能夠建立人脈這種財富的重要原因。朽棧因為斂足的介紹，和獲得在現場工作的坑夫推舉，接手了甘拓這座礦山。

在朽棧接手管理之後，甘拓也持續尋找、開發新的礦床和新的玉泉，礦山的規模緩步擴大，朽棧的勢力也慢慢增加。大家都認為甘拓是一座好礦山，所以不需要差配的介紹，靠著口耳相傳，就有許多能幹的坑夫主動上門——但在六年前，這種生活發生了變化。

當時朽棧已經自立門戶，也有了自己的地盤，並沒有直接的首領。除了貪婪的縣正和府第可以對他發號施令以外，基本上沒有人可以指使他。唯一的例外，就是當初為他介紹甘拓這個礦山的斂足。之前曾經受他照顧多年，再加上有介紹甘拓的恩情，雖然斂足不會向他發號施令，但是當斂足有事拜託時，他當然無法拒絕。

六年前，斂足親自召見他，請他幫忙翕如。翕如是斂足的手下，當年在斂足的礦山上，最後由朽棧和其他兩人一起管理。以地位來說，就是斂足手下的二當家，但朽棧在幾個二當家中資歷最淺，所以在礦山上的輩分中，翕如算是他的兄長。如果是翕如的指示，當然難以拒絕，更何況斂足也親自打招呼，當然更不可能拒絕。翕如最初請他負責函養山附近的護衛工作，翕如對他說：「可能會出很大的事，所以不要讓外人插手。」在土匪的行話中，這就是暗示即將會有一場動亂，要求他支援的意思。軍隊可能會出動，到時候請他支援土匪。事實上，在不久之後，衡門就發生了土匪之亂，在和府第發生衝突後占據了古伯，結果因此導致了王師出動這種毀滅性的發展。

當時，戴國的新王才剛登基，陰險毒辣、有許多負面傳聞的州侯也遭到更換。目前還不瞭解新上任州侯的為人，也不知道新王的為人，只知道新王絕對不會和土匪站在一邊。只要是文州出生的人，都很清楚之前在轍圍發生的事。新王是轍圍那件事的當事人，新王當時和轍圍站在一起，如果土匪和百姓敵對，新王一定會和百姓站在一起，絕對不可能支持土匪。

即使這樣，派遣王師鎮壓土匪動亂太超乎尋常，但也可以從這件事清楚瞭解新王的堅定意志，絕對不允許土匪亂來。

如果認為國家建立在府第和法律兩大支柱的基礎上，違法亂紀，和府第對立的土匪當然就是敵人，只不過土匪也有土匪的質疑，府第真的和百姓站在一起嗎？沒有殘害百姓嗎？而且土匪並非只有為非作歹，礦山無法只靠法律條款運作，許多坑夫都是災民和遊民，他們無法得到府第保護，被法律秩序所排除，他們放棄了府第和法律，只遵守自己的規則，管理的土匪也遵照坑夫的規則行事。金錢和拳頭就是這些規則的兩大支柱，但因為和國家的秩序不一致，所以土匪缺乏身分的保障，在國家的體制中，沒有土匪的容身之處。新王登基之後，國家的秩序一旦整頓完成，就會最優先消滅土匪。即使這樣，土匪仍然必須生存，不可能放棄以前得到的東西、已經建立的生活，當然要全力保護既有的一切。

目前已經知道了新王的態度。文州的土匪在新王即位後，整天都戰戰兢兢，擔心會失去之前辛苦建立的一切。看到衡門的例子，覺得真的即將失去一切。即使如此，並沒有人愚蠢到想要消滅新王，因為不可能消滅新王。既然無法做到，就沒有方法阻止新王治世，只不過當然也不可能放棄擁有的一切，所以許多土匪認為，必須設法在新時代確保土匪也能夠有生存的空間，希望可以憑著在礦山的成績，讓不合法的存在變成合法的存在，盡可能擺脫府第的束縛，能夠更自由活動。斂足經常把這些話掛在嘴上，朽棧也並不反對，所以他以為協助翕如也是為了這個目的，以為衡門的土匪叛亂，占據古伯是為了維護土匪的地位，所以必須支援衡門。

但衡門那些土匪的做法毫無道理——占據古伯的方式，以及之後在古伯的所作所為，都讓朽棧無法認同。說白了，衡門那些人殘暴無仁，整件事根本等於在大肆宣傳土匪就是壞蛋。而且新王派遣禁軍前往鎮壓，形成了新王遏止土匪凶惡殘暴的局面。朽棧受翕如之託，監視百姓，不讓他們趁著禁軍的動向反抗土匪，但其實他有點提不起勁。

——這麼做有什麼好處？

他覺得這根本是自掘墳墓。雖然有些土匪大放厥詞，說什麼要憑實力讓新王知道，文州的土匪不好惹，但杇棧覺得他們很愚蠢。

而且翕如的委託很奇怪。一下子要求他不要讓任何人進入函養山一帶，除了百姓和官兵，也不能讓其他派系的土匪進入。一下子又要他打官兵，有時候又要他進攻里，消滅百姓。甚至要他去某個地方打土匪。杇棧搞不清楚翕如的目的，即使要求翕如說明，翕如似乎也只是聽命行事，搞不清楚狀況。在執行這些難以拒絕的要求東跑西竄之際，杇棧覺得應該有人真心想要幹掉新王，把想要消滅土匪的勢力從文州趕出去。雖然他覺得難以做到這種事，但在混亂中，得知新王失蹤的消息時，他意識到有人正在執行這個不可能的計謀。

——這個人瘋了嗎？

新王的確令土匪感到不安，但對國家和百姓來說是好事。杇棧原本是災民，之後當了坑夫，他認為國家應該救濟災民，避免災民產生。如果新王駕崩，再度出現王位無王的狀況，雖然土匪可以繼續逍遙，但整個國家可能會沉淪，他不認為這樣能夠為自己帶來良好的結果。

於是，他漸漸和翕如保持了距離，同時為了以防萬一，他開始為自己和黨羽尋找生存的方法。之後得知新王駕崩，假王即位。新王的麾下因為想要反叛假王而被視為叛民，遭到討伐，而且慘烈的程度超乎想像。文州陷入混亂，杇棧在這片混亂中成功占據函養山，但翕如成為罪犯遭到逮捕、處死。斂足也失去了原本的地位，不久之後被暴徒殺害——也有傳聞說，斂足是遭到暗殺。斂足的黨羽四處逃散，但大部分都被視為叛民，或是成為罪犯遭處死。在叛亂當時，不光是斂足的黨羽，還有許多土匪都離開礦山，參與了目的不明的行動，但不久之後發現，這些人幾乎全都不見了。

「朽棧，你對當時的行動有什麼看法？」李齋問。她覺得這個大個子男人並不傻，而且也不是簡單的土匪。

「我覺得可能被人利用了。土匪是根據上面的意志在行動，但利用土匪的人對土匪沒有一絲好意，只想利用而已，利用完了就把他們收拾乾淨。」

李齋等人已經獲得釋放，目前走在岨康的街上。因為朽棧提議一起去吃飯。

「……在下也這麼認為，禍首就是阿選。阿選試圖把主上引出王宮，因為無論他想要耍什麼計謀，王宮內戒備太過森嚴，他想要把主上和麾下拆散，尋找可乘之機，所以就利用了文州。」

「是因為文州的土匪猖獗嗎？」

「應該不是這個原因，而是和轍圍有關。因為主上對轍圍有深厚的感情，一旦轍圍發生狀況，主上絕對不可能無視。轍圍有危險，所以主上御駕親征——為此就需要有人攻擊轍圍。」

「在文州的話，土匪就理所當然地成為攻擊轍圍的壞人。」

「應該是，而且土匪必須是壞人。」

「因為有轍圍的例子在先——只要攻擊的土匪有一點道理，新王就會傾聽土匪的聲音，也許會手下留情。」

李齋在點頭的同時不由得感到佩服，朽棧很聰明。

「所以故意出動那些心狠手辣的土匪，但也不能太過火，一旦文州大亂，新王就不會御駕親征。即使新王對轍圍再有感情，周圍的人也會出面制止，動亂的程度必須讓新王可以出征──所以有時候要我們去打土匪，以便調整動亂的規模。」

「應該就是這樣，阿選在這方面思慮很周詳──他一直都這樣。」

現在回想起來，就會發現完全是阿選的作風。

「當衡門那些人占領古伯時，那種手法太荒唐，當時我就懷疑是不是王在背後策劃。」

去思納悶地偏著頭，聽不懂這句話的意思，李齋點了點頭。

「你認為主上和衡門的土匪在背地裡做了交易，讓他們當壞人，然後主上討伐他們，藉此掌握文州的人心嗎？」

「沒錯，我也實際聽說了一些可以往這個方向理解的傳聞。當我說這種行為太毒辣、太愚蠢時，斂足對我說，就是要這麼做，這對上面的人有利，還說那就是所謂的奸計。」

「不惜為此犧牲古伯的百姓嗎？」酆都義憤填膺地插嘴說：「這已經不是什麼奸計了。」

朽棧苦笑著說：「斂足並沒有說是王，似乎也沒有這麼認為，只是我事後覺得，那應該是指接下來的王——也就是假王。」

「就是阿選。」

朽棧點了點頭。

「首先要消滅新王，消滅新王之後，假王——不，是偽王，偽王會即位，偽王也必須掌握文州，如果有眾人公認的壞蛋，事情就簡單多了。」

「原來是這樣……」

「斂足他們應該也相信了，從轍圍那件事就知道，新王是正義漢子，新王的時代無法容忍我們這些骯髒的存在，但是，有人想要推翻新王，竊取王位。既然想要篡奪王位，可見那個人既不清廉潔白，也不是正義之士，只要協助他，在新的時代，也會允許土匪存在——」

朽棧說到這裡，再度苦笑著。

「如果不這麼想就難以理解。我們雖然不聰明，但不至於蠢到搞不清到底對自己有利還是不利，如果斂足那麼傻，根本沒辦法成為大首領。」

李齋聽了朽棧的話，用力點著頭，同時也感到一絲悲哀。朽棧說得沒錯，之前世道荒廢，才會導致土匪產生。雖然並不同意為了生存，不得不當強盜的說法，但也能夠理解這種被迫為盜的悲劇，也承認那的確是一個被迫為盜的時代。雖然是不合法的手段，但在那個不得志的時代，他們也努力求生存。結果遭到了利用，進而被一腳踢開。因為是土匪，所以也沒有人會同情他們。李齋覺得這實在太悲哀。

岨康的街上只有一小部分發揮了正常的功能，這個部分有賣食物的小店，和賣雜貨、二手衣的小店，周圍有不少人走動，雖然雜亂，但也很有活力。

「這裡的人還真不少，全都是土匪嗎？」去思問。

朽棧回答說：「不全是土匪，也有坑夫，因為這裡離甘拓也很近。」

文州之亂之前，朽棧管理的玉泉仍然存在。在土匪遭到掃蕩時，曾經把土匪趕出礦山，但因為沒有土匪，礦山就無法正常運作，所以土匪又回到了山上。甘拓也一度把朽棧他們趕走，但後來發現不藉助朽棧他們的力量就無法正常營運，而且擁有甘拓的古伯被土匪占領之後已經變得亂七八糟，縣正遭到殺害，雖然有新的縣正接任，只不過新縣正沒有經營礦山的經驗，但已經嚴重衰敗的古伯需要靠甘拓的收入維持營運。

「所以我們就回到了甘拓，但衡門那些傢伙把玉泉的礦石連根挖走了。」

即使重新在玉泉培育礦石，也需要花費很長的歲月才能做為商品出售，需求量最大的就是硬幣至拳頭大小的礦石。但即使是硬幣般大小，也需要培育超過一年，拳頭大的更需要好幾年的時間，在此之前，只能靠從甘拓挖一些石塊苦撐。

「雖然增加了坑夫的人手，挖掘了新的坑道，但老實說，成果並不理想，坑夫也經常無工可做。岨康有很多這樣的人，他們在這裡等待工作機會。除此以外，就是土匪的家人。開小店的人幾乎都是土匪的家人，這裡不是土匪的人比土匪更多——因為六年前的動亂之後，少了很多男人。」

朽棧說，雖然無法掌握正確的總數，但光是峘康就有兩千人，其中只有兩百人是土匪，其他人都是土匪的家人，或是曾經幫助過朽棧他們而得到庇護，或是死去同夥的家人等和土匪有某種關係而受到朽棧他們保護的人。

「說白了，就是災民，也可以說是遊民，因為大部分人都已經沒有戶籍了。」

因為戰亂和災害導致暫時離開戶籍所在地的人稱為災民，但遊民沒有戶籍，他們放棄了戶籍，離鄉背井，無法再接受國家的保護。有些人是因為工作或是其他原因，基於個人意志放棄了戶籍，但有些人因為居住的整個里燒毀而成為廢里，在成為災民離鄉背井期間失去了戶籍。

「朽棧，你父親當時不是逃出了居住的那個里嗎？那他的旌券呢？」李齋問。

旌券是為了證明個人所屬所發行的牌子，在遠離家鄉時都要帶在身上。

朽棧回答說：「他在逃出里的時候丟掉了，即使帶在身上，進入礦山當坑夫時，應該也會敲破。那座礦山有這樣的規定，因為如果身上有旌券，工作太辛苦的時候就會逃走。」

「其他家人呢？」

「大家都一樣——但我爸爸因為坑道崩塌死了，體弱多病的妹妹和媽媽也死了。因為她們沒辦法吃到有營養的食物，也沒有足夠的藥物，這也是無可奈何的事。我已經盡了全力，所以沒什麼可後悔。」

「你目前是單身嗎？」

「有老婆和親戚，還有四個孩子。」

李齋眨了眨眼睛。

「——你不是遊民嗎？」

如果沒有正式屬於某個里，就無法有孩子。

「那不是我的孩子，是我老婆帶來的兩個女兒——我老婆是寡婦，原本在這附近的山上成了家，但她老公死了，之後又跟了土匪，那個男人也在文州之亂的戰鬥中送了命，所以我連同她的兩個女兒一起照顧。除此以外，還有兩個已經死去的朋友各留下的一個兒子，以及我老婆的媽媽、死去朋友的父母、兄弟三個人，和一個在打仗中斷了一條腿，已經上了年紀的朋友，是總共有十一個人的大家庭。」

朽棧說到這裡笑了起來。

「你要照顧這麼多人嗎？」

「並不是我一個人養活全家，其中一個兒子已經是土匪，另一個兒子和朋友的兩個兄弟一起去山上挖碎礦石，我老婆在剛才那家客棧開餐廳。」朽棧苦笑著說：「現在已經無法挖到什麼碎礦石，根本沒辦法養家——土匪原本就只是保護礦山，是坑夫在實際賺錢，坑夫的收入減少，我們就幾乎沒有收入了，所以幾乎是靠老婆在賺錢養家。」

所有土匪都靠以前賺的錢過日子，但無論是之前存下來的錢，或以前有錢時囤積的物資都越來越少——很快就會坐吃山空了。

「正因為這樣，所以也會向旅人勒索錢，因為我們也必須吃飯過日子。」

「十一個人的大家庭真的很辛苦——雖然在下無法贊成強盜這個行業，但能夠瞭解你的苦衷。」

「嗯，真的很辛苦，不過，小孩子很棒。我在成人之前就成為遊民，一輩子都沒辦法有自己的孩子，但家裡有孩子，就會很有幹勁。」

「是嗎？」李齋露出微笑。

「沿著街道往函養山的方向，有一個叫安福的地方，那裡有一百個人左右。」

函養山上大約有三百個土匪，函養山往西的一個名叫西崔的地方有兩百人左右，總共是八百人的大家庭。

「在下對土匪不太瞭解……這樣的人數算多嗎？」

「如果是以前，這樣的人數不足為奇。在文州之亂那時候，有些首領手下有三千個土匪，斂足最顛峰的時候，手下也差不多有三千人。」

「差不多是一個縣的規模。」

原來如此，難怪土匪的勢力很強。李齋暗自想著。

即使只有數百名土匪，土匪還有家人和親戚朋友，雖然嚴格來說，那些人並不是土匪，但可以說是土匪的同類。

「現在已經沒有這種首領，幾乎沒有首領手下超過一千人。所以我們現在人數算不少，因為我們還有土地和礦山。」

「但是，光是主要的市井就有岨康、安福和西崔三個地方，還有函養山，要維持這些市井，這樣的人數不會太少嗎？」

「的確很少——我們認定國家和州不會來討伐我們，所以勉強可以應付。」想要攻打函養山，不是從琳宇北上，就是從轍圍東進，岨康和西崔發揮了監視作用。

「其實後退到安福的話，維持起來更輕鬆，因為萬一真的打仗，需要讓女人和孩子有路可逃，這裡可以逃去承州。」

「既然有這麼多土地和市街，為什麼不接納災民？災民都沒有地方可住，只要給他們房子和土地，他們就會很勤勞地工作。」

「但到時候府第就會上門要求徵稅，情況一發生，我們變成是反賊，搞不好還會說我們是叛民——雖然這裡有很多房子和土地，覺得荒廢在那裡很可惜，但這也無可奈何。」

「原來是這樣，你說得也有道理……」

李齋小聲嘀咕，朽棧放聲大笑起來。

「怎麼了？」

「妳不是高官嗎？竟然同意我的說法。」

「在下要聲明，在下並不是同意土匪的生活方式，只是必須承認，有些事無法靠說漂亮話解決。」

「這樣啊。」朽棧只說了這幾個字，停頓了一下說：「到底需不需要王這個問題，對我們來說實在太難了。」他神情嚴肅地看著李齋，「但至少知道需不需要阿選這個問題——並不需要他。」

李齋說：「所以必須把阿選趕下王位。」

「但接下來怎麼辦？王已經駕崩了，」朽棧說：「空位時代可能比阿選時代更糟。」

「王並沒有駕崩。」

李齋說，但朽棧似乎認為這句話只是她的希望，輕輕嘆了一口氣說：「當時強烈告示，不准任何人進入函養山附近，如果是假王——阿選利用土匪，把函養山近郊清空的應該也是他，他應該準備在某個地方弒君。聽說像是王的人在行軍途中被手下的人帶往函養山，而且那些手下並非善類。」

「在下也曾經從別人口中聽說這件事。」李齋插嘴說：「有親眼看到把王帶走的那些人嗎？」

「在之後的掃蕩戰中看到了，那些人穿著裝模作樣的紅黑色盔甲，雖然不知道個別的名字，但別人叫他們赭甲。」

「赭甲……」

李齋的記憶中沒有聽過這個名字，也不曾見過多次聽人提到的紅黑色盔甲。在執行任務時，經常會準備相同的裝備，有些主將也經常會送部下盔甲和武器，主上賞賜裝備時，也經常會送相同的盔甲。

「他們對周圍的動靜很敏銳，簡直就像背後長了眼睛，個個武功高強，而且手段殘忍，連我們看到他們也都會發抖。」

「武功──高強？」

「讓人覺得絕對不敢和他們為敵。」

李齊忍不住偏著頭，她的記憶中沒有這麼厲害的團體。

「是不是那些人攻擊了王，然後在山上弒君？」

「但目前並沒有發現遺體。」

酆都語氣強烈地說。

「當然會把屍體藏起來啊，當初他們和王一起行動，一旦屍體被人發現，不就等於承認是自己下的毒手嗎？」

李齊和其他人同時陷入了沉默。

「你們該不會在找王？如果你們期待王在函養山，很遺憾，你們最好放棄這種期待，如果你們無論如何都不相信，可以自己去函養山找。」

李齊驚訝不已，朽棧見狀，露出了苦笑。

「反正我們早晚會離開這裡，而且不會太久。現在連礦石都長不出來了，也經常崩塌，已經發生過好幾次大規模崩塌了，同時妖魔也從地底出現。目前雖然都是小角色，但不知道什麼時候會出現狠角色。」朽棧說到這裡，無奈地笑了笑說：「所以也只能放棄那座礦山。」

5

隔天，李齋等人在岨康和建中道別，然後在朽棧的陪同下離開了岨康。因為既然有朽棧陪同，就不需要有人帶路去函養山。

「謝謝你回來找我們。」

李齋向建中道謝，建中默默點了點頭。去思和酆都也在道謝後向他道別，然後目送他離去。

從岨康北邊的街道繼續往北前進，函養山巍峨聳立在山谷前方，函養山的後方是直衝雲霄的淡墨色瑤山山脈。在谷底北上的街道過了岨康之後，就是一路上坡。他們騎著借來的馬，並肩在街道上前進了一陣子，去思看向後方時，忍不住輕輕叫了一聲。順著他的視線望去，街道的後方，有大小兩個人影從他們剛才經過、看起來像廬家的廢棄屋內走了出來。那是一個小孩子，和牽著小孩子的母親——

「她們……」

李齋說完，臉上露出了複雜的表情，去思心情也很複雜。昨天經歷了那麼驚險的場面——她們一定感到很害怕，但那位母親仍然帶著孩子離開了岨康。她們從廢棄屋走出來，是因為剛才在裡面歇腳嗎？去思他們一路騎馬到這裡，想必那對母女在岨康打開城門的同時，就馬上出了城。母親帶著年幼的孩子走到這裡——可見無論發生任何事，她們都會繼續完成這趟旅程。

去思抬頭看著天空。頭頂的天空中飄著薄雲，厚實的雲層籠罩了北方山脈，顏色很暗，隨時都可能下雨。

「……她們的決心很堅定。」

酆都小聲地說，李齋一臉悲傷地點了點頭。

他們騎馬趕路，在中途來到名叫安福的市街。從岨康走路的話，大約需要走一天才能到這個小規模的市街。可能因為是縣城，所以有內外兩道城牆，以杇棧支配的黨羽人數來看，是他們能夠防守的規模。市街的北側是一片山脈，東側有一小片農地，後方是小山丘，街道在那裡彎向西方，沿著山谷繼續往上走，道路逐漸變得狹窄。街道旁有一條溪流，在安福的南方穿越街道，所以從南方北上前往安福時，必須走過跨越溪谷的橋，有地利上的優勢。雖然來這裡的途中有比安福更大的市街，但杇棧沒有把根據地設在那裡，而是設在安福，可見他很聰明。

「在函養山上巡迴的白幟都從函養山的西側入山，然後從東側的那個山丘下山。」

安福和函養山是土匪的根據地。

「在山上工作的人都在函養山上，他們的家人住在這裡。之所以還同時占領另外兩個市街，是因為發生緊急狀況時，需要有路可逃。」

杇棧這麼告訴他們。岨康是和往東街道的分歧點，西崔是從轍圍方面來這裡時的要衝。當敵人來自琳宇方向，就可以在岨康迎戰，然後讓女人、孩子從西崔逃走。如果敵人從轍圍方向攻打過來，就可以在西崔迎戰，然後讓女人、孩子從岨康撤退。

「從轍圍來這裡的路無法讓軍隊大舉進入，但還是需要小心謹慎，因為我們的實力根本不是州師或是王師的對手，所以最多只能堅守在市街抵抗敵人，然後讓家眷撤離——」

「如果敵人同時從琳宇和轍圍進攻呢？」

去思試著問道。

「那時候就舉雙手投降求饒，只不過會為了我們這樣興師動眾嗎？」

朽棧豪放地笑了起來。

「即使守住西崔和岨康，也沒有路可以逃，最多只能逃進山裡，等待戰事平息下來。」

「真的無路可逃嗎？」

「沒有。」朽棧說：「如果對手是軍隊，軍容浩大便只能依賴街道前行。在他們從街道過來期間，我們可以從山上的小路或是捷徑逃走，逃進山裡之後，繞過敵人也並非不可能的事，只不過軍隊如果真的要消滅我們，即使我們分散逃走，他們也不會放過。」

「是啊。」李齋回答。

「如果要殲滅你們，就會從琳宇、轍圍雙方進攻，當然也會控制所有的捷徑。」

「對啊。」朽棧笑著說：「問題是為什麼要殲滅我們？如果我們真的遭到攻擊，那就是有人想要拿回函養山，既然目的不是殲滅我們，而是函養山，只要我們最後交出函養山就解決了。我們也會盡可能爭取時間，盡可能讓更多眷屬離開。因為他們一旦被抓到，就會被認為是土匪的同夥遭到處罰。」

「原來是這樣。」李齋小聲嘀咕著，沿著冷清的街道而上。爬上和緩的坡道，經過一個已經變成廢墟的大規模市街，在傍晚時分，終於抵達了函養山。

他們偏離了繼續往西的街道往北，走過溪流上的小橋，開山劈地整建的道路兩側是大小聚落，幾棟房子聚集在一起，周圍是高大的圍牆。道路的左右兩側都是這種聚落，經過這片聚落之後，就是函養山的入口。

函養山前有一道高大牢固的弓形間隔牆，建了方便出入的門樓。從門樓通往函養山的門道長度比普通的門道長一倍，經過門道來到內側，發現巨大廣場前方的斷崖下方，黑色的坑道入口彷彿大張著的嘴。巨大的門罩鑿開山壁而建，匾額上寫著「函養山」三個字，經過風吹雨打，已經有點磨損。

廣場上有各式各樣的建築物，最引人注目的就是間隔牆。從門道的長度判斷，間隔牆的厚度不同尋常，而且間隔牆的內側是住宅。向外突出的弓形間隔牆內側是一片四至五層樓的住宅，打穿間隔牆裝設了門窗，外側是木造的走廊。沿著階梯而上，來到走廊，就可以走進每戶人家。雖然有點老舊，但目前仍然有人居住。房子的窗戶敞開著，走廊的欄杆上晾著洗好的衣物。不知道是不是朽棧他們只是利用現成的材料粗略修繕，雖然能夠遮風避雨，但感覺住起來並不舒服。

走過兩旁是倉庫和設備的路，走進門罩內，裡面是鑿岩山而建的巨大隧道，雖然地上鋪了石板，但經過漫長的歲月，無數坑夫和車子經過，如今已經磨損，表面變得油油亮亮。走了一陣子，終於走出了隧道，看到了天空。那裡是一個空蕩蕩的寬敞空間，圓形廣場周圍都是很高的山崖，李齋抬起頭看著。

「這裡以前應該有坑頂，」朽棧也抬起頭看著天空，「坍塌之後，就變成了豎井。」

「這座山的土石這麼鬆軟嗎？」

「要說鬆軟的話，整座礦山都很鬆軟。雖然和其他礦山相比，這裡的土石並沒有特別鬆軟，但礦山本身已經很老舊，到處都是格子狀的坑道。只要有坑道，用於透氣的豎井就會增加，所以整座礦山到處都是洞，當然容易造成崩塌，事實上，整座礦山到處可以看到許多有新有舊的崩塌痕跡，有一件事可以確定，並沒有特別鬆軟的地方，只不過礦山不知道會因為什麼契機崩塌。」

朽棧笑著又說：「你們可別拍手，也不能吹口哨——這是坑夫的忌諱。」

「應該不至於會因為拍手和吹口哨就會造成崩塌吧？」

「是啊，只是坑夫會覺得不吉利。」

李齋苦笑著點頭，周圍山崖上方坑頂留下的痕跡看起來好像屋簷，也就是說，以前走出隧道，就是一大片地下坑洞，但大部分坑頂掉落，如今變成了被山崖包圍的廣場。可能在好幾個世代之前，坑頂就掉落了，山崖上長了許多松樹和灌木，而且都很高大，露出的樹根垂在山崖上，水滴順著樹根滴落。

好幾個坑道口對著廣場，其中有幾個坑道沿著水平方向繼續向後方延伸，其他都是往地下傾斜。傾斜的角度各不相同，有些可能已經很老舊，地面磨損得很光滑，也有的同時設置了很矮的階梯，還有可以一路滑下去的坡道。

「這是目前唯一還在運作的坑道。」

朽棧指向後方三個凹下去坑道口中最右端的那一個說道。走進去之後，發現那應該也是老舊的坑道，無論地面和牆壁都很光滑，中央用木材和樹幹鋪成梯子狀的路，雖然沒有陽光照進來，但牆上有一排油燈。

「這個坑道應該很久了，」酆都看著坑道說：「還在使用嗎？」

朽棧點了點頭，指著好像放了梯子般的軌道說。

「把石函放在這上面就可以運貨，既然有燈、有軌道，就代表還在運貨。」

「其他坑道呢？」

「目前只有這個坑道還在使用，雖然離工作面還很遠，但可以採到一些小礦石，只不過數量逐年減少。即使運一個石函上來，有價值的礦石不到三成，根本不划算，然而一旦離開礦山就沒有工作，所以也只能咬牙忍耐了……」

「你說有妖魔出沒？」

「之前曾經出現過三次，兩次是妖魔，還有一次是妖獸，都沒有隨便攻擊人類，但為了抓住牠們，造成了不小的損失。其中一隻是不知道從哪裡冒出來，出現在坑道內，另外兩隻是挖到的。在將工作面向前掘進時，發現了空洞，妖魔就在那裡沉睡，所以現在坑夫都不願繼續向前挖掘工作面。」

當國家衰敗時，妖魔就會肆虐。當國家平定時，妖魔就會回到地下沉睡。李齋聽了朽棧說明的情況，發現原來這句話是真的。

「照理說，坑夫發現空洞時會很高興，因為那是以前泉水經過留下的痕跡。如果是玉泉的水，空洞的岩壁上就會有優質的石頭，即使不是玉泉，只是地下水經過的地方，底部也可能會有碎玉——但有妖魔就沒辦法了。」

「是啊，」李齋點了點頭後問：「你剛才說要放棄這裡，之後的生活有著落了嗎？」

「這就難說了，」朽棧苦笑著說：「目前還有甘拓，但不出幾年，那裡就採不到礦石了。雖然很想乾脆去其他礦山，但目前每座礦山都有土匪，我們在這裡為所欲為多年，現在很不願意去向其他礦山的土匪低頭，請他們收留——也許只能當草寇，只不過在文州可能很難期待有什麼收入。」

「要不要考慮好好工作呢？」

「如果能養家，當然沒問題。土匪就像是一個大家庭，有很多老人，也有很多身體不方便的人。如果有什麼工作能夠養活所有人，我很樂意換工作啊。如果哪裡有這麼好的工作，記得通知一下。」

李齋只能陷入沉默。

「朽棧，你能掌握所有的坑道嗎？」酆都問。
「不，根本沒辦法掌握所有的坑道，因為這座礦山實在太大了。」
「之前王在這裡遭到襲擊，你知道是在哪裡嗎？」
朽棧皺起眉頭，抱著雙臂沉思起來。
「所以你們認為這裡是暗殺的現場嗎？那時候的確把函養山周圍的人都清空了，但真的會把函養山做為暗殺的現場嗎？其實附近的山野就可以了。」
「我們並不是毫無根據地這麼認為。」
酆都在說話時看著李齋，似乎在徵求她的意見，李齋說了下去。
「在從這裡送出去的貨物中，發現了主上的隨身物品。」
「喔？」
「是送去範國的貨物，我記得只有函養山還有貨物可以出口到範國。」
「的確是這樣。雖然運轉的礦山並不是只有函養山而已，但其他礦山的規模都不大，只有函養山能夠開採到可以跨國買賣的數量。」朽棧說。
「姑且不論品質，這裡的設備齊全，所以可以開採到不少數量。但在王消失的當時，應該已經沒有開採了。」
「你確定嗎？」
朽棧點了點頭說：「我不是很瞭解，所以無法斷言。應該有知情的人，可以去問他。」

朽棧轉身邁開步伐後笑著說：「如果不嫌棄那個地窖，你們想住多久都沒關係，你們可以徹底尋找，我會吩咐其他人不要動你們。」

「找人——在這座山上？」

朽棧說的「知情的人」是在飯堂工作的老頭。這個老頭從年輕時就一直在函養山這裡工作。

「真是辛苦你們了。」

「老先生，你有沒有在山上看到有人遭到襲擊的痕跡？」

李齋問。

「沒有，如果只是打個架，不可能留下什麼痕跡。」

「至少死了好幾個人，所以應該會有血跡和屍體。」

「這樣啊，我沒聽說有人看過這樣的痕跡。」

老頭把裝了粥的大碗放在他們面前說。

「因為我曾經一度離開這裡，在文州之亂前不久——我記得好像是年底的時候。那時候，函養山一度封山。」

老頭看著半空，好像在努力回憶。

「在那之前，礦山就經常停工，已經採不到好礦石了，玉泉在之前就乾涸了。」

在驕王治世末期，戴國最古老，也是最大的函養山玉泉就開始乾涸，水量減少，水質也開始劣化，培育玉礦石需要更耗費工夫。一旦無法開採到和勞力相當的礦石，坑氏就會放棄礦山。

「最後的坑氏是在王位上無王的空位時代離開了函養山，坑夫雖然留了下來，繼續開採等級比較差的礦山，但後來也漸漸不合成本，結果就完全停工了，只不過並沒有完全封山。」

雖然沒有人在函養山工作，但整座山仍然由州支配，派了步哨守在函養山入口，保護這座山。

「有人獲准上山開採，因為有些業者提出開採申請，即使是等級較差的礦石也沒問題，或是想要勘探試採。還有一些人在山上尋找古時代留下來的礦石。」

「古時代的礦石？」

李齋問。

「坑道內曾經發現古時代開採的礦石，以前曾經發現過差不多要雙手才能抱起來的琅玕。是在工作面上發現，然後開採出來，結果因為坑道崩塌，然後就埋在坑道裡。」

當時在山上勘探試採，尋找新礦脈的人找到了那塊琅玕。

「聽說那些人賺了一票，除此之外，還有人發現坑氏培育的礦石留在那裡。不知道是因為當時坑道崩塌無法通行，或是礦山主人的坑氏突然死亡。由於坑氏都會隱瞞玉泉的地點，所以當事人或是相關者因為意外或是打仗死亡時，別人就不知道玉泉的位置了。」

老頭說完，露齒笑了起來。

「聽說會放一塊要石，只要抽出要石，整個坑道就會崩塌，是真是假就不得而知了。」

老頭放聲笑了起來。

「也有一些聽起來像是白日夢的傳說，所以有人上山尋寶。即使礦山停工了，這些人仍然向州申請了許可進入坑道，只是沒有聽到有人發現什麼。」

也有人以坑氏留下的紀錄做為線索，試圖尋找玉泉。因為培育好的礦石會放在玉泉附近，如果能夠找到失落的玉泉，就可以發大財——零零星星有這種人上山。

「在新王即位之後，風向開始發生了變化。新的文州侯上任之後，開始大規模開採，即使是等級差的碎礦石也沒關係，靠大肆開採貼補生活。以前開採的收入都完全要交給府第，新的州侯上任之後，開採的收入都可以貼補自己的生活，真是美好的時代。」

老頭笑著說。

「即使沒有好的礦石，只要願意開採，就會有收入，所以我們也有了幹勁。沒想到這種時代只持續了不到半年的時間。在土匪之亂前，突然封了山。也沒有告訴我們是什麼原因，只說不可以開採，叫我們離開，然後就把我們趕下了山。州師也撤退了，山上完全沒有人。」

那是在土匪之亂——古伯被占領之後。

「剛好是王消失的時候，那時候函養山沒有人，任何人都無法靠近函養山。」

「完全沒有人嗎？」

「是啊，不光是函養山，這一帶除了土匪以外，任何人都無法靠近。」

老頭說完這句話，一臉嚴肅表情，皺起了眉頭。

「當時我覺得有人想要在函養山幹壞事，因為徹底把人趕光，已經到了很神經質的程度。雖然是土匪在趕人，但就連土匪也說，他們沒辦法靠近函養山。」

「幹壞事？」

老頭用力點頭。

「王不是在那個時候消失的嗎？不是被人襲擊嗎？只是不知道當初是想弒君，還是想要綁架。幕後黑手利用土匪把人趕光，那個傢伙絕對不想被任何人看到他進入函養山，就連土匪也不行，所以才一波又一波趕人。」

「在函養山弒王。」

「八成是這樣，如果是這樣，就是偽王幹的，太讓人火大了。」

李齋點頭表示同意。

「之後直到你們重新上山期間，都一直沒有人嗎？」

「不，」老頭否認，「在文州之亂遭到鎮壓之後，礦山又重新開工，封山之前在山上開採的業者回來繼續開工。只是不知道是州方面要求他們開工，還是業者向州方面爭取，希望可以開工。在動亂時被趕走的百姓和坑夫也回來了，恢復了封山之前的狀態——結果沒多久就展開了討伐，轉眼之間，這裡就因為什麼窩藏謀反人士，或是叛徒的據點之類的理由遭到攻打，而且海上也出現了妖魔，這麼一來，就無法再進行大規模的開採工作。」

當時開採的礦石幾乎都供應出口，因為缺乏高品質的礦石，如果不大量開採，大量交易，就無法做成買賣。然而，附近的百姓都逃光了，沒有人可以運送貨物。如果從外地雇人來這裡工作，就會花費龐大的費用。而且即使貨物運到虛海的港口也運不出去，因為航路上出現妖魔，船班大幅減少，最後完全停止了。

「那些業者終於放棄，紛紛離開——我們就趁礦山沒有人的時候進來了。」

老頭若無其事地笑了起來。

「所以你是在礦山重新開工後回到函養山嗎？」

「沒有，因為封山，所以就放棄了礦山，沒有再回來，後來走投無路時，首領收留了我，之後就一直在甘拓煮飯。首領占領這裡之後，我才又回到這裡。」

「你回來這裡的時候，也沒有看到襲擊的痕跡和屍體……」

「沒看到，即使有的話，也在重新開工的時候收拾乾淨了，而且也沒有聽到類似的傳聞。」老頭又補充說：「當時的坑夫有很多都留了下來。」

「但王的隨身物品混在從這裡運出去的貨物中，送到了範國。」

「範國嗎？那應該是函養山的貨物，但是如果要在函養山襲擊王，會特地去工作面嗎？如果要避人耳目，只要去附近的坑道就足夠了，如果有什麼東西掉了，只要撿起來就好。如果不是在工作面，也不可能混進貨物中。」

「如果不是在工作面——還有什麼情況會混入貨物中？」

李齊問，老頭抱著雙臂陷入了沉思。

「從工作面開採的礦石會搬到坑道外堆放在一起，會不會是這時候混了進去？」

「會不會有人故意混進去？」

「有可能。」老頭說到這裡，好像突然想到什麼似地左顧右盼起來。飯堂內有大約二十個人左右在吃飯，現在吃飯似乎還有點早。

「啊——喂！」老頭叫著其中一個老人，「你之前不是說，回到重新開工的礦山時，聞到了奇怪的氣味嗎？」

聽到老頭叫聲的老人抬起頭，點了點頭說：「對啊，有工作面的氣味和火的氣味，所以應該是有人趁我們不在的時候在山上搗亂。」

「有人搗蛋？」李齊問。

「謝謝啦。」老頭舉起手，點了點頭，「你們也聽到了，有人在無人的山上開挖，但並不是針對之前開採的部分，因為只要坑道的形狀改變，坑夫就會知道，所以可能是在更深的山裡面。有人挖了已經廢棄的部分，這些氣味沿著坑道飄了過來。那些傢伙帶走了值錢的部分，把不值錢的部分堆在外面——如果混在這裡面，就可能會混進送去範國的貨物裡。」

「有這種可能嗎？在封山之後，到重新開工期間——那時候不是把所有的人都趕走了嗎？」

「應該是偷溜進來，經常有這種人，既不是正規的開採，也沒有很大的規模。」老頭說：「只是幾個人而已，也只開採自己扛得動的數量，他們通常都會找已經廢棄的豎井或是裂口，然後鑽進坑道。」

他苦笑了一下，又繼續說：「因為這關係到我們的生存問題，所以我們會嚴加監視，但以前礦山的警戒很鬆散，即使大規模開採，和這座巨大的礦山相比，也只是一小部分而已，而且也經常有小規模的人來找以前的礦石，或是尋找新的礦脈，根本沒辦法隨時監視是不是有可疑人物。而且因為都知道範圍，所以那些走投無路的災民就趁人不備溜進礦山，偷一些小礦石。即使是礦石碎屑，也可以多少賣一點錢，所以就會有人偷溜進來，但沒有執照的話，即使手上有礦石，也沒辦法正大光明地賣出去。」

開採礦石需要執照，買賣礦石時也需要確認執照。

「話說回來——無論在哪一個時代都有黑市，聽說有人在收購沒有執照的礦石。」

「聽說？這裡目前不是也沒有執照嗎？」

「我們嗎？我們當然有啊，只不過是甘拓的執照。」老頭笑了笑，「這裡開採的礦石當作是甘拓開採的。」

事實上，甘拓的礦山幾乎已經沒什麼礦石，但在資料上把函養山開採的礦石登記為甘拓產的礦石。

「拜託你們不要張揚，甘拓雖然屬於名叫古伯的縣城，但古伯在土匪之亂時損失慘重，所以需要有收入。甘拓的礦山以玉泉為主，在叛亂的混亂中，那些不講道義的土匪把玉泉裡的礦石都拿走了。因為玉泉還在，所以還可以再培育，只不過需要好幾年的時間才有礦石可賣，在此之前，就需要我們開採的礦石才能夠過日子。」

「所以……古伯的府第也知道？」

老頭沒有回答，只是聳了聳肩。

「因為這個原因，我們不需要靠黑市，但既然有人來盜採礦石，就需要有收購礦石的業者，實際上也有這種業者，所以會有人偷溜進來盜採。」

但是，在土匪之亂的時候，不可能有人溜進來。因為土匪接到指令之後封了山，有人指示土匪，不得讓任何人靠近函養山，西側以龍溪，東側是岨康為界，任何人都不得進入其中，尤其在驍宗失蹤之後，就連土匪也被趕走了。

「函養山一帶沒有人……」

「但只有短暫的時間而已，隔了一段時間之後才重新開工，在那之前，應該可以進來。雖然不知道土匪是在什麼時候撤退，有辦法可以偷溜進來，但如果只有幾個人，應該有辦法偷溜進來盜採。」

老頭說完，好像自我確認般點了點頭。

「應該真的有這種人，坑道內有工作面的氣味，就是這麼一回事。不知道是走投無路的附近百姓，還是沒錢的災民，反正有人進入礦山盜採了礦石。」

李齋大吃一驚，看向去思和酆都，他們兩個人也點著頭。

驍宗的腰帶掉落在函養山的深山，有災民去那附近盜採礦石。他們會不會在那裡發現了身受重傷，無法動彈的驍宗？他們有沒有可能救了驍宗？

李齋等人隔天花了一整天的時間檢查了內部，試圖尋找入侵者盜採的坑道，但並沒有得到明顯的線索。不知道驍宗遇襲的現場在哪裡，當然更不可能知道驍宗遭到襲擊時的狀況。

函養山沒有新的線索——當他們心灰意冷地離開函養山的早晨，吹來的寒風中夾著白色的東西。

——下雪了。

第九章

1

泰麒的傷口並不淺，但也不至於很深，因為文遠等黃醫的細心照料，他已經能夠正常生活，只是不時需要護著手。

這段期間，泰麒多次要求和正賴、巖趙和琅燦見面，但一直被以正賴犯了重罪為由，無法安排見面。至於巖趙和琅燦，則說是當事人婉拒見面——只是不知道當事人是否真的這麼說。

「聽說巖趙將軍閉關在一棟不大的房子內。」

文遠派來協助德裕的醫匠潤達說。

「我猜想並不是他們婉拒見面，而是可能根本不知道有這件事，甚至根本不知道台輔回來了——如果他們知道，一定會很高興。」

除了潤達以外，浹和還帶了奄奚來照顧泰麒的生活。項梁並不希望輕易在泰麒身邊增加照顧他的人手，但如果只有平仲與浹和兩個人，的確無法處理雜務。奄奚並不會近距離和泰麒接觸，所以項梁最後只能同意。在人手增加之後，消除了泰麒生活中很多不便的部分，但當然還很不充分，更何況至今仍然還沒有恢復他身為瑞州侯的地位。

日子一天比一天寒冷，今年不知道為什麼，很晚才下第一場雪，但各地已經陸續傳來降雪的消息，必須趕快向百姓提供支援，讓他們能夠熬過這個冬天。

「北方已經開始下雪，百姓需要國家的支援。」

泰麒找來惠棟，對他這麼說，但惠棟無法帶來任何回答。

「至少讓我開始執行瑞州的實務工作。」

泰麒透過惠棟再三要求希望可以和瑞州的官吏見面，但張運等人支吾其詞，遲遲沒有任何行動。

從德裕等人的口中得知，目前瑞州由張運推舉的州宰士遜指揮。但士遜只是張運的爪牙，實際上還是由張運掌握州政。泰麒要求和士遜面會，卻無法如願。泰麒仍然是瑞州的州侯，既然阿選准許泰麒歸朝，應該可以認為泰麒也恢復了身為州侯的地位，所以州宰士遜就是泰麒的下屬，但即使泰麒要求他來見面，他也推說「愧不敢當」而堅決不肯前來。

「怎麼會有這麼荒唐的事？」

項梁怒不可遏，惠棟不停地叩拜，一次又一次道歉。

「你去叫他來見我，這是身為州侯的命令。」

泰麒也語氣強烈地說，但士遜還是沒有出現，只是一再派人傳話說，會影響泰麒的健康，目前讓泰麒養傷是頭等大事，身為臣子，無法做出危害主子的行為。泰麒終於忍不住心浮氣躁地對惠棟說：「請你轉告他，既然他無論如何都不願來見我，顯然是對我有什麼想法。如果他對我這個州侯有什麼不滿，那就建議他辭職。」

士遜聽了之後，慌忙趕來見泰麒。他賊頭賊腦，抬眼看人，一走進正廳，立刻用激動的聲音叫著：「台輔！」然後跑到泰麒面前，誇張地磕頭。

「我一直渴望有幸拜見台輔大人，您平安回來這裡，真是欣躍幸福之至！」

他滔滔不絕地表達慶賀，完全不讓泰麒有開口說話的機會。他訴說著泰麒離開的這幾年，是多麼痛苦悲傷，多麼擔心泰麒的安危，得知泰麒平安歸來，忍不住喜極而泣。守在一旁的項梁聽了這些令人起雞皮疙瘩的傾訴，完全說不出話。惠棟看不下去，打斷了他，用嚴厲的口吻說：「比起這種事，難道你不為自己再三拒絕台輔的召見道歉嗎？」

「喔喔，台輔，如果讓您感到不悅，我懇切地向您道歉。這都是擔心您的身體，怕您見到我這種卑賤的人傷眼，聽我說話傷耳，影響到您尊貴的身體。」

說完，一次又一次磕頭，額頭幾乎碰到了地上。

「這是我基於真心誠意的行為，沒想到因為我的思慮不周，導致了您的誤會，我不禁為自己的膚淺感到羞愧。能夠協助高貴的台輔，是無上的榮譽，更是無限的喜悅。雖然我駑鈍愚笨，但敬請台輔把我當成左右手，我隨時俯首聽命。」

士遜說話太誇張膚淺，項梁忍不住苦笑，但泰麒完全沒有表情。

「既然你這麼認為，就請用行動表示。」泰麒冷冷地說：「我首先要見州六官，我必須瞭解在我離開的這六年期間，瑞州府如何營運，請你轉告他們火速準備相關資料。」

「不，」士遜忙不迭地叫了起來，「不不不，台輔，您請等一下。當然，既然是台輔的命令，我當然不敢違抗，但和尊貴的您相比，這些下賤的人豈有資格拜見您的尊容，恕我不自量力，但如果您想知道什麼，就由我——」

「叫他們準備好資料來見我，這是命令。」

「因為這些人都很笨拙，如果要整理讓台輔看的資料，需要相應的時間——」

「五天內完成，即使不夠完整也沒關係。」

「不，這有點……」士遜驚慌失措地搖著頭，「這點時間——最重要的是無法承受這種抬舉，真的——」

他不知所措地嘀咕著，雙手握在胸前。

「最重要的是，必須請求主上的指示——」

說完，他用力點了點頭。

「我們由阿選主上任命，如果沒有阿選主上的指示擅自行動會挨罵。」

士遜說完之後，用力磕頭，誇張地顫抖著全身。

「如果只是挨罵還好……」

他似乎在暗示，一旦違抗阿選，可能會遭到肅清。

「當然，既然台輔下令，我願意赴湯蹈火，奮不顧身……」

項梁覺得這種說法太卑劣，簡直令人作嘔。目前誰都無法和阿選接觸，聽說就連張運也無法和阿選直接說話，或是向阿選報告，泰麒當然也見不到阿選，根本沒有任何方法可以靠近阿選，所以聽到士遜說「阿選的指示」，就只能沉默。

但是泰麒很冷靜，他猛地站了起來。

「那就這麼辦，五天後找六官長來這裡。」

「啊？」在地上磕頭的士遜抬頭看著泰麒。

「我向你保證，如果阿選主上怪罪下來，我會盡力勸說。」

「不──那──但是……」

「你剛才說願意赴湯蹈火、奮不顧身，難道是在說謊嗎？」

「不、不是。」士遜驚慌失措地搖著頭，泰麒瞥了他一眼，準備走回臥室。就在這時，泰麒輕輕叫了一聲，停下腳步，用力向後一仰，整個人癱軟下來。

「──台輔！」

項梁衝了過去。

「您怎麼了？」

泰麒以手撐地，用力喘息著。項梁看他的臉，發現泰麒好像大吃一驚般瞪大了眼睛，看著地面的某一點。

原本在隔壁的德裕可能聽到了吵鬧聲，立刻跑了過來。惠棟也跑到泰麒身旁，項梁等人紛紛叫著泰麒的名字，身後響起了士遜的聲音。

「台輔果然需要好好休息，這段時間我就不再來打擾台輔的療養──我先告辭了。」

士遜一口氣說完，不等別人回答，就衝出了正廳。惠棟轉頭準備對他說什麼，發現士遜已經溜之大吉。雖然對沒有讓士遜做出承諾就趁機逃走恨得牙癢癢，但他眼前更關心泰麒的狀況。德裕準備扶泰麒回臥室，泰麒委婉地拒絕了。

「現在沒事了。」

「但是……」

「剛才只是有點頭暈，」泰麒的臉上的確已經恢復了血色，「……只是時機太不湊巧，讓士遜逃走了。」

「是，」惠棟回答說：「我會再向士遜重申台輔的命令，但您千萬不要累壞身體，還是先好好療養。」

「現在不是說這些的時候，因為天氣一天比一天更冷了。」

惠棟拱手深深鞠了一躬。

雖然惠棟對泰麒說，一定會叮嚀士遜完成命令，但為了能夠讓泰麒實際見到六官長，必須一次又一次爭論同樣的問題。士遜每次都以「台輔貴體欠安」為由一再推託，這或許也是無可奈何的事，但惠棟嚴厲斥責他，如果真的擔心泰麒的身體，就不要再增加泰麒的煩惱。好不容易終於見到了州六官，結果發現不是張運的爪牙，就是露骨地對士遜阿諛奉承之輩。泰麒命令他們立刻救濟災民，他們磕頭回答：「遵命。」但完全沒有任何實際行動。當指責他們毫無進展時，他們回答要等「主上指示」，或是辯稱要等「冢宰的指示」、「州宰的指示」，顧左右而言他，事態完全陷入泥沼，令人感到厭惡。

雖然阿選說准許泰麒回朝，卻完全沒有給他任何權限。目前完全不知道巖趙和正賴的消息，和琅燦的面會也遭到拒絕，不僅如此，黃袍館周圍在不知不覺中被士兵包圍，甚至無法自由出入，而且也只准惠棟和文遠進入黃袍館。即使質問這是怎麼回事表達抗議，也只說是為了泰麒的安全，還說是因為還沒有建立完善的護衛體制，所以無法讓泰麒外出。

「這根本和高級俘虜沒什麼兩樣！」

項梁怒不可遏地斥責惠棟，但即使對惠棟發脾氣也沒有意義。

雖然惠棟號稱掌握了處理泰麒所有大小事的權限，但無論問什麼事，都無法從任何地方得到答案；無論提出任何要求，都只得到「會妥善處理」的回答，完全沒有任何進展。這和之前的狀態完全一樣，只是監牢的規模比以前大了一些。

事態完全沒有進展，令人焦急不已。無法自由出入遭到幽禁的宮內，驍宗似乎也不在宮城內。阿選毫無動靜，也無法靠近他。救濟瑞州是唯一可做的事，但士遜的阻撓也導致事情無法推動。

泰麒的計畫是以阿選陣營聽到「阿選是新王」而欣然開始積極施政為前提，但項梁認為在第一階段已經失敗了。不光是阿選，張運等人也不願積極推動事物，既不知道其中的原因，也不知道該如何解決這個問題。

——該不會？

雖然項梁覺得不太可能，但會不會是因為識破了泰麒的騙局？所以才用不聞不問的方式控制他的自由？

泰麒漸漸開始憂鬱地陷入沉默，不發一語地看著天空。王宮上方的天空總是籠罩著烏雲。

——真正的冬天即將來臨。

2

惠棟很憂鬱。

泰麒不止一次斥責他。他覺得挨罵也是情有可原，因為泰麒想要運用身為州侯的權限救濟百姓。鴻基昨天也下了雪，雖然目前尚未積雪，但不久之後，放晴的時間就會減少，積雪越來越深，即使晴天也無法融化積雪，百姓無法從土地獲得糧食。窮困的戴國百姓需要國家的援助，然而以泰麒目前的狀況，完全無法做任何事，張運和州宰士遜都對泰麒避不見面，不接受泰麒的任何指示，泰麒目前的處境完全不是一國的宰輔該受到的對待。

泰麒當然會對這樣的狀況感到不滿，惠棟成為泰麒表達這種不滿的唯一窗口。惠棟原本是阿選的幕僚，是阿選造成了戴國目前的局面，對泰麒來說，惠棟是不共戴天的仇敵麾下，所以發洩不滿時的語氣強烈，對惠棟的態度極其冷淡都情有可原，惠棟本身並沒有輕視泰麒，相反地，他也很期待可以拯救百姓，所以想到泰麒和身邊的人遭到敵視，就感到很痛苦。

「阿選主上不登基嗎？」

惠棟問張運。泰麒已經指名阿選是新王，照理說，阿選應該著手準備登基事宜，但目前完全沒有任何動靜，即使問張運，也完全不得要領。

「關鍵的阿選主上完全沒有下達任何指示。」

張運只是這麼嘟噥。

「阿選主上沒有登基的意志嗎？還是對台輔說他是新王這件事有什麼質疑？」

「不知道，你問我這種問題，我也無法回答。惠棟，你又是如何？阿選主上不是親自派你照顧台輔的生活起居嗎？沒有向你下達其他指示嗎？」

雖然張運語帶責備地問，但惠棟無法回答。惠棟只是阿選的幕僚，不，應該說是「前幕僚」，因為現在阿選軍已經不存在了。

以前屬於阿選軍的軍人都得到升遷，編入新的軍隊，大部分幕僚都進入了夏官府，但在驍宗失蹤，阿選掌握了朝廷的實權時，夏官長是驍宗麾下的芭墨。之後芭墨被懷疑試圖謀反，於是帶著親信逃離了王宮，由原本是阿選麾下擔任軍司的叔容接了夏官長大司馬的空缺，當時，叔容推舉惠棟擔任小司馬，但任命狀直到今天都仍然沒有頒發。夏官無法同時兼任軍吏的職務，所以在受到推舉時，惠棟就辭去了幕僚一職，上面已經同意他擔任小司馬，但始終沒有頒發照理說會在一、兩天內頒發的任命狀，沒有人知道其中的原因。惠棟處於一直在等任命狀的狀態，小司馬的職位也始終空缺。叔容著急地想要當面向阿選提出請求，但阿選不願見面，惠棟只能在灰心的氣氛中、無職無位的狀態下繼續等待。沒想到阿選突然派來使者，說泰麒已回朝，命令惠棟前往輔佐，並交給他一個綁了木牌的綬印，要求他馬上準備迎接泰麒回王宮的所有一切事宜，之後就沒有任何後續的指示。

——不知道從什麼時候開始，任何事都是這種狀態。

阿選整天都在六寢內，完全不離開一步。雖說是一切交由張運掌管，其實就是對一切都置之不理，所以掌握了冢宰職權的張運能夠為所欲為。

「台輔在問，現在到底是什麼狀況？至少希望可以見到州六官——」

惠棟的話還沒說完，張運就制止了他。

「我剛才說了，你問我，我也很傷腦筋，而且你是基於什麼權限問我這些？」

惠棟對這個問題還是只能沉默以對。雖然張運也接到了通知，泰麒的相關事宜都由惠棟全權負責，但惠棟沒有任何職位。他拿的綬印是可以自由出入宮內的下大夫綬印，只不過並沒有正式封他為下大夫，當然也沒有資格向冢宰張運下達任何命令。

惠棟只能帶著憤恨的心情目送張運離去——他對這樣的自己感到懊惱不已。

「台輔的護衛？」

惠棟眼前的人問道，惠棟點了點頭。

「目前只有以前中軍的師帥擔任台輔的護衛，只靠他一個人太辛苦了，我相信他也累積了很多疲勞，應該找人可以和他輪班。可不可以請你派幾個部下過來？」

惠棟問。他問的對象友尚——是阿選的麾下，目前官拜禁軍的右軍將軍，是惠棟加入軍隊以來的朋友。

「要選懂禮貌、人品好的人。」

「這件事很簡單，」剛回到家的友尚像往常一樣，把脫下的衣服亂丟在地上，他的這種習慣讓家裡總是亂七八糟，「問題是台輔願意接受嗎？我們可是敵人。」

惠棟聽到友尚這麼說，忍不住垂下了頭。的確是這樣。但是……

「現在已經不是敵人了，因為阿選將軍是王。」

「但心情上應該難以接受吧，中軍的師帥是誰？」

「他叫項梁。」

「原來是暗器的楚。他一個人應該也能夠勝任吧，」友尚說到一半，苦笑起來，「……應該不行，一個人真的太辛苦了。」

「是不是？我覺得他應該累壞了，而且他經常氣色很差，兩名醫官也一樣，最近經常昏昏沉沉。如果單純只是做醫官的工作，兩個人就足夠了，但目前他們還承擔起護衛和近侍的工作。因為責任重大，所以神經隨時都繃緊，早晚會有人病倒。」

惠棟折著丟了一地的衣服說。

「但不可能從阿選麾下派人去，要不要找巖趙大人的麾下？台輔應該願意接受。」
「但張運不會同意。」
「不會同意？」
「張運很怕台輔和驍宗的麾下接觸，他說不知道會發生什麼狀況。還有以前的州官和國官也一樣，他說絕對不能讓台輔和他們接觸。只有黃醫還可以像以前一樣，但黃醫原本就不是驍宗的麾下。」
「沒有近侍嗎？」
「目前有寺人、女御和女御帶來的奄奚。寺人是張運的親信派來的，至於女御……」惠棟壓低了聲音，「她八成是張運的奸細。」
如果自己是張運，也不可能把泰麒關在密室就罷休，一定會在他身邊安插奸細。惠棟猜想浹和應該扮演了這樣的角色。這種猜測並沒有明確的理由，硬要說的話，就是他雖然是軍吏，但在生死一瞬間的前線搏命多年所培養起的直覺這麼告訴他。
「雖然我沒有問過，但我猜想項梁也發現了。」
「是喔。」只穿了一件短衫的友尚坐在火炕上，盤起了腿，抱著雙臂。因為已經生了火，所以堂室內很溫暖。
「那真的不太足夠，但如果真的要派人，就需要叔容下令。」
「我認為叔容大人應該不會反對保護台輔的安全。」
「我想也是。」友尚點了點頭，「只不過即使叔容能夠搞定張運那裡——但只要是你帶去的人，台輔應該會心生警戒，這樣只會增加他的負擔，所以你還是別管這件事了。」友尚又繼續說：「只能等阿選將軍任命，這樣的話，台輔就不得不接受。雖然同樣會增加他的負擔，但至少可以保護他的安全。」

「如果有辦法這麼做……」惠棟忍不住嘆氣。阿選命令他去照顧泰麒的生活之後，就完全沒有任何音訊，惠棟也根本無法聯絡他。

「……阿選將軍到底是怎麼回事？」

「什麼意思？」

「台輔問我，為什麼阿選將軍對施政意興闌珊？完全感受不到對王位的執著，既然這樣，為什麼當初要篡位？你認為是什麼原因？」

惠棟把原本丟在那裡的褞袍丟了過去，友尚穿上時說：「的確——阿選將軍看起來似乎對施政失去了興趣……」

「他當初不是想取代驍宗，統治戴國，所以才篡位嗎？」

「這應該是理所當然的解釋。」

惠棟嘆了一口氣，低下了頭。

「我覺得阿選將軍有一種燃燒殆盡的感覺，簡直就像是推翻驍宗這件事本身就是他的目的。」

「這件事本身就是目的……嗎？」

惠棟之前深切感受到阿選對驍宗的對抗心。雖然阿選從來不會表現出來，但惠棟確信，阿選隨時都很在意驍宗，而且並非對自己和驍宗之間的優劣比較漠不關心。

「我認為這也情有可原，我們這些麾下從驕王時代開始，就經常把阿選將軍和驍宗將軍拿來比較，他們怎麼可能不競爭優劣？雖然他們之前被稱為雙璧，但反過來說，只要其中一方有什麼閃失，就會被認為不如另一方。」

「但是，我覺得阿選將軍樂在其中。」

惠棟聽了友尚的話，點了點頭——他們的確是勁敵，阿選看起來對這種緊張樂在其中。當驍宗占上風時，他會稱讚「果然厲害」，但當自己占上風時，他也絕對不會輕視驍宗。

阿選和驍宗並沒有特別親近，但惠棟認為這並不是因為兩個人之間有距離，至少阿選看起來只是不喜歡太密切的關係。雖然並沒有對對方感到不滿，在心情上反而有好感，但彼此仍然保持一定的距離，藉由這種方式維持舒服的緊張感。

當惠棟表達了這樣的意見後，從雜亂的衣物中找出酒的友尚點了點頭。

「我也這麼覺得，事實上，我也一直認為不能和驍宗軍的麾下太親近。驍宗軍的麾下有臥信和基寮這種個性豪爽的人，好幾次都很自然地在一起喝酒，每次都很愉快。雖然覺得和他們把酒言歡是一件開心的事，但我從來沒有主動邀他們，他們也從來沒有邀約我，所以我相信他們應該也有相同的想法——你要不要喝酒？」

友尚遞過來的碗裡積了薄薄一層灰塵。

「你至少要清理一下家裡，如果自己懶得做，要不要找下官來幫忙？」

「太麻煩了——不瞞你說，我對阿選將軍篡位這件事感到很意外，原本還以為會是相反的情況。」

「相反？」

友尚把酒倒進了滿是灰塵的碗。

「雖然這麼說令人生氣，但上下關係已經決定了，驍宗將軍是王，阿選將軍是臣子，既然關係已經確定，就不需要刻意競爭，或是刻意保持距離，我覺得他們兩個人應該很合得來，也許會在驍宗將軍登基之後，反而變得親近。」

惠棟忍不住感到驚訝。

「我從來沒有這麼想過……」

「是嗎？我得知驍宗將軍登基時，還曾經覺得接下來會很好玩，也覺得阿選將軍會有同樣的感覺。」

「你也太天真了。」

惠棟有點驚訝——但又覺得友尚的這種看法並不完全錯誤。惠棟得知驍宗登基的消息時剛好和阿選在一起，在聽到使者說「是驍宗」時剛好面對使者，所以沒有看到阿選臉上的表情，但當他立刻回頭時，看到阿選臉上露出了淡淡的苦笑。

——果然是這樣啊。

阿選帶著苦笑說道，反而是惠棟感到很不甘心。

——我無法接受。

惠棟記得自己當時這麼說。惠棟的主子是阿選，無論別人怎麼認為，惠棟向來認為阿選比驍宗更加優秀，只有在劍術方面，不得不承認驍宗略勝一籌。但是劍術和施政沒有關係，阿選更適合登基成為一國之王，阿選才應該是新王。

阿選聽了惠棟這番話，放聲大笑起來。

「如果是相反的情況，驍宗的麾下也會這麼說。」

「也許是……」

「這就是偏袒自己人。」

「這並不是偏袒。」惠棟忍不住感到憤慨。他對新王不是阿選感到怒不可遏，「驍宗並不是不敗將軍。」

阿選才是不敗將軍，驍宗並不是不敗將軍，而且還曾經反抗驕王辭去軍職，讓人對這個將軍產生質疑。

「而且也是阿選將軍更早成為將軍。」

「但驍宗比較年輕。」

阿選似乎覺得很有趣地說道。

「那只是剛好有將軍的缺，更何況驍宗將軍是為了自己的利益昇山，你是因為戴國政局不安，為了維持治安才沒有優先昇山，就憑這一點，你也更適合成為王。」

驕王駕崩後，終於升起了黃旗，宣告泰麒準備立儲時，惠棟和其他人立刻建議阿選昇山，但阿選說：「目前無法離開戴國。」不久之後，驍宗就為了昇山提出要休假。阿選說，不能兩個禁軍將軍都離開戴國，如果驍宗不幸沒有獲選，他就等驍宗回來之後再昇山。

「我認為當初做出這種決定，為了戴國留下來的你更難能可貴。」

惠棟越說越激動，阿選覺得很有趣似地笑了起來。

「我會努力不辜負你的這番評價，」然後又告訴他：「當初也是我同意驍宗先昇山。」

「啊？」

惠棟感到很意外，忍不住瞪大了眼睛。

「在黃旗升起的那天晚上，他難得來找我，然後問我要不要昇山。」

「你怎麼回答？」

「因為我還沒有考慮過這個問題，所以就問他有什麼打算，驍宗不加思索地回答，他要昇山，於是我就對他說，既然這樣，他可以先去，否則同時少了兩個將軍，會對國家不利，我等他落敗而歸時再去昇山。」

——到時候你可能會因為被我搶先而後悔莫及。

驍宗笑著說。

——沒有先後的問題，天意已經決定了。

「他笑著回答說，的確是這樣，然後就離開了。他原本似乎打算和我一起昇山，他對黃海很熟，原本打算為我帶路。雖然會變成兩個將軍都離開戴國，但新王登基是國家的最優先事項，那些整天在猜測到底是我還是他成為新王的聲音也很吵，目前最需要團結，如果拖拖拉拉，很可能導致朝廷分裂。」

「這樣啊。」惠棟嘀咕道。那一陣子，官吏只要一有空，就會討論到底誰是新王的話題。如果現在就支持有可能成為王的將軍，在王登基之後，就可能受到厚待。大聲支持阿選的官吏中，有人大肆誹謗中傷驍宗。雖然在朝廷中的評價和上天的評價完全無關，但當有志一同的人聚集在一起，敵視對方陣營也是人之常情，決定追隨驍宗的官吏應該也差不多。時間一久，這種難看的內鬥的確可能導致朝廷分裂。

「他說，即使兩個人都落敗而歸也沒關係，至少可以減少紛爭。我覺得他說得很有道理，所以就叫他先去。不需要兩個人同時離開戴國，只要他去，官吏就只能屏息斂氣等待結果，有助於避免派系鬥爭過度激烈。當我這麼對他說之後，他笑著說，感覺自己好像真的會落敗而歸。」

「……原來是這樣啊。」

「還是驍宗說得對，我一直很想去黃海看看，可惜現在沒機會了。」阿選又說：「如果說我完全沒有懊惱，當然是騙人，但我認為驍宗比任何人更適合。驕王向來不重視軍隊，驍宗成為王之後，你們的待遇應該也會改善。」

「是。」惠棟只能這麼回答。

「其實接下來才辛苦，朝廷起步時最困難，你們也要全力以赴。」阿選語重心長地說：「驍宗應該會藉助我們的力量。」

驍宗的確重用了阿選和阿選的麾下，從來沒有覺得受到輕視，似乎證明了這句話。雖然惠棟得知驍宗踐祚時很情緒化，但這種瞬間的衝擊消失之後就冷靜了下來。沒錯，比起其他人登上王位，的確最能夠接受驍宗踐祚。

但惠棟內心對為什麼不是阿選的不滿並沒有消除。如果阿選和驍宗同時見到泰麒，泰麒選擇了驍宗，當然就無話可說，但先昇山的驍宗獲選這件事，讓他有一種好像被人偷跑的不舒服感覺。

「我這麼對阿選將軍說，結果被他罵了一頓……」

惠棟說，友尚聽完後大笑起來。

「那是你的錯，真是太小家子氣了。」

惠棟沉默不語。在驍宗登基之後，朝廷內仍然有不協調的狀況。因為驍宗操之過急，因為他太急於改革，所以經常自以為是，很多人跟不上他的腳步。

「我不認為驍宗將軍是理想的王。」

「每個人的理想各不相同。」

「難道你沒有感到不滿嗎？」

惠棟問，友尚露出複雜的表情移開了視線。

「……我沒有不滿，反而覺得那是一段有趣的時期。因為阿選將軍感到不滿的話還情有可原，我沒有什麼好不滿的。當然，只要稍微對阿選將軍有所不敬，我不可能善罷甘休，但完全沒有這種狀況。」

「但阿選將軍最後還是背叛了驍宗。」

「所以我也感到很意外，在驍宗將軍出發前往文州之前，他才召集我們這些師帥親信，告訴我們要襲擊驍宗。」

不——友尚小聲嘀咕說。阿選並沒有明說要叛變，只說文州可能會發生變故。他說驍宗身邊會發生變故，叫我們不必在意。於是友尚意識到阿選是拐彎抹角地表達要叛變。文州會出事，應該是命令了同行的人暗殺驍宗。雖然不知道由誰執行這項任務，但一切都是阿選的決定，其他人不要插手。

「……我當時大吃一驚，因為在此之前，我完全無法想像阿選將軍有這種念頭，但既然阿選將軍心意已決，我有必要反對嗎？阿選將軍不僅已經下定了決心，而且還做好了周全的準備，既然這樣，就代表他有相應的理由和勝算，我也不打算提出任何異議，畢竟我是阿選將軍的麾下。」

友尚雖然知道大逆是大罪，也覺得阿選下了很大的決心，更為在面臨這麼重大的事時，自己不是參與的人，而是在一旁靜待結果感到不甘心。

「……友尚，你希望阿選將軍叫你去殺驍宗將軍嗎？」惠棟驚訝地問。

友尚苦笑著說：「並不是我希望阿選將軍這麼對我說，而且如果實際接到這樣的命令，我應該會很煩惱。我應該會想要阻止阿選將軍犯下大罪，而且在明知有罪的情況下，對服從命令可能也會感到猶豫。但正因為是這麼重大的事，想到不是自己接到這樣的命令，所以也會感到難過。」

「我事後得知阿選將軍背叛驍宗將軍時，忍不住發抖，真是無條件感到害怕。」

「嗯，我能理解。」

惠棟是在事情結束之後才得知這件事。惠棟等幕僚在白圭宮發生鳴蝕，一切都陷入混沌時，才終於得知這個消息。

「阿選將軍的決心太可怕了。他自己一個人決定了所有的事，然後做好所有的準備工作——連我們這些麾下也完全不知情。」

惠棟忍不住思考，到底發生了什麼事？有什麼原因讓阿選將軍做出了這樣的決定？還是他一直深藏在心裡？那不是普通的決心，也不是普通的行動力，惠棟第一次覺得主子很可怕。

「……我能夠理解你的心情。」

友尚點了點頭。

惠棟雖然感到害怕，但船已經駛離了岸邊，很快就吞噬了一切。

偽王治世之所以會造成國家的不幸，就是因為能力明顯不足的人，不自量力地坐上了王位，但是和驍宗相比，阿選的能力絕對有過之而無不及。惠棟在這個問題上，對主子有絕對的信賴。

「事實上，謀反當時很順利……」

惠棟嘀咕著，友尚也憂鬱地陷入了沉默。

不知道是從什麼時候開始，很多事都開始變得不順暢。隨著阿選謀反逐漸明朗，事態漸漸無法順暢進行——因為這是大逆，不順暢也是理所當然，所有重視大義的人都會譴責阿選，必須肅清這些人是不得不為之事，也是為了把國家交到阿選手上的必要之舉。

「雖然我一次又一次這麼告訴自己，但仍然覺得不該走這條路。我根本沒有時間建立參與大逆的決心，雖然和罪人站在同一陣營，卻有一種好像被捲入大逆的被害者心情……」

惠棟說到這裡，咬著嘴脣——他至今仍然有這種心情。

即使這樣，如果阿選能夠鼓舞、激勵惠棟和其他人，他應該可以克服這種心情，但阿選不知道從什麼時候開始整天躲在王宮深處不露臉，允許張運為所欲為，讓一些本性不良的官吏橫行霸道，眼神空洞、像傀儡般的官吏也越來越多。惠棟和其他麾下根本無法向阿選請示指示，甚至根本看不到他，也聽不到他的聲音。

「阿選將軍為什麼遠離我們？為什麼重用張運這種奸佞之徒，允許他胡作非為？」

「不知道。」友尚嘀咕說。

「我覺得阿選將軍在暗殺驍宗將軍之後，就變成了行屍走肉。」

「我也有同感。」

如今，戴國越來越衰敗，已經到了難以修正的程度。雖然沒有人說是誰的過錯，但百姓都心知肚明。

惠棟和友尚都希望阿選能夠找回自己，但阿選周圍都是一些傀儡和奸佞之徒，如今任何人都無法自由接近阿選，甚至有人對這樣的阿選產生質疑而棄官歸田，也有人因為持反對主張而遭到討伐，這種情況似乎讓阿選更加自閉。

「我覺得這果然是謀反，雖然這麼說很奇怪，」友尚露出扭曲的笑容，「那只是過去常見的謀反，沒有天命者暗殺正當的王篡奪王位，阿選將軍是踐踏天意的偽王，如今正受到自己犯下大罪的懲罰，但他似乎被罪孽壓垮了……」

惠棟閉上眼睛搖了搖頭。

有沒有天命原來這麼重要——這應該是過去許多偽王和偽王的同夥在做出暴行之後確認的事實。

「但是上天選擇了阿選將軍，」惠棟想到這件事說道：「阿選將軍並沒有錯，可見當初做對了。」

「我並不相信。」

惠棟說，友尚憂鬱地移開了視線。

「友尚？」

「我認為上天不會原諒阿選將軍。」

「但、但是——」

惠棟不知道該說什麼。

「我不知道到底是怎麼回事，我一介將軍，也不需要瞭解，我是阿選將軍的麾下，這件事不會改變。」友尚說完，露出了落寞的笑容，「但是目前的事態已經不一樣了。」

3

事實上，張運也感到困惑。

他不知道泰麒所說的「阿選是新王」這件事的真偽。眾人在討論後決定，不能在不知道的情況下，讓泰麒和阿選見面——因為很危險。沒想到阿選親自召見泰麒，破壞了他們原本的決定。既然這樣，泰麒的事就交到了阿選手上，沒想到阿選竟然沒有後續的行動。

「為什麼阿選主上沒有下達任何指示？」

有人氣急攻心地問，張運也只能嘆氣。

阿選和泰麒見面後說：「准許歸朝。」張運等人聽從了阿選的指示，迎接泰麒進入王宮。從阿選和琅燦的態度來看，泰麒是宰輔這件事應該無需質疑，而且張運見到泰麒之後，也隱約回想起來。雖然之前不曾近距離和泰麒接觸，但並不是沒有機會看過他。即使無法回想起泰麒的長相，但親眼看到之後，就知道是不是認識。

泰麒回來了——這件事本身並沒有問題。泰麒說阿選是新王，阿選似乎也接受了。既然這樣，事態應該會有進一步的發展。他屏息等待，卻沒有等到任何發展，好像所有的事都在阿選和泰麒見面時已經結束了。

「阿選主上到底在想什麼？他打算什麼時候登基？」

張運面對這些疑問，也只能嘆息。因為目前的情況沒有前例，因為沒有參考的做法，所以張運和其他人也不知道該如何處理。如果阿選下達指示，就可以聽從指示處理，但阿選仍然像以前一樣躲在深宮，保持沉默。

「阿選主上沒有感到高興嗎？」

春官長的女官吏，大宗伯懸珠偏著頭納悶地問。張運和惠棟見面後回到冢宰府，除了冬官長以外的五官長都在正殿。

「立昌大人，你是否聽說了什麼消息？」

太宰立昌原本的工作應該在阿選身邊陪侍，但阿選周圍都是他親自挑選的官吏，根本不允許天官干涉，甚至不允許他進入阿選閉關的六寢。立昌覺得懸珠的問題就像要他再次面對這個事實，忍不住撇著嘴。

「我們根本無法瞭解阿選主上的想法。懸珠大人，妳有什麼……更何況有關登基的典禮不是由妳負責嗎？」

懸珠聽到立昌這番旁敲側擊的話，也忍不住生氣地抿著嘴。懸珠和立昌一樣，也無法接近阿選。阿選對所有的祭祀活動都不感興趣，在坐上王位之後，在各個時節完全不舉行任何祭祀活動，就連最重要的郊祀也從來沒有舉行過。今年的冬至即將到來，懸珠覺得今年應該舉行，所以多次提出請示，但至今沒有獲得任何回應。

大司寇橋松很受不了地嘆著氣。

「即使爭吵也無濟於事，無論如何，阿選主上不採取行動，整個國家就無法運轉。既然台輔說他是新王，就必須請他登基。只不過阿選主上本人完全沒有任何動靜。但是，這到底是為什麼？」

他們也很難理解為什麼阿選沒有任何行動？為什麼會對執政失去興趣？

「恕我一再重複相同的話，阿選主上不是因為想要王位而舉兵嗎？如今卻把好不容易得到的王位丟在一旁。」

我怎麼知道？張運在內心自言自語。張運也不知道阿選放棄政務的原因，甚至不知道他當初弒君的原因。

弒君是阿選一個人做出的決定。張運完全沒有發現阿選內心有讓他決定弒君的不滿，情況恰恰相反，他認為阿選順利融入了驍宗的陣營，沒想到阿選突然叛變。張運不知道阿選弒君的理由，也不知道他為什麼對施政沒有興趣，只是很歡迎阿選的委靡不振。正因為阿選對國政沒有興趣，張運才能濫用一國之王的實質權勢。

「無論如何，既然阿選主上還沒有做出決定，」張運說：「那我們只能等待。」

「只要我們等待，阿選主上就會做出決定嗎？」

張運聽了懸珠的問題，生氣地閉了嘴。雖然之前無數次上奏，但阿選從來沒有做出任何回答。有異議時會說「不行」，否則就用一句「知道了」打發，最多就只說一句「上奏的內容都知道了」而已。

懸珠環視著所有人問：

「還是去請求台輔的指示？」

平仲通報惠棟想要求見，項梁點了點頭。

惠棟不會突然闖進正廳，而且如果沒有特別的事，惠棟不會來找泰麒，但這並不是無視泰麒的存在——項梁這麼認為。阿選和張運等人明顯無視泰麒的存在，但惠棟隨時關心泰麒的狀況，也隨時都在過廳旁的房廳內，只要找他，他馬上就會趕到。有事求見時，一定會先請平仲通報，絕對不會冒失，也不會裝熟。尤其泰麒和士遜見面時昏倒之後，他隨時關心泰麒的身體，擔心泰麒會不會太累了。對項梁來說，惠棟雖然是仇敵的麾下，但不得不承認，惠棟侍奉泰麒出於真心誠意。

「我去請台輔，請他稍等一下。」

項梁說完，走向堂廳深處。穿越北側的後院，看到泰麒在高處的路亭內，德裕陪在他身旁。

——那裡不會冷嗎？

那是以水池為中心的小庭園，在並不大的水池後方，庭園的西北角落有一座小山，山頂流下來的水注入水池，成為一道小瀑布，瀑布總共有三層，第二層瀑布旁有一個小小的路亭。泰麒似乎很喜歡這個位在山頂附近的路亭，小瀑布的水從山頂瀉下，從潭面溢出的水沿著岩石的縫隙流下去，發出潺潺水聲。在王宮也即將飄雪的這個季節，這裡應該很冷，不知道泰麒是否因為視野良好而愛上了這裡。走到路亭時，可以看到位在東側腳下的園林，西南方是雲海的美麗海灣，望向北方時，可以一直眺望廣大王宮的最深處。

泰麒目前正在路亭內和德裕說話，但他經常只是坐在那裡看向北方。無論天氣如何，他每天早上都會去路亭，對著北方鞠躬，好像在祈禱什麼。他在日前昏倒之後就養成了這個習慣，他說「要稍微活動一下身體」，文遠他們也這麼建議，所以項梁並沒有阻止。西宮位在西寢的北方，那裡有祭祀天帝的廟宇和路木，德裕猜測泰麒在祈禱冬天不要太冷，但項梁覺得方位有點不對。泰麒是不是在向王宮深處禮拜——簡直就像在向阿選祈禱。

事態陷入膠著，宮中的倦怠日益嚴重，項梁內心的某種感覺也越來越強烈。那是一種不太對勁的感覺，進一步而言，就像是一種不信任的感覺。泰麒對阿選的憎恨是否並不像他嘴上說的那樣？泰麒的確對張運和士遜感到不悅，但對允許張運和士遜跋扈的阿選完全沒有不悅的感覺。雖然泰麒會問：「為什麼會這樣？」但聽起來沒有責備的語氣，項梁實在難以理解。

「台輔，惠棟求見。」

項梁走上石階說道，泰麒點了點頭。他可能已經看到項梁走上石階，所以在等他。路亭內雖然放了火盆，但仍然很冷，陪在一旁的德裕怕冷地縮著脖子。

「這裡已經很冷了，會不會反而對身體不好？」項梁說。

「但在下面時，感到太壓抑了。」泰麒回答之後，一臉歉意地看著德裕，「只是對陪我的德裕感到抱歉。」

「我沒問題。」德裕笑著說：「雖然這裡的確很冷，但我覺得在下面時心情很壓抑，這裡視野開闊，沒有任何東西阻擋，心情很舒暢。」

項梁在回正廳的路上想，這也情有可原。回到正廳時，發現惠棟誠惶誠恐地等待泰麒。

「我來向台輔報告冢宰要我傳的話。」

惠棟向泰麒跪拜後說：「阿選主上必須做登基的準備，所以阿選主上要先去蓬山嗎？」

終於等到這一天了嗎？項梁心想。終於慢慢動起來了嗎？

項梁在感到高興的同時，也產生了疑問。「阿選踐祚」是否對泰麒不利？雖然「新王阿選」並非事實，但只要一度成立，李齋等人就會成為叛賊。不僅如此，一旦阿選踐祚，就必須進行即位的步驟。應該要去蓬山參拜祠廟，接受天敕，但阿選無法得到天敕，到時候，泰麒的詐術就會敗露。對泰麒來說，阿選踐祚是絕對無法到達的終點。一旦開始進行阿選踐祚這件事，就無法停止，敗露的危機一天比一天增加，將走向毀滅。必須讓驍宗在此之前回來，但在目前形同軟禁的狀態下，要如何才能完成這件事？即使想要營救驍宗，也無法採取任何行動。

項梁在內心嘆氣。泰麒想要拯救百姓，但只有當阿選也有同樣的想法時才有辦法做到，但不能讓阿選踐祚，現在還不能啟動踐祚的流程，必須在營救驍宗之後才能開始行動。

項梁心情複雜地看著眼前的事態發展。

惠棟說：「因為沒有前例，所以冢宰很傷腦筋，不知該如何處理，想請示台輔的指示。」

——的確如此。項梁心想。項梁只經歷過驍宗登基，但驍宗是昇山者，麒麟在遴選出王之前，生活在位於世界中央黃海內的蓬山上。進入黃海，登上蓬山，面見麒麟，諮諏天意的過程稱為昇山。驍宗登上蓬山，獲得泰麒的選定，直接在蓬山上登基。白雉鳴一聲，乘著玄武來到白圭宮時，已經是正式的王。

也有些王並未經由昇山而登基，麒麟會在茫茫人海中找到王，奉上王位。王在正式登基時，必須先前往蓬山。項梁也知道這件事，所以應該是眾所周知的事實，只是並不知道實際是按照怎樣的步驟前往蓬山，進而登基。應該不是經由黃海前往蓬山，因為這樣路途太危險。黃海是妖魔肆虐的非人之地，對昇山者來說，穿越黃海可能會付出生命的代價，承擔一國之王天命的人，不可能需要踏上這種危險之旅，否則搞不好連陪同的麒麟都會一起送命。

既然這樣，想必有更安全、確實的方法，只是項梁從來不曾聽說，王宮內應該也沒有人知道，所以只能問泰麒——但如果相信泰麒的話，阿選並不是王。

是否有方法可以讓並不是王的阿選安全抵達蓬山？如果真的有，泰麒會使用這種方法嗎？正當項梁暗自思考時，泰麒冷冷地回答。

「做不到。」

惠棟困惑地問：「請問做不到是什麼意思？」

泰麒微微偏著頭，好像在傾聽來自遠方的聲音，開口回答說：「天命已變——不，應該說，正在改變，但目前還沒有正式成立。在形式上，這個國家目前的王還是驍宗主上，一國無法同時有兩王，所以在目前的情況下，阿選將軍無法正式登基。」

「恕我愚笨，我不太清楚這句話的意思……」

惠棟不知所措地說。

「驍宗主上目前在哪裡？如果在王宮的某個地方，就必須先去蓬山禪讓。」

「——禪讓？」

惠棟驚訝地小聲重複。

「請等一下——您的意思是說，要驍宗主上自己讓出王位嗎？驍宗主上會同意嗎？」

「必須說服他同意，所以請把驍宗主上帶來這裡。」

泰麒說完，惠棟深深磕頭，但項梁覺得根本不可能。這是泰麒的計謀之一嗎？果真如此的話，未免太魯莽了。泰麒要求把驍宗帶來自己面前——也就是帶來王宮。

驍宗似乎並不在鴻基，如果阿選把他藏在某個地方，最簡單的方式，就是讓知道他下落的阿選把他帶回來，但這等於是一國之王回到王宮。泰麒也說，驍宗目前仍然是這個國家的王。當正當的王回到王宮，見到麒麟之後，阿選根本沒戲可唱——阿選當然不可能中這種計謀。

項梁目送惠棟離去後，小聲地問：「台輔，這也未免——」

他的話還沒有說完，泰麒就用眼神制止了他。他輕輕搖了搖頭，看向隔壁臥室的方向。德裕與浹和正在臥室，他們並不知道泰麒的策略。項梁察覺了泰麒想要表達的意思，沒有再說什麼。

4

張運在冢宰府內聽了惠棟帶回的泰麒回答，忍不住大聲說：「我就知道，這果然是奸計——一旦驍宗進入王宮見到台輔，阿選主上不是就完蛋了嗎？」

「但台輔這麼說……」跪拜的惠棟回答後問：「請問驍宗主上目前人在哪裡？」

張運被惠棟這麼一問，不知如何回答。驍宗並不在王宮內，雖然悄悄派人去各地尋找，但在張運的職權可以行使的範圍內並沒有發現驍宗的身影。要把驍宗帶去蓬山，首先必須把驍宗從目前幽禁的地方帶來這裡，為此就必須問阿選到底把驍宗關在哪裡。

「——無論如何，不可能把驍宗帶進王宮去見台輔，更何況驍宗根本不可能接受禪讓的要求，難道明知這一點，還要把他從戴國帶去蓬山嗎？」

「即使冢宰這麼說，我也……」

「你退下吧。」張運揮了揮手，要求惠棟離開。看到惠棟行了一禮離開之後，問聚集在副冢宰的眾臣：「你們有什麼看法？」

所有人都回答「不可能」。張運點了點頭，然後看向隔壁房間。隔壁房間的門敞開著，豎了一道屏風。

「妳應該聽到了吧——妳怎麼看這件事？」

張運問的對象從屏風後方走了出來。

「……很異常。」

「台輔果然有什麼陰謀嗎？」

對方苦笑著說：「麒麟的陰謀嗎？」

「琅燦！」

琅燦聽到張運不悅的叫聲，嘆了一口氣說：「麒麟和陰謀這種事格格不入……你不這麼認為嗎？」

「雖然是麒麟，但也有個人意志，有陰謀也很正常。」

「也許吧。」

「台輔在心情上仍然覺得自己是驍宗的臣子，他自己也完全沒有隱瞞這一點，既然這樣，當然不能排除有什麼陰謀的可能性。我們必須瞭解台輔的真實想法。」

「他想拯救百姓吧。」琅燦輕鬆斷言道：「因為他是麒麟。」

張運說不出話。張運知道自己棄民不顧，但棄民不是張運的意思，而是阿選的意志，一旦違背阿選的旨意，張運隨時可能失去一切。

琅燦看到張運陷入沉默，輕笑一聲，在一張空椅上坐了下來。

「總之，泰麒說的話的確異常，但也不無道理。」

「不無道理？」

「因為天意比人類的思考更教條式，注重的是形式和手續。驍宗主上離開王位，戴國在實質上面臨了空位時代。上天並不滿意這樣的狀態，所以會有一股力量，試圖努力恢復正常的形式。」

「所以才會革命嗎？」

琅燦點了點頭。

「天意放棄了遲遲沒有回到王位的驍宗主上，改變了天命，這件事本身就是沒有前例的異常事態。在發生前所未有的狀況時，天理會努力恢復正常的形式，所以也就能夠理解上天要在驍宗主上禪讓之後，下達新的天命這種做法。」

「是不是殺了驍宗就好？」張運小聲問。

琅燦瞪著張運說：「這樣的話，一切都正常了，也就是說，天理可以按照應有的方式運作。我說過很多次，不違背天理最重要。」

張運不由得感到害怕。

他不知道琅燦在想什麼，但琅燦向來建議維持現狀——不僅如此，張運甚至懷疑當初是不是這個豪放的女官吏對阿選說了什麼，慫恿阿選犯下大逆之罪。她目前是只有名聲，並沒有實權的太師，但這是她本人的意願，只要琅燦願意，阿選隨時會給她冢宰的官位。到底是恩情？還是信任？無論如何，琅燦才是最貼近阿選的人，而且他們之間的關係幾乎平等，並不是琅燦背叛驍宗投靠阿選，琅燦和阿選兩個人是共犯關係。

「恕我失禮……」副冢宰案作插嘴說：「琅燦大人的確經常這麼說，但我還是不太能理解。」

琅燦無奈地嘆了一口氣。

「改變天命只有兩種方法。第一種就是王駕崩，不是自己禪讓，卸下王位，結束生活，就是被他人奪走性命。另一種方法就是上天放棄了王，奪走王位，也就是失道。」

不要明知故問。張運露出輕蔑的眼神看著案作。

「如果是禪讓，重點是卸下王位，還是駕崩？」

「嗯。」琅燦把手肘架在腿上托著腮，「你注意到有趣的問題——沒錯，這是關鍵。」

案作面無表情地行了一禮。

「過去曾經有多位王禪讓，但並不是去蓬山禪讓之後，生命就立刻結束。短則半

天，長則有幾天的緩衝時間，從來沒有發生過天命在這段期間改變的例子。」
「也就是說，王在禪讓之後，在生命結束之前都仍然是王嗎？」
「應該是這樣。即使已經禪讓，但天命仍然在那個王身上，所以應該是等到生命結束時，天命才會消滅。」
「只有短短幾天而已。」張運嘀咕道。
「這『短短幾天』有重大的意義。禪讓的話，麒麟會留下，正如之前采王的情況一樣，次王可能就在王的身邊。如果重點是王在王位上，那麼在王卸下王位的瞬間，就可以遴選出次王，因為次王就在眼前，但是，即使只有短短的幾天，還是會有時間上的落差——只是不知道要如何解釋這種時間上的落差，而且也搞不懂為什麼王卸下王位之後，到失去生命的期間並沒有固定的長短這件事。」
那又怎麼樣呢？張運忍不住想。人類根本無法瞭解天意。
沒想到案作說：「上天需要時間挑選次王……如果這麼想，或許可以解釋。」
「應該吧。」琅燦得意地笑了起來。「即使卸下王位，天命仍然在王身上。然後上天又選了新王，當新的意向決定，新王接受天命後，卸下王位的王就沒有任何作用了，所以即使奪走性命也無妨。」
琅燦停頓了一下後說：「只是實情如何，就不得而知了，但只要想一下王因為失道而失去天命的情況，就可以清楚瞭解上天的優先順序。」
「先有天命，天命最優先。」

「沒錯。上天選王，獲選者受命於天，如果王不順天意，上天就會改變天命，也就是重選新王。天命改變後，之前的王不再是王，原本被賦予的長生不老特權也會遭到剝奪，生命就此結束。主動卸下王位的王雖然不再是王，但天命仍然在王身上。上天會選新王，天命改變，卸下王位的王就完成了身為王的使命。」

「原來是這樣。」案作嘀咕著。「目前天命還在驍宗主上身上，所以驍宗主上還是王……」

「當然啊，」張運不屑地說：「事到如今，還在問這種顯而易見的事。問題在於既然這樣，為什麼上天改變了意向，我們在討論的是真的可能發生這種事嗎？」

案作聽了張運的斥責，恭敬地鞠躬說：「對不起。」

「雖然我們在討論這個問題，」琅燦無奈地說：「聽好了，照理說，驍宗主上是王，天命仍然在驍宗主上身上。但是，王不在王位上，政務處於完全放棄的狀態，對上天來說，這絕對是不樂見的事態，但是，上天只有在判斷驍宗主上有過錯而失道，或是主動放棄王位時，才會改變天命，但驍宗主上並沒有過錯，是因為阿選讓他無法繼續坐在王位上，並不是驍宗主上自己的意志。」

「所以這種情況不算是失道，也無法改變天命嗎？」

琅燦聽了案作的問題後點了點頭說：「沒錯。」

「妳剛才說，天意更教條式，注重的是形式和手續，也就是說，雖然不樂見王不在王位上的狀態，但更不樂見王沒有失道，天命卻改變的狀態，是不是這樣？」

「就是這樣。如果阿選殺了驍宗主上，對上天來說，就是正當的形式。因為王駕崩了，只要選下一個王就好，或是用挾持人質、威脅、籠絡等各種手段，讓驍宗主上主動放棄王位，也可以打造出正當的形式。無論是基於什麼原因，只要王放棄王位，放棄執政，就可以視為失道。戴國的現狀不屬於任何一種狀況——這種不屬於任何一種狀況的狀態很重要。」

「所以不改變天理很重要……」

「對我們來說，並不存在取驍宗主上性命的選項，正因為沒有這麼做，所以才能維持阿選的天下。」琅燦說。

有些官吏說，阿選試圖在文州暗殺驍宗，但不幸失敗了。其實阿選並沒有失敗，而是一開始就不打算殺驍宗。

「既然這樣，」張運語帶不滿地說：「就沒有換王的道理，台輔說阿選將軍是新王這件事是欺騙。」

「重點就在這裡……照理說，在目前的狀態下，天命不可能改變，但是，上天顯然不樂見戴國的現狀。雖然之前都不聞不問，但也許終於打算矯正這種情況了。既然驍宗主上沒有過失，就無法改變天命，所以只能請他主動放棄王位——如果相信泰麒的話，上天就是如此判斷。」

「那阿選主上的處境呢？」案作問。

「那他就是確實即將接受下一個天命的人，雖然泰麒說天命已改，但我認為並不是像失道時那樣，天命真的改變了，既然提到要驍宗禪讓，就代表上天默許了戴國的異常狀態，雖然王沒有過錯，但也只能剝奪他的天命。」

「聽起來簡直就像天帝在某個地方拚命抓著頭。」

張運語帶諷刺地說。

「你怎麼知道沒有？如果真的有天帝，之前一定煩惱死了，但祂終於做出了決定，認為不能繼續這樣下去，只是並不想親手剝奪並沒有失道的王的天命，所以要求驍宗禪讓給別人。目前戴國有誰有這個能力？」

「只有阿選主上。」

案作回答，琅燦點了點頭。

「阿選是次王這件事可能已經確定了，也就是說，上天藉由泰麒提出這項交易。只要阿選能夠用權力讓驍宗主上禪讓，就由他接受新的天命。」

張運嘆了一口氣說：「所以驍宗禪讓是絕對條件嗎？」

「應該是，」琅燦點了點頭，「應該沒有其他選項，如果用其他手段排除驍宗主上，上天就拂袖而去，改變天命的去處，到時候，阿選可能就不在其中了。因為他是造成上天煩惱的人，而且阿選還有其他不可能被選中的理由。」

「什麼理由？」

琅燦沒有回答張運的問題，好像沒有聽到似地沉默不語。張運不悅地瞥了她一眼說：「這些情況都瞭解了。既然這樣，就要請阿選主上把驍宗帶回王宮。」

「問題就在這裡，」琅燦沉思了一下說：「……阿選會聽從嗎？」

5

「為什麼會變成這樣？」

浹和坐在面向院子的桌子旁，嘆著氣小聲問道。

「怎麼樣？」

平仲用平靜的語氣問，浹和沒有吭氣。她可能只是想要抱怨一下。其實平仲知道浹和想要說什麼。現在的情況太詭異了，所有的一切都不對勁。

泰麒見到阿選後，阿選正式准許他回朝——平仲得知這個消息後很高興。戴國的麒麟真的回來了。在感受到欣慰的同時，也為終於可以改正之前對宰輔的怠慢感到高興。泰麒搬回了燕朝。這樣才對嘛。他興奮地來到燕朝一看，發現泰麒住在一個很小的宮殿，但這是因為西寢——以仁重殿為首的宰輔居住區域——在之前的鳴蝕時受到嚴重損傷，所以也無可奈何。仁重殿已經不存在，仁重殿後方、宰輔實際居住的那片建築也幾乎都毀了，黃袍館在所剩的建築物中狀態良好，而且格調很高，居住起來也很舒服，可以感受到惠棟為泰麒的盡心盡力。

惠棟費心將泰麒生活周遭的一切安排得更加完善。泰麒搬進黃袍館後，有德裕和潤達這兩名侍醫照顧，白天由德裕照顧，晚上有潤達負責，兩個人輪班，全天候照顧泰麒，所以平仲大部分時間不需要照顧泰麒的生活，而是在惠棟的指示下，張羅泰麒生活所需要的各種物品。雖然在照顧泰麒這件事上退居二線，但他原本就不擅長照顧貴人的生活，而且之前的重責大任讓他太緊張，讓他有一種放下重擔的感覺。傍晚時可以回到自己房間休息，雖然有點寂寞，但也很慶幸。

「我覺得只有我們住在前院太奇怪了。」

燦爛的陽光照在前院的院子，從漏花窗的玻璃照進來的陽光灑在桌子上。這一陣子的天氣越來越冷，今天難得風和日麗。平仲覺得坐在這裡晒太陽，就可以放鬆全身的緊張，但浹和似乎無法感到放鬆。她坐在桌前做針線活，不停地發洩不滿，一下子說安排泰麒住在這個宮未免太寒酸了，一下子又說泰麒的待遇太差，沒有受到重視，她似乎也難以接受自己和平仲的待遇。

只有項梁、德裕和潤達三個人住在正院，平仲與浹和住在前院，雖然可以自由出入惠棟常駐的過廳，但無法否認遠離了泰麒，而且待遇也不如住在正院的那三個人。

「因為我們是朝廷派來的。」

平仲安撫著浹和的情緒。對泰麒來說，目前的朝廷是敵人陣營，在泰麒和曾經是驍宗麾下的項梁眼中，從驍宗手上竊取王位的阿選的手下絕對就是仇人，沒想到罪魁禍首的阿選竟然被選為新王，從理論上來說，目前的朝廷已經不再是敵人，但平仲覺得泰麒和項梁很難產生善意也情有可原。事實上，張運和其他朝廷的人絕對沒有和泰麒站在同一陣營，泰麒目前的待遇就是最好的證明。把泰麒拘禁在這裡、無法交還州侯的實權，都分明是在侮辱和敵視泰麒。

「德裕他們不也是朝廷派來的嗎？」

「黃醫向來和朝廷的派系無關，他們純粹只是麒麟的侍醫。」

泰麒沒有理由拒絕從小就認識的文遠等人，他們和平仲、浹和不一樣。

「雖然是這樣……」

雖然能夠在泰麒身邊服侍是很光榮的事，但平仲覺得壓力太大，尤其泰麒目前的處境很複雜，所以心情經常很沉重。

「比起這種事，我更想住回自己家裡。」

不僅泰麒遭到軟禁，就連服侍泰麒的他們也形同遭到軟禁。他們無法回自己的家，也無法自由出入。泰麒認為平仲與浹和是敵人陣營派來的敵人，但敵人陣營的張運等人也不認為平仲、浹和是自己人，把他們視為敵對陣營的一分子。

「你就是因為這樣，所以才會被人看不起。」

浹和的直言不諱讓平仲忍不住苦笑。浹和很勤快，來黃袍館後，立刻和惠棟交涉，找來了奄奚，專心整頓黃袍館的環境。目前由德裕和潤達照顧泰麒的生活起居，但她從早到晚忙著送飯、收碗、安排菜單、準備衣物，張羅泰麒的生活，有時候甚至覺得她似乎太多管閒事了。

——因為她原本就是負責照顧泰麒的典婦功。

平仲原本是完全不同領域的官僚，所以不太清楚在照顧泰麒的生活時需要什麼，該以什麼事為優先。因為搞不清楚狀況，難免更加勞心傷神。這一陣子經常覺得昏昏沉沉，始終無法擺脫那種好像隱隱頭痛般的不舒服感覺。

「……不知道哪裡有鴿子。」

平仲嘀咕道，浹和停下了正在做針線活的手，猛然抬起了頭。

「是啊，真的有鴿子。」

「是不是半夜會突然叫？我嚇了一跳，結果都沒睡好。」

「那是因為你缺乏運動。」

浹和毫不留情地說，平仲再度苦笑起來。他沒有辯解，看向後方廂館的屋頂。鴿子不知道在堂宇的哪裡築了巢，雖然沒有親眼看到，但的確聽到了叫聲，所以應該真的有鴿子。他覺得簡直就像生活在遭到遺棄的地方，有一種淒涼的感覺。

——真想回自己的家。

家裡有妻子和兒子——回想起來，在驍宗即位之後，覺得即將迎接美好的時代，所以就娶了妻子，也向宮中的里木祈求了孩子，好不容易得到的兒子剛滿兩歲，最近終於學會走路，開始牙牙學語，正是可愛的時期，平仲很希望能夠陪伴兒子長大。

不知道此時此刻，兒子正在做什麼？平仲想著雲海下的治朝。

駹淑等小臣剛才突然接到了調動命令。他們幾乎沒看過長官司士，這一天，司士也沒有出現，而是派下官宣讀了調動命令的書狀，然後他們就被編入了瑞州師，奉命負責宰輔的護衛工作。

驍淑覺得應該不可能擔任宰輔本人的護衛工作，之前也無法為王做護衛，所以至今都沒有見過阿選。

新的長官是瑞州司士，名叫伏勝。伏勝命令驍淑等人擔任黃袍館的護衛工作，除了輪流負責周邊的護衛，還要負責館內的護衛工作，只不過無法進入宰輔生活的正院。

「果然無法為台輔做護衛……」驍淑沮喪地說。

午月冷笑著回答：「應該吧。」

午月總是這樣。驍淑很希望可以為阿選——或是為泰麒工作，但午月並沒有特別的熱忱，也沒有對從來不曾實質擔任阿選的護衛一事感到不滿，總是一副淡然的樣子。幸好午月善盡職責，不像大部分同事因為每天都沒事可做，就開始胡作非為，甚至有人在大白天就開始喝酒、賭博。驍淑很希望能夠和同樣是小臣的午月有共鳴，只不過午月完全沒有這種想法，所以感到有點寂寞。

目前由一名大僕負責泰麒的護衛工作，但只有一名護衛和沒有護衛差不多，驍淑覺得太不安全了，但午月認為「這也是無可奈何的事」。

「但也未免太那個了。」

「我們守住建築物內外，所以不會有問題。」

「雖然是這樣……但如果出門的時候呢？」

「不會出門。」午月苦笑著，似乎有點同情駹淑，「萬一真的要出門，我們應該會接到指示。」

駹淑不太瞭解他的意思。

「難道午月不高興嗎？」

駹淑目送著午月出門巡邏的背影嘀咕著。伏勝正坐在駹淑背後的書桌前，他今天從早上就坐在門廳旁的值班室內整理書狀。司士負責護衛的管理，但通常不是武官，而是文官，名義上是負責指揮武官的大僕、小臣，但其實是為駹淑他們處理事務工作。

「不可能不高興，只是阿選將軍的麾下很複雜。」

「複雜？」

駹淑偏著頭，但伏勝並沒有多說什麼，只是露出好像有什麼難言之隱的苦笑，然後問駹淑：

「你剛升上卒長不久嗎？」

「對。」駹淑回答：「去年才剛受命。」

「還真年輕啊，可見你很能幹。」

「沒有、沒有。」駹淑搖手否認。事實上，他的確沒有特別的功績。

「你是哪裡人？」

「凱州。」

伏勝露齒一笑問：「你的家境很富裕吧？」

「嗯——也許吧。」

「我就知道。」伏勝笑了起來。

「因為你看起來家教很好，你是軍學畢業嗎？為什麼去讀軍學？」

「因為我聽說之前的主上是軍人……」

驍淑感到自己臉紅。他的父親是富裕的官吏，大人都希望他去讀少學，但他讀了軍學。因為那時候之前的王剛登基不久，他很崇拜驍宗。

「怎麼了？這並不丟臉。」

「我不是覺得丟臉……只是別人經常說這種想法很幼稚。」

「想要成為軍人的動機都差不多，比那種想要飛黃騰達或是大撈一票的人好多了。」

伏勝似乎覺得很有趣，說完之後又問：「你很適合成為軍人，這麼年輕就成為卒長，很了不起。你拿手的項目是什麼？」

「沒有什麼特別拿手的項目。」

「所以是樣樣都行？」

「沒這回事！」

驍淑覺得自己的臉更紅了。他並沒有拿手的項目，但也沒有不擅長的項目。雖然樣樣都會，但也僅此而已。以前在軍學時，師長也常說這是他的缺點。他進入軍隊之後也沒有特別的功績，只是也不曾失敗，運氣也很好。從軍學畢業之後，進入軍隊成為新兵。當時被分配進入的那個兩的兩長很能幹。

每五名士兵為一伍，五伍二十五人就是一兩。一伍中的其中一人是伍長，五名伍長中，要選出一個同時管理二十五名士兵的兩長。一伍中由最有功績的人、最有經驗的人，或是像騶淑那樣軍學畢業的人擔任伍長。只要是軍學畢業生，新兵也可以當伍長，而且經過一段期間之後，就會自動升為兩長。騶淑升上兩長之後，之前的兩長就升上了卒長。之前的兩長很優秀，所以騶淑帶領的那個兩也很優秀。津梁聽說了這件事，在被調到王師時就把騶淑的兩也調去了津梁軍。

「……我並沒有立下什麼功績，就成為王師的兩長，然後聽命行事東奔西跑，又在去年升上了卒長。」

軍學畢業後，只要沒有犯大錯，都可以升上卒長。伍長和兩長只是士兵團體的代表，但卒長是管理四兩士兵的軍官，要帶領四兩一百名士兵，也可以昇仙。騶淑沒有建立任何功績，就依循慣例當上了卒長。

伏勝放聲大笑起來。

「運氣也是一種功績，希望你可以繼續用你的好運做出貢獻。」

「喔……好。」

伏勝是開朗好相處的長官，騶淑以前覺得官僚都很難相處，所以感到很意外。

「司士，請問你是阿選將軍的幕僚嗎？」

「怎麼可能？」伏勝笑了起來，指了指攤在書桌上的文件說：「就憑我這樣，像是有資格成為幕僚的能幹軍吏嗎？」

書桌上很亂，的確不像在俐落地處理工作，反而覺得亂成一團，手忙腳亂。

駹淑一時語塞。

「我以前是阿選軍的旅帥，因為是從基層一路升上來，所以有戰場的經驗，但處理事務工作就很傷腦筋，很希望可以和你調換一下。你是軍學畢業，應該比我更知道怎麼處理這些工作。」

嗯。駹淑在內心表示同意。軍隊也是組織，所以就需要處理士兵管理、備品管理等相關的文件，卒長以下沒有專屬的軍吏，都需要自己處理事務工作，在這些實務工作中，也需要瞭解煩雜的法令知識。從基層一路升上來的軍官當然有相關經驗，但仍然有擅長不擅長的問題。

「如果有需要，我隨時可以幫忙。」

「謝謝。」伏勝道謝時很真誠，駹淑覺得很好笑。

「下界好像又要下雪了……」

站在窗邊低頭看著雲海的人影自言自語地說。雖然有陽光，但傍晚時氣溫驟降，隔著露臺看到的雲海都是滿滿的烏雲，下界顯然都被烏雲籠罩。那個人抬起原本看著雲海的視線，看向身後的人。
「我有事要拜託妳。」
一名少女跪在那個人的身後。
「耶利，我希望妳去台輔身邊。」
耶利聽到這句意外的話，忍不住抬起了頭。
「需要有人保護台輔的安全，張運派去的侍官不可信。」
「如果是主公的命令，耶利欣然接受任務——但巖趙是不是更加適合？」
耶利反問道。
「巖趙的事由不得我決定。」
主公低聲回答。
「有人要求加強台輔的待遇，雖然不知道明確的時間，但應該會在最近增加侍官。台輔方面不太願意接受這個決定——這也是理所當然的事，因為這等於接受張運的屬下留在自己身邊。」
「我也是其中之一嗎？」
「應該可以把妳安插進去，這已經是我能盡的最大努力。」
主公低聲說完後，要求耶利起身。
「台輔身邊目前只有一名相當於大僕的人，他叫項梁，以前是英章軍的師帥，在王宮外遇到台輔，陪著台輔一起回到王宮。台輔似乎只相信項梁，但目前只有項梁一個人保護台輔的安全，他的身體很快就會吃不消，必須再多增派幾個人手，因為必須帶著武器護衛，所以台輔身邊的人對人選問題傷透腦筋。」

「所以派我去？我沒有任何身分。」

主公點了點頭。

少女並沒有正式的官位，反過來說，並不是張運的權勢範圍。

「應該可以透過幾個人，以私兵的方式把妳安插進去。妳去了之後，應該會一直在台輔身邊，也需要昇仙——妳願意去嗎？」

「只要是主公的命令。」

主公聽了耶利的回答後點了點頭。

「妳去台輔身邊之後，就聽從台輔的命令，不需要再考慮我的事。」

耶利皺起眉頭。

「這是——換主公的意思嗎？台輔是我的新主公？」

「就是這樣。」

「那我收回前言，我拒絕。」

主公苦笑著說：「我和台輔沒有利害衝突，我想拯救戴國，我想拯救國家，拯救百姓，希望驍宗主上能夠坐在位於這一切頂點的王位上——我和台輔的目的相同。」

耶利偏著頭問：「台輔不是指名阿選為王了嗎？」

「不可能。在驍宗主上駕崩之前，不可能選出次王。即使驍宗主上不幸駕崩，也不會選阿選。」

「不會嗎？」

「不會。那個盜賊如果是王，早就失道了。阿選不是王，台輔一定是基於什麼想法指名他為次王。我猜想台輔想要拯救被放棄的百姓，既然這樣，就和我的想法相同。」

「如果是這樣，為主公奉獻不就等於為台輔奉獻嗎？」

「是啊。」主公摸著臉，露出了苦笑，「沒錯，無論叫誰主公都沒有太大的差別。台輔的心願就是我的心願。耶利——拜託了。」

少女點了點頭，把手放在佩戴在腰兩側的雙刀柄上說：「由我決定稱誰為主公。如果沒問題，那我就接受。」

第十章

1

去思一行人離開函養山時下著雪，他們花了五天時間，回到琳宇的路上都斷斷續續下個不停。因為雪並沒有很大，所以白天時間不會積雪，但每天早上起床後，山野就染上一片淡淡的白色。雲層壓得很低，當琳宇出現在街道前方時，才終於從雲縫中露出了陽光。

回琳宇的路上心情很憂鬱。他們在函養山上多次進入坑道，卻完全沒有發現任何線索。他們還尋找在函養山上無人期間，可能有人進入開採的坑道，然後進入坑道深處。因為坑道內有無數岔路，而且到處都有坍塌，導致遭到埋沒，所以無法找遍所有的地方，更何況也沒有方法判斷坑道坍塌的時間。

從當時的狀況來看，驍宗應該不可能單獨逃離函養山，在不被王師發現的情況下，逃出王師的勢力範圍，應該有災民協助——只不過向之前在函養山工作的坑夫打聽之後，也沒有獲得任何線索。當時的確有災民和生活困頓的百姓溜進坑道，只不過那是阿選發動大規模討伐之後的事。在討伐之前，雖然限定了期間和區域，但礦山仍然進行開採，而且州師也設立了步哨——雖然都是一些遭到土匪攻擊就逃走的膽小鬼，只有文州之亂當時，函養山上才完全是無人的狀態。

向李齋他們說明當時情況的老頭也說，文州之亂當時，百姓很難溜進礦山。如果當時山上有災民，很可能會幫助驍宗，問題在於是否真的能夠帶著受傷的人——而且應該身負重傷的人——離開函養山，逃出王師的勢力範圍？

襲擊者在函養山襲擊驍宗這一點應該八九不離十，否則無法解釋阿選為什麼大費周章、大規模趕人這件事。襲擊者不知道用了什麼手段引誘驍宗，讓他悄悄離開了隊伍。雖然有護衛同行，但身穿紅黑色盔甲的那群人，一開始就是為了完成暗殺任務安插在驍宗身邊當近侍。暗殺者和驍宗一起上了山，完成任務之後又回到陣營。雖然表面上他們並沒有回來，但他們可能收起了顯眼的裝備，混入士兵之中。

他們下山時並沒有和驍宗同行，所以應該是把驍宗留在襲擊的地方。根據那條從背後被砍斷的腰帶來判斷，驍宗應該身受重傷。如果暗殺者知道驍宗還有呼吸，不可能把他留在原地，顯然誤以為已經幹掉了驍宗。

問題在於驍宗之後去了哪裡。

「他身受重傷，襲擊者才會誤以為他已經死了，所以他不可能馬上逃離函養山。」去思說——當時甚至可能無法動彈。

酆都也點了點頭。

「他應該昏迷了很久，那些襲擊者不可能看到他倒下，就覺得大功告成了，應該確認了是否還有呼吸，如果還有呼吸，應該會給予致命的一擊。既然這樣，顯然當時氣若游絲——很接近假死的狀態。」

「在下也這麼想。」李齋低聲說道。

「只是在這種狀態下，有辦法自己逃下山嗎？」

去思也這麼認為，李齋也表示同意後說：「我猜想驍宗主上帶著護身的寶物，即使在極其接近假死的狀態下，也可以靠寶物的奇蹟起死回生、治癒重傷。但即使藉助寶物的力量，應該也需要一點時間，所以不會馬上離開現場。必須經過一段時間，終於能夠活動之後才下山。」

如果驍宗憑一己之力離開函養山，應該就是這種情況。

「如果是這樣，他應該會回陣營吧？」酆都問。

李齋回答說：「那倒未必，因為是阿選軍的護衛襲擊驍宗主上，所以他知道阿選軍是敵人，只不過英章和霜元並不知情——在這種狀況下，輕易和軍隊接觸極其危險。」

「原來是這樣。」去思嘀咕著：「敵人原本以為他死了，這麼一來，等於是去告訴他們自己還活著，搞不好變成自投羅網……」

如果自己遇到那種情況會怎麼做？去思思考著。即使有寶物，但仍然是身受重傷的狀態，假使能夠勉強行動，也無法像平時那樣動作敏捷。即使用盡渾身的力氣下山，回到了陣營，如果最先遇到阿選軍，等於是去送命，但他應該沒有足夠的體力躲過阿選軍，直接和麾下接觸。既然這樣，他會不會想到先找地方藏身？在安全的地方養好傷之後，再和麾下接觸。

去思說出了自己的想法，酆都說：「我也會這麼想，而且必須馬上轉移地點。因為他應該會想到萬一襲擊者回頭的情況。」

去思點了點頭。因為白雉未落，襲擊者早晚會知道並沒有致驍宗於死地。雖然文州和鴻基之間傳遞消息需要時間，如果派出最迅速的青鳥，只要一、兩天之內，就會知道驍宗還活著，襲擊者就可能回頭致他於死地，而且他還身受重傷——

「如果當時昏倒，就不知道到底昏迷了多久。換成是我的話，會不顧一切趕快下山。」

因為軍隊內有敵人，所以無法逃回陣營。一旦被人看到，就可能會被阿選軍抓回去，當然也不想被外人發現。

酆都問，去思也認為這是唯一的可能。離開函養山之後，一定會躲進山裡養傷。

「……所以在山裡嗎？」

——然後呢？

酆都偏著頭，似乎也無法解決剩下的疑問。

「養傷期間難道不需要水、食物和藥物嗎？或許可以靠寶物的力量撐兩、三天，但如果這麼短時間就能養好的傷，能夠讓敵人誤以為他已經死了嗎？如果是足以讓敵人誤以為他已經死了的重傷，就需要很長時間才能養好傷，這段期間，怎麼可能一個人在山上？」

李齋點了點頭。

「酆都說得沒錯——驍宗主上應該不可能靠自己脫困，所以八成是潛入函養山的災民營救了他。」

「是啊。」去思也嘀咕著。

函養山上沒有發現任何痕跡，既然難以尋找驍宗本身——驍宗的足跡，是否有辦法找到當初協助他的人呢？

當李齋表達了這種想法後，酆都說：「如果是這樣，很可能是住在函養山近郊里廬的住民保護了主公。」

「是啊。」李齋點了點頭。應該是土匪封鎖圈的外側，而且靠近函養山的里廬。這些里廬之後遭到阿選的討伐時離散，不知道其中有沒有人帶著受傷的武將，或是好像隱藏了什麼。

但是，災民已經遠離那些里廬，要去哪裡找他們？他們走投無路，回到琳宇時，發現喜溢在那裡等他們。喜溢在每天關門時間都會來察看情況。

「建中告訴我，你們順利去了函養山。」

喜溢開心地說完，詢問了他們在函養山上尋找的結果，李齋只能告訴他，「沒有發現任何線索。」目前研判應該是當時住在函養山附近的人救了驍宗，逃離了函養山，然後問喜溢，不知道琳宇附近有沒有相關的傳聞。

喜溢偏著頭回答說，沒有聽過類似的傳聞，但在兩天後，他找到了兩個男人。這兩個人分別是在浮丘院的災民和災民的朋友。

「他們說了一件令人在意的事。」

兩個看起來很窮酸的男人在喜溢的示意下，戰戰兢兢地走上前來。

「你們說說當時看到了什麼。」

「……就是、武人啊……對不對？」

其中一個男人問，另一個人很勉強地點了點頭，抬眼露出凶狠的眼神看著李齋等人，顯然在擔心，協助這幾個來路不明的人沒有問題嗎？

「你們確定是武人嗎？」李齋問。

「看起來像武人。不，那個人並沒有穿盔甲，也沒有帶騎獸或是馬，其中有一個人受了傷，其他還有十幾個人，每個人的裝扮都不差。我原本以為他們是土匪，所以躲起來觀察了一下，但他們的舉止看起來很嚴謹，而且所有人身上都帶了武器，對不對？」

那個男人徵求另一個人同意，另一個男人默默點了點頭。

「所有人看起來都很疲憊，拖著腳步走進山裡。」

「他們去了哪個方向？」

「我們看到他們去了岨康的東側，沿著北側的斜坡走向東側，走進樹林後——就不見了。」

「你剛才說，其中有人受了重傷。」

「應該稱不上是重傷……對不對？」

男人再度看著同伴，同伴又點了點頭。

「……因為那個人是自己走路。」
「雖然搭著同袍的肩膀，走路時也有點瘸，但是靠自己走路，遇到不好走的地方，周圍的人就去扶他。」
如果那個受傷的人自己走路，難道不是驍宗？
「那是什麼時候？」
「什麼時候呢？」兩個人偏著頭思考。
雖然不能確定，但綜合這兩個男人的證詞，應該是在驍宗失蹤後的兩個月——經過了兩個月養傷，有可能自己走路。
「謝謝——還有沒有看到其他令你們在意的事？」
「沒有了……對不對？」
那個沉默寡言的男人再次點了點頭，沒有說話。
「辛苦你們了，你們可以回去了。」喜溢慰勞他們，兩個一起轉身離開，走了幾步之後，剛才那個沉默寡言的男人轉過頭說：「……還曾經看過行李。」
「行李？」
「那是在南斗，有一次深夜的時候，有一群人走在山路上，推著裝了很大行李的車子，好像很怕被人看到。」
「喂？真的嗎？」
他的同伴問道，男人點了點頭。綜合他費力擠出來的話，似乎是以下的情況。

男人那天有事前往琳宇東側的南斗，來不及在關門之前抵達，只好在南斗的門前等到天亮。他正在打瞌睡時，聽到動靜醒了過來，發現有好幾個人趁著夜色，十分警戒地走在眼前的路上，拖著行李車一路往上，前往南斗的南方。

「應該是災民，因為他們去東南的方向，所以我印象很深刻。」

男人說完這句話，再度轉身離去。李齋想叫住他，但他已經快步離開了。

「那時候經常有這種人，」喜溢說：「可能想要逃走，所以不少災民都帶著行李偷偷從函養山那裡離開，只不過通常都是往西走。因為不管去哪裡都很方便，而且去白琅的話，有可能找到工作，但從琳宇的東側繼續往東南方向走，就有點匪夷所思。」

「東南……」

琳宇的東方是往承州方向的斗梯道，街道的南北方有一座險峻的山，只是當然無法和瑤山相比。喜溢說，這些山脈的山間有好幾個小里，但東南方向基本上一無所有。山很險峻，也沒有路可以翻山越嶺。也就是說，往東南方向走，無論走哪一條路，最終只能到達其中一個小里。

「會是其中的某個里嗎？」

李齋問，但喜溢也無法回答這個問題。李齋抬頭看著和函養山連成一片，由東向南延伸、積著白雪的山脈。

「我們去看看，不實際去看看怎麼知道。」

2

去思一行人在天亮之後，就啟程出發向東。根據喜溢的記憶，位在山中的小里都在以山麓的南斗為起點的好幾條山路上。他們在第二天到達南斗時，向道觀借宿了一晚，然後向道觀的人打聽六年前，是否曾經在這一帶看到災民在搬運可疑的物品。

「這麼久以前的事……」

氣色很差的道士為難地偏著頭。問了道觀所有的人，也沒有得到任何線索。

隔天，他們把行李寄放在道觀後離開了南斗，然後騎馬逐一走訪每一個里。最初的里可能離街道比較近的關係，既沒有很窮困，也不至於太荒廢，但完全沒有任何線索。第二個里已經不存在，不知道發生了什麼狀況，只見一片燒焦的痕跡，顯示以前這裡曾經有一個里。第三個里就在這堆廢墟不遠的地方，這個名叫銀川的里蜷縮在一片陡峭的、山腳很深的谷底。

以前在後方的山上可以採掘到銀子，只不過銀泉早就乾涸了，里人只能從流經山谷的河底撿銀粒維持生計。

雖然還不到傍晚，但這個里也已經關上了里閭。

「文州真的有很多里都是這樣……」

李齋輕輕嘆著氣。

喜溢語帶歉意地說：「除非是像南斗這樣在街道旁，做旅人生意的地方，像這種只有住民的小里幾乎都這樣。」

去思安慰喜溢說：「恬縣也一樣，雖然開著門，但只要有旅人進來，都會先盤問。」

「並不是只有文州，也不是只有恬縣這樣，」酆都苦笑著說：「鄉下地方的里都一樣。即使沒有窮困到需要關上里閭的地方，如果只有自己的里敞開里閭，無處可去的旅人都會擠進來。」

「是啊。」喜溢回答後，敲了敲里閭大門上的矮門。

不一會兒，矮門從內側打開，一名中年男子探出了頭。

「我們想去里祠，可以進去嗎？」

喜溢問。男人打量著他們一行人，有兩個男人穿道服，還有一男一女沒有穿道服。

「道士要去里祠嗎？請問里祠的人知道你們要來嗎？」

「不知道，我們是琳宇浮丘院的人，因為剛好來到附近，後面兩位是神農。」

男人似乎不知如何是好。

「請問有何貴幹？」

「也沒有特別的事，只是奉監院的命令走訪各個里，拜訪里祠，確認冬天的儲備是否充足，是否還缺什麼。」

男人似乎對「是否還缺什麼」這句話有了反應，終於露出了笑容。

「是嗎？那真是辛苦各位了。」

說完，他終於把矮門完全打開，去思一行人從矮門走進里內。

「我就在這裡等。」酆都走進里閭後說，然後看著男人問：「過冬的丹藥充足嗎？如果不夠的話，我會留一點下來。」

男人用力點頭。

「大家都在說，神農不知道什麼時候會來。真是太感謝了。」男人說完，對旁邊一個露出滿臉懷疑表情看著去思他們的女人說：「他們是浮丘院的道士，妳帶他們去里祠。」說完，他又對酆都說：「我去叫里人。」

男人說完，沿著里路跑了進去。酆都負責向里人打聽情況，去思等人走去里祠。有點年紀的女人問他們：

「你們是從浮丘院來的？」

「對，我們正在走訪各里，瞭解大家是否能夠平安度過這個冬天。」

「真是太感謝了。」

女人合起雙手，深深鞠了一躬。

「浮丘院的如翰監院真的很關心百姓。」

去思內心有點良心不安地偷瞄著喜溢，喜溢露出溫厚的笑容，完全不覺得尷尬，難道他剛才說「走訪各里」並不是為了進來這裡所說的謊嗎？

女人走在前面為他們帶路時說：「之前也有浮丘院的人來過這裡。」

「很希望每年都能夠來這裡，只不過這幾年道觀手頭也不寬裕，所以能夠走訪的里有限，真的很抱歉。」

「你不必道歉，真的很感謝你們。」

原來是這樣。去思恍然大悟，看了李齋一眼。李齋也深受感動地點了點頭。浮丘院內有那麼多災民，本身已經很辛苦了，如翰還用這種方式接濟貧窮的里。

道路雖然看起來很簡陋，但打掃得很乾淨，而且也沒有很衰敗的感覺。房子雖然老舊，也有點破，但都細心修繕，最後來到的里祠也一樣。雖然油漆剝落，房子各處都有破損，但可以修補的地方都修補好了，整理得很乾淨，還擺放了少許供物，也有燒過香的痕跡。

女人找來了閭胥，閭胥恭敬地向他們鞠躬，逐一回答了喜溢的問題。這個里至少有可以提供里人捱過這個冬天的物資，但住在這個里的其他人就很勉強，而且沒有剩餘，無法提供給成長期的孩子和需要滋補食物的病人，一旦發生災害，就有可能三餐不繼——儲備的糧食真的很不充足。

喜溢頻頻點頭後說：「目前各地的物資都很短缺，很高興看到這裡有最低限度的物資。應該為病人準備一些食糧，有一種名叫百稼的病人飲食，我會派人送一些過來。」

「真是太感謝了。」

「炭夠用嗎？」

「我們有鴻慈，所以可以捱過冬天，為了以防萬一，還多準備了鴻慈和炭各二十袋。」

「這是明智的決定。」喜溢說完這句話，微微偏著頭說：「因為這裡關上了里閭，我原本以為這裡很窮困，但似乎並沒有想像中那麼差，這樣我也放心了。」

閭胥心虛地眨了眨眼，立刻「喔」了一聲，露出難為情的微笑說：「因為這一帶治安不是很好……」

「有土匪嗎？」

閭胥點了點頭說：「嗯，是啊。」

一旁的李齋覺得閭胥的態度有一種說不出的可疑，而且走進里祠後，有一件事讓她很在意，那就是堂內有淡淡的獨特氣味——那應該是保養武器時上油的味道。

——這裡並沒有窮困到需要關上門，閭胥說治安不好也有點可疑。

「……對了，」喜溢終於進入了正題，「請問你在六年前，是否曾經在這裡見到有災民在運送可疑的東西？」

「可疑的、東西？」

「聽說曾經有一群災民在載貨車上載了很大的東西，避人耳目地經過這一帶。」

「請問這是怎麼一回事？」閭胥面色凝重地問：「你們在找什麼嗎？」

喜溢點了點頭。

「有人從琳宇的寺院中偷走了珍貴的佛像，隔了這麼多年，當然不可能再追究罪責，但希望可以把佛像找回來。」
「喔。」閭胥明顯露出鬆了一口氣的表情，「那真是一件大事。」
「那尊佛像差不多有一人高，當時應該包了起來。」
「很抱歉，我不記得有這種事。你們也看到了，這一帶都是無法通往其他地方的山路，幾乎不會有災民在去其他地方時經過這裡……」
「這樣啊。」喜溢行了一禮，又問了兩、三個問題準備告辭。在向閭胥保證會盡量張羅物資送過來後，離開了里祠。
「……妳覺得怎麼樣？」走出里祠後，喜溢小聲地問李齋。
「他的態度有點奇怪。」
去思聽了李齋回答說：「李齋將軍，妳有沒有發現？」
「你是說氣味嗎？」
去思點了點頭——所以去思也發現了。
「氣味？」喜溢偏著頭納悶。
「里祠內應該藏了武器。」
「為什麼要藏這種東西？」
「……應該不是為了防土匪。」
「你剛才說我們在找佛像時，他明顯鬆了一口氣。」

去思說，李齋也點著頭。

「他可能知道運貨的事，果真知道的話，他應該知道那不是佛像——他知道是什麼。」

去思打量周圍。這個里很安靜，沒什麼人影。

「會不會藏在這裡？」

這裡是不是窩藏了人？為了保護那個人，所以需要武器嗎？為了不讓外人知道這裡窩藏了人，所以像東架一樣拒絕外人嗎？

「如果真的藏了人，那會在里府還是里家呢？」

李齋小聲嘀咕著打量周圍，確認並沒有里人在注意自己後，不經意地走向里祠西側。因為她猜想里家應該在那個方向。

那裡有一道圍牆，圍牆後方是一片紮實的瓦屋頂房子，還可以隱約看到樹木，看起來像是一個不大的園林。這是整個里內唯一像是宅邸的宅邸，從外形來看不像是里府，八成是里家。

走過去一看，發現有一道頂著瓦片的大門。大門緊閉，無法看到裡面的情況。

「門關著……看起來很可疑。」

正當去思小聲嘀咕時，聽到有人驚訝地問：「有什麼事嗎？」

回頭一看，一個上了年紀的矮小男人從對面的房子走了出來。

「並不是有什麼特別的事，」喜溢語氣開朗地說：「只是想看一下里家。」

「——看里家？」

「因為我想知道這裡有多少人，是怎樣的狀態，是否需要什麼物資。」

「道士為什麼會關心里家？」

男人毫不客氣地問，這時，背後傳來一個聲音問：「怎麼了？」回頭一看，閭胥跑了過來。喜溢向他微微欠身，又重複了剛才的回答，閭胥明顯慌了神。

「里家關閉了，因為需要維持費。原本要住在里家的老人和孩子都安排住在各戶人家。」

「喔，原來是這樣啊。」喜溢笑著說，剛才那個矮小的男人一臉懷疑地看著他。

閭胥臉上露出僵硬的笑容，指向里閭的方向說：

「請你們抓緊時間，因為關門的時間快到了。」

「喔，對喔，謝謝。」

「雖然很希望可以安排你們住宿，只不過……」

「我瞭解，不必放在心上。」

喜溢說完，毫不介意地走向里閭的方向。李齋又瞥了里家一眼，然後看了看仍然一臉懷疑表情的矮個子男人和他身後的民宅，默不作聲地轉過身，跟上了喜溢他們的腳步。

里閭前，酆都被一群里人包圍有說有笑。

「讓你久等了，我們走吧。」

酆都聽到喜溢這麼說，點了點頭，向周圍的人道別，背起了笈筐，和剛才進來時一樣，從矮門走了出去。為他們送行的閭胥恭敬地行了一禮之後，關上了矮門。

李齋等人不發一語地騎上拴在門口的馬，沿著山路往下走。走下一個山坡，繞過被一片雜木林覆蓋的斜坡後，才終於把幾匹馬停在一起。

「……酆都，情況怎麼樣？」

「沒有人知道災民的事，但我覺得他們好像在隱瞞什麼。」

當酆都對那些人說，聽說那些災民的確是走來這個方向時，有人突然點頭。

「他們前一刻才說不知道，後來聽我這麼一說，有人慌忙同意，說他也聽過這個傳聞，只不過是不同方向的另一個里……一聽就覺得有問題。」

「……他們應該知道什麼。」

李齋跳下馬，從笈筐中拿出劍說道，酆都點了點頭。

「而且他們比想像中更有錢，所以我也做了不少生意。」

「里家好像藏了什麼。」去思說：「雖然閭胥說里家關閉了，但煙囪在冒煙。」

李齋重新背上笈筐，點了點頭。李齋剛才也看到煙囪冒著幾縷煙。

「還有對面那棟房子也有問題，」李齋回想起當時的情況，通常後門都是木板門，但那棟房子的後門還有一個好像可以窺視外面的窺視孔，「簡直就像在監視里家。」

當他們離開里家前時，有兩個腦袋探出來。

「好像有幾個人在監視。」

「太可疑了……怎麼辦？要回去嗎？」酆都問。

李齋再度騎上馬說：「也許改天再來比較好，我們要蒐集關於銀川的消息。」

「是啊。」正當酆都點頭時，右側的斜坡上傳來撥開草叢的聲音，幾個蒙面男人衝了出來，手上都舉著長槍。

「原來如此。」

李齋嘀咕著，拔出了劍。她剛才就猜到可能會發生這種狀況。

「酆都，你和喜溢先下山。」

酆都沒有回答，就拉著喜溢那匹馬的轡繩，讓兩匹馬飛奔起來。有一個男人跑過去想要擋住他們，去思用棍子戳向他的後背，男人向前撲倒在地。

「你們是銀川的人嗎？」

「我聽不懂這句話是什麼意思。」一個模糊不清的聲音回答，但聲音顯然很驚慌。「我們是掌管這一帶的土匪，把你們的財物留下。」

李齋輕輕笑了笑，怎麼可能有土匪這樣自報名號？

「如果你們想用這種方式隱瞞真實身分未免太膚淺了，看來你們並不擅長打仗。」包圍他們的那幾個男人雖然伸出長槍，卻猶豫不決，不敢衝過來。他們可能不知道要怎麼攻擊騎在馬上的對手，雖然拿著長槍，卻不懂得長槍術。

「順便告訴各位，在下在戰場上失去了一條手臂，但不要因為在下獨臂就小看在下，在下打仗的經驗遠遠超過你們。」

李齋左手提著劍，沒有握轡繩，就騎馬衝向其中一人。因為她發現那個人是帶頭的，其他人頻頻看向這個男人，揣測他的想法。

李齋沒有揮劍，而是伸向前方，劍尖精準地刺向男人的喉嚨，男人慘叫一聲，向後一仰，重重地倒在地上。李齋騎著馬跳過倒地的男人，立刻改變方向，把劍指向旁邊的男人。那個男人胡亂地伸出長槍，李齋輕而易舉地砍斷了槍頭，然後反手撥掉留在男人手上的槍柄，接著騎馬衝向下一個男人。男人發出哀號聲蹲了下來，其他人都叫著逃開了。蹲在地上的男人丟下長槍準備逃走時，去思跳下馬，用棍子壓向男人的脖子，在男人的臉撞到地面時，立刻用膝蓋頂住他的後背，把他的手臂向後一扭。

「漂亮！」

李齋說，去思靦腆地苦笑著。

「你說，」李齋在男人身旁跳下馬，「銀川在里家藏了什麼？」

男人被去思壓倒在地，用力搖著頭。

「我、我——不是。」

李齋微微苦笑著：「叛民嗎？」

李齋簡短的幾個字發揮了極大的效果。

「不是、不是、不是！」男人慘叫著：「絕對沒有叛意！怎麼可能！」

「只要攻打銀川，馬上就知道結果了。」

「大人大量，我們沒有叛意。里家內只有物資，藏了一些剩餘物資，只是這樣而已——」

「既然這樣，為什麼要攻擊我們？」

「我們以為你們要來搶物資，即使現在不搶，一旦知道我們有剩餘的物資，不知道什麼時候會來襲擊我們，所以……」

「在下問你兩個問題。六年前，有沒有見過搬運可疑東西的災民？」

「我不知道，我真的不知道。」

「第二個問題，有沒有在那時候看到一名身受重傷的武將？」

「沒有。」

李齋嘆了一口氣，看著去思。去思也點著頭——不能相信這個男人說的話，但也沒有方法判斷真偽。

「好吧，今天就姑且相信你。」

李齋點了點頭，去思放開那個男人。男人慘叫著逃向山路，當他們看著男人離去的背影時，聽到了馬蹄聲，酆都和喜溢回來了。

3

「沒事吧？」
「不必擔心。」
李齋對喜溢說完，鬆了一口氣地笑了起來。
「果然是銀川的人？」
「好像是。」李齋回答後，向他們說明了情況。
「……真的是藏了物資嗎？」
騎馬走下山路時，酆都問。
「不知道，如果回銀川檢查一下就知道了，但即使確認是不是物資也沒什麼意義。」
「會不會是把主公藏在那裡？」
「不可能。」李齋嘆了一口氣，「我不認為他會在那裡，因為一切都太拙劣幼稚了。」
「……那倒是。」
夕陽已經下山，早就過了關門的時間，即使回到南斗也無法進城。於是他們回到第二個里──那堆廢墟，決定在那裡野營。

「我去找柴火。」

酆都自告奮勇地說這句話時，去思舉起了手。

「……前面有火光。」

李齋和其他人互看著。雖然他們不相信銀川的閭胥所說，這裡的治安真的不好，但絕對不是可以高枕無憂的地方。他們小心翼翼地騎著繼續前進，看到了篝火和圍在篝火旁的三個人影。對方也充滿警戒地看了過來。

「你們是旅人嗎？」

對方開口問道，是一個高高瘦瘦的男人。

「沒錯。」

這次也是喜溢代表所有人回答。

「原來是道士啊，怎麼會走夜路？」

李齋覺得對方似乎並沒有太懷疑。除了那個高高瘦瘦、有點年紀的男人以外，還有一個中等身材的年輕人，李齋有點在意那個不經意離開了篝火旁，退到火光照不到地方的另一個人。

「因為太貪心，走太遠了，結果就拖到這麼晚了。」

喜溢回答說，剛才在附近幾個小里巡迴，確認過冬的準備是否充分。

「真是辛苦了，如果不嫌棄，請坐在火邊取暖，今晚會很冷。」

「謝謝。」喜溢在回答時，丟進篝火的柴火爆開了，火焰竄了起來，對方似乎在火光下看到了喜溢的臉。
「啊呀，這不是浮丘院的喜溢大人嗎？好久不見。」
年長的男人輕鬆地問。
「原來是習行啊。」喜溢也笑著回答，然後轉頭看著李齋等人說：「這兩位是習行和他的徒弟余澤，他們是琳宇的神農，不必擔心。」
仔細一看，篝火旁有兩個笈筐，和酆都、李齋身上背的一樣。
「習行，你也在這附近巡迴嗎？」酆都用開朗的聲音問。
「對，必須在冬天之前走訪這一帶的小里。」
習行回答道，酆都抓了抓頭。
「真是對不起，我剛才去銀川賣了丹藥。」
習行看著酆都問：「你是神農的？」
「我在短章的手下做事。」酆都小聲回答。
那兩名神農頓時露出了緊張的表情。
「……你這麼遠道而來，真是辛苦了。」
在短章的手下做事，就代表賣的是瑞雲觀的丹藥。他們應該察覺到這一點，恭敬地向酆都鞠了一躬。
「那位是？」
酆都看著不遠處的男人問。

「一起旅行的同伴。」

「一起旅行？」

「最近很不太平，所以請他當護衛。」

那個男人瞥了李齋他們一眼，微微欠身，然後轉過臉，坐在附近一棵樹木的樹根旁。

「很抱歉，因為他這個人不愛交際。」習行說完後又問：「你們剛才去了銀川嗎？那裡的情況怎麼樣？」

「賣了不少藥，銀川好像很富裕。」

「對，別看他們那樣，其實很有錢。」

「你打算去銀川吧？真的很抱歉，那你把藥給我，我把藥錢給你。」

「那怎麼行？」習行舉起手，酆都制止了他。

「一定要這麼做，這裡原本就是你的地盤。」

酆都說完，拿出錢囊，把賣掉丹藥的錢交給了習行。

「不好意思，這樣真的可以嗎？」

「當然可以，這次我只是陪同喜溢，並不是來做生意的。」

喜溢慌忙說：「因為我不知道你們也會去銀川，擔心萬一他們丹藥不足。」

「原來是這樣啊。」

「銀川的人也說這裡治安不好，這一帶真的這麼不太平嗎？」

「不會啊。」習行偏著頭回答：「這一帶應該並不危險，反而是南斗那裡比較危險。當旅人一多，為非作歹的人就多了——路過這一帶的旅人不會來這種地方。」

果然是銀川的人在信口開河嗎？李齋在內心這麼想，同時偷偷觀察著縮在樹下的男人。

「你們來篝火旁取暖，馬也要喝水吧——余澤。」

習行說完，看著身旁的年輕人。年輕人立刻點了點頭，牽著韁繩走下斜坡下方，輪流牽了四匹馬來回，習行把柴火丟進篝火，燒了熱水。他哼著歌，泡了茶，然後說著「不好意思，只能用這些吃剩的東西招待你們」，同時切了麵包和蒸雞給他們。

「……真懷念啊。」

習行聽到李齋這麼說，忍不住偏著頭納悶。

「在下是說你剛才哼的歌——梟騎戰鬥死，駑馬徘徊鳴。」

「喔，原來妳說這個。」習行看著靜靜坐在那裡的男人說：「他經常唱這首歌，只不過歌詞太可怕，我無法認同。」

「這樣啊。」李齋看向那個男人。那是一首名為〈戰城南〉的老歌，軍人都很喜歡，所以經常哼唱。

李齋突然站起來，走向男人的方向。習行慌忙叫住了李齋，但李齋執意走過去，在男人附近蹲了下來。

「你以前當過兵嗎？」

李齋問，那個男人瞥了李齋一眼，然後把頭轉了過去。

「……你在哪一個部隊？」

男人沒有回答，準備站起來，李齋抓住了他的手臂。

「你不是有當兵的經驗嗎？在哪一個部隊？」

「請不要這樣。」習行說話的同時，那個男人站了起來，轉過頭，正面看著李齋。他的年紀大約不到三十歲，雖然年紀很輕，但有著像武人般的壯碩體格。李齋正在打量他，男人主動開了口。他驚愕地瞪大了眼睛，注視著說不出話的李齋。

「……該不會是、劉將軍？」

他費力擠出的聲音有點沙啞。李齋沒有回答，看著男人。雖然眼前這張臉並不熟悉——但有什麼刺激著她的記憶。

「您是劉將軍——李齋大人？」

男人說完，雙腿一軟，跪在地上，當場深深磕頭。

「您平安無事，真是太好了。」他用顫抖的聲音說：「我叫靜之，之前在瑞州師右軍。」

李齋驚訝地問靜之：「——臥信的——在下想起來了，靜之，我們是不是在蓬山見過？」

李齋曾經去過蓬山，在那裡見到了驍宗。當時驍宗帶了巖趙和臥信當他的隨從，靜之就是臥信帶的人馬。因為沒有一起踏上旅途，所以並沒有經常見面，現在回想起來，的確很眼熟。

靜之猛然抬起頭，用力點著頭。

「太懷念了，因為我聽到聲音，覺得很像您，但您的手臂怎麼了？」

「喔，」李齋苦笑著說：「在下大意失了手臂。」

李齋回答後，習行困惑地插嘴問：「請問、你們認識？」

「對。」李齋回答。

「這位是瑞州師中軍的將軍。」靜之也回答。

習行驚訝地看著李齋說：「……原來是這樣。這裡很冷，你們趕快過來取暖。」

4

李齋等一行人吃飯時，習行和靜之向他們說明了情況。靜之是臥信的麾下，在軍隊中擔任旅帥。旅帥是五卒五百名士兵之長，六年前，臥信奉命帶一半兵力從文州回鴻基。一軍有五師，因為指揮系統的關係，無法對半一拆為二，再加上軍隊本身的狀況，所以由將帥決定如何分配。當接到「半數」這種概數的指示時，可以用這種方式執行。臥信接獲指示之後，率領兩師人馬回鴻基，靜之屬於留在文州的三師，靜之那一師的師帥是證博。李齋也記得證博，是一個開朗、講義氣的人。

「證博目前人在哪裡？」

李齋問，靜之遺憾地搖了搖頭。證博的師旅在文州解散，證博帶著博之等二十名左右部屬逃走，然後潛伏在文州西部。在之後阿選軍討伐轍圍時，他們趕去保護轍圍，結果證博死在那場戰鬥中。

「這樣啊……真是太可惜了，太遺憾了。」

證博是臥信一手培養的麾下，深受臥信的信任，他武藝高強，也很有人望。因為同屬瑞州師，所以李齋曾經多次和他聊天，覺得親切開朗的他的確很有臥信麾下的風格。

「真的很遺憾。」

在趕往轍圍救援的數十人中，只有靜之一個人活了下來。

「他受了傷，倒在草叢中動彈不得，我把他救了回來。」

習行插嘴說。旅帥是仙，雖然靜之身受重傷，如果是普通士兵，早就沒命了，但靜之撐了下來。他休養了半年時間，才終於能夠下床，又花了半年時間，才讓衰弱的身體恢復了原狀。之後，習行就一直把他藏在家裡。起初幾年，追殺驍宗麾下的風聲很緊，他根本無法出門，近年才終於不時像今天這樣，跟著習行一起出門。

「我很希望能夠遇到失散的弟兄。」

「很高興看到你撐下來了——習行，謝謝你救了他，真的很感謝。」

「不客氣，不客氣。」習行搖著手說，帶馬喝水回來的年輕徒弟也高興地看著習行和靜之。

「但是，」靜之開口問道：「李齋將軍，妳怎麼會在文州？這裡可說就在阿選的眼皮底下，對妳來說，不是很危險嗎？」

「在下正在尋找驍宗主上的下落。」

「找驍宗主上——」靜之瞪大了眼睛，「所以驍宗主上還……」

「還活著。」

李齋只是簡短地這麼回答，她認為不需要讓習行他們瞭解詳細的情況。因為一旦得知重大的事實，就會背負沉重的壓力。

靜之似乎一時說不出話，用力喘著氣，然後仰天重重嘆了一口氣，直視著李齋說：「請讓我也出一臂之力。」

「當然歡迎，有你的協助，簡直就是如虎添翼。」

李齋說完後，向他們打聽是否知道在驍宗失蹤之後，這一帶曾經有災民搬運可疑的東西。

「六年前在銀川……」習行嘀咕著。

他的徒弟問：「是不是那件事？」

「哪件事？」

「我也是聽以這一帶為根據地的獵木師說的。」習行先聲明了這一句，然後壓低聲音說：「是玉。」

「玉？」

「……而且不是普通的玉，而是完全透明的陽翠琅玕，聽說有一對，而且像嬰兒般大小。」

李齋倒吸了一口氣。琅玕在玉中也算是極品，如果是透明的琅玕，簡直價值連城。

「這麼巨大嗎？」

李齋在嘀咕的同時，想起之前在函養山時，那個老頭也這麼說過。習行說，那是六年前很出名的傳聞。

「聽說是驕王為了鑲在自己的龍椅上，請人特地培育的。」

只要把玉種放在玉泉的水中，就可以培育玉礦石。如果只是要玉礦石長大，花時間等待就好，但由於玉泉的狀態會影響玉礦石生長的狀態，所以經過漫長的培育歲月後，玉礦石的品質不一。如果想要培育最有價值的透明玉礦石，最初放入玉泉中的玉種越細膩越好。把肉眼幾乎看不到的小翡翠粒放入玉泉中，玉種就會浮在水中緩緩搖晃，漸漸長大。但在漫長的歲月期間，玉泉的性質可能會發生改變。即使之前順利地維持透明，也可能會因為偶然的因素變得混濁或是變色。一旦玉礦石變混濁就完了，因為混濁的玉價值會暴跌，只能立刻從玉泉中撈上來，磨除像薄皮般包覆在玉礦石外側的混濁部分。即使把磨好的玉再度放回玉泉，也無法再恢復原本的透明，磨除的痕跡會像瑕疵——或是像斑紋般留在玉礦石上。

「能夠磨除的話，還算是萬幸。有時候玉泉變得稍微混濁，卻沒有人發現。這種些微的混濁會導致玉礦石長大之後留下斑紋，讓人傷透腦筋。當斑紋位在玉礦石深處，就根本磨不掉了，所以要培育大型玉礦石，算是一種賭博。」

雖然辛苦一年，價值會翻倍，但危險也會增加。

「培育完全透明的玉本身就像是一種奇蹟。」

「但差不多像嬰兒一樣大。」即使花費幾十年的時間，也無法培育出這麼大的玉礦石，所以應該是跨世代培育的結果，「……而且還有一對。」

「那是一對幾乎同色的明亮翠玉，都完全透明，也沒有任何瑕疵，是真正的至寶。培育這對翠玉的人稱之為篁蔭。」

——但是，那對篁蔭遺失了。從玉泉中拿出來，準備搬下山時，就發生了大規模崩塌。

「培育玉礦石的玉泉地點，和從玉泉中拿出來玉礦石搬去了哪裡，都是只有培育的坑氏才知道的祕密，結果發生了大規模的崩塌，坑氏和篁蔭都消失不見了。有人說坑氏遭到同業攻擊，自己讓坑道崩塌，連同玉礦石一起埋葬。有人認為一定埋在山上的某個地方，所以一直有人上山尋找，卻遲遲沒有找到。」

然後，那對琅玕就成為了傳說。名為篁蔭的至寶沉睡在函養山的某個地方——

「雖然也有人說，那只是傳說而已，實際並不存在，也有人說，在坑道崩塌時，那對琅玕也被震碎了，目前只剩下震碎後的碎片，當然也有人說，篁蔭是在準備運出去獻給驕王時，坑道才發生崩塌，當時已經仔細包好了，所以仍然完好如初。」
「結果找到了？」
「聽說是災民在混亂中挖碎玉礦石時挖到的，至於是不是事實就不得而知了，因為並沒有人親眼看到，但有不少人看到那些災民慌慌張張地把很大的東西運出函養山。」
「那些災民去了銀川？」
「不是。」習行說話比剛才更加小聲。
「那些災民沒過幾天，就被人發現變成了屍體，他們拚了老命拉回來的車子上也空無一物。」
「所以他們遭到殺害，然後東西被搶了嗎？」
「八成是這樣。」
「是土匪搶走的嗎？」
「重點就是這裡。」習行的身體微微前傾，「起初都認為是土匪襲擊……但在那起事件發生之後，有的里突然富了起來。」
「不會吧！」李齋嘟噥道。習行點了點頭，然後又立刻搖了搖頭。
「不，不是銀川——但因為不是一個人，而是整個里都富了起來，如果真的發生了搶劫，那就是整個里一起行動。」
「……應該是。」

一對像嬰兒般大小的琅玕，一旦流入市面就會傳出風聲，但如果敲成碎片，別人就不會發現是篁蔭。雖然價值會大跌，但像篁蔭這麼大的寶石根本無法標價，也無法交易。

「那個里在哪裡？」

酆都問，習行默默指著腳下。李齋和其他人都大吃一驚，看著周圍那片燒毀後留下的基石。

「似乎有人覬覦他們累積的財產而動手，當時這裡有往承州方向的林道，所以可以從這裡去承州。那是只有當地人知道的狹窄山路，是為了把山上的木材運下山而闢的路，載貨車也可以通行，但在幾年前因為土石流被沖垮了。」

「他們打算從那條路翻山越嶺去文州……」

「應該是這樣。有人說是土匪攻擊，然後放火燒了這裡，也有人說是附近的人幹的，很可能是土匪煽動，附近的百姓也一起加入，所以這一帶的人都絕口不提這件事，如果打聽這件事，甚至可能有生命危險。」

原來是這麼一回事。李齋和其他人恍然大悟。

「……是銀川嗎？」

「這附近還有另外一個里也很有錢，八成是這兩個里共謀。」

李齋點了點頭。從他們剛才遭到了攻擊這件事判斷，所以這個傳聞的真實性應該相當高。

「至於是否真的是篁蔭就不得而知了，篁蔭沉睡在函養山的傳說很有名，但還有不少珍貴的玉礦石因為坑道崩塌而下落不明，即使無法成為傳說，也很可能是可以一夜致富的玉礦石，所以他們也可能挖到了這樣的玉礦石。」

李齋點了點頭，然後忍不住感到鬱悶。災民無家可歸，只能在形同廢礦的坑道內撿碎玉礦石，沒想到居然發現了珍貴的玉礦石。只要賣掉玉礦石，就可以擺脫貧困的處境。他們深信這一點，拚了老命把玉礦石搬下山，卻被暴徒搶走，甚至賠上了性命。搶走玉礦石的人為了生存，已經到了不擇手段的地步，但是別人覬覦他們用暴力手段得到的財富，他們也遭到了攻擊。攻擊的人整天提心吊膽、戰戰兢兢，生怕又被別人搶走，於是只能整天關上門過日子。這就是戴國的現狀，這個國家已經衰敗至此——

5

李齋一行人回到琳宇的那一天開始下雪。戴國已經進入了無慈悲的冬天，無法期待早晨看到晴朗的天空。灰色的天空下，院子的石板表面都結了一層霜，水缸的表面也結了一層冰。

「早安。」

李齋起床來到院子時，余澤正在敲破水缸表面的冰，語氣開朗地向她打招呼。在離銀川不遠的廢里遇見靜之後，他離開了習行，搬來李齋等人位在琳宇的落腳處，習行的徒弟余澤也一起跟了過來。在廢里準備道別時，余澤說，想和靜之一起來琳宇。他並不是輕視神農的工作，但認為目前的當務之急就是找到驍宗主上。雖然他不會劍術，但可以幫忙打雜，至少可以照顧李齋的生活起居，為拯救國家出一點力。習行嘆著氣說「那我只能延遲退休了」，笑著同意了。

「冰越來越厚了。」李齋拉了拉縕袍說道。

余澤把水舀在水桶中笑著說：「再過沒多久，就必須把冰和雪融化之後才能使用。」

「這樣啊。」李齋嘀咕著，「文州真冷啊。」

「李齋將軍，聽說妳是承州出身，承州沒有這種情況嗎？」

余澤拎著水走進廚房，李齋跟在他身後，搖了搖頭。李齋的出身地位在承州南部，她生活多年的承州州都雖然叫永霜，卻是一個溫暖的地方。雖然會下大雪，但積雪並不會嚴重影響生活，也不會像文州那樣乾燥，冷得刺骨。

李齋這麼告訴余澤，余澤俐落地把火撥旺，在燒開水時說：「文州的冬天真的很冷，多虧有了鴻慈，日子好過多了。」

「這樣啊……」

余澤把剛燒開的熱飲遞給李齋，李齋喝著加了葛根，帶有一點甜味和稠度的熱水，把裝了同樣熱飲的竹筒放進懷裡，離開了落腳處。她像往常一樣走了一小段距離前往浮丘院，飛燕在那裡等她。

飛燕一看到她，迫不及待地和她玩耍。李齋撫摸牠一陣子後，打掃了騎房，換了稻草，餵了水和食物，然後用乾淨的稻草為牠擦拭全身清潔。

「對不起，這一陣子都沒有讓你飛。」

李齋向飛燕道歉時，喜溢出現了。她留下有點不滿足的飛燕，和喜溢一起回到落腳處，發現去思等人已經起床，早餐也準備就緒。彼此打了招呼，但每個人的聲音和表情都很沒精神，應該不光是天氣寒冷的關係。

李齋等人的搜索完全沒有發現任何線索，一直都在空轉。驍宗遭到攻擊後不可能靠自己逃離函養山，一定有人助了驍宗一臂之力。雖然函養山在當時表面上沒有人，但無法斷言完全沒有人。就好像那些挖到了玉的災民一樣，其他災民和附近的窮人很可能進入坑道撿碎玉礦石，既然這樣，是不是那些災民救了驍宗？

「但是，去銀川方面的那些人還是被人看到了，所以如果真的逃走，不可能不留下任何痕跡，也沒有被人看到吧？」

酆都這麼說，其他人也很難否定他的意見。

「會不會在王師嚴密搜索結束之前，都一直留在山上？」靜之問。

「留在山上？」李齋看著靜之問：「要怎麼留在山上？」

「附近有因為戰亂而空無一人的里，會不會躲在那裡呢？」

「那些里都是在遭到阿選的討伐之後才變得空無一人，之前也因為受到土匪之亂的影響導致了災民，但不至於造成整個里都完全沒人。」

喜溢也同意這個意見。土匪之亂對周邊的里造成了極大的災難，但土匪並沒有殘虐到把整個里的人都趕盡殺絕——應該說，土匪無法消滅整個里，只有阿選運用強大的權力，富有組織性地大量運用王師這種戰鬥的專業團體，才有可能趕盡殺絕。只有在戰亂前後，把函養山附近里的住民全都趕走，但在驍宗失蹤之後，那些人又回到了原來住的里。

「我反而認為也許不能排除山本身的可能性。」

李齋聽了喜溢的話，忍不住偏著頭問：「山本身？」

「函養山是瑤山的一部分，瑤山本身就是礦山。」

瑤山位在文州東部的中央，巨大的山脈擁有四座凌雲山，往凌雲山方向的陡峭山峰連綿，根本無法輕易攀登。瑤山將文州東部隔成南北兩部分，從琳宇往北部沿岸地區時，必須先繞去白琅。雖然這座山造成很多不便，但眾所周知，瑤山南側擁有函養山，因此也是一座寶山。

瑤山一帶可以進入的地方有無數玉泉，函養山周邊也有許多小型礦山。礦山周圍有坑夫住宿的小屋，有些地方還有好幾棟小屋聚集在一起，形成了礦山町，只是這些礦山早就已經廢礦了。

「聽說以前曾經有一個時代說瑤山是一座玉山，認為瑤山深處有巨大的礦脈，所以一直進入深處尋找礦脈，結果並沒有找到什麼驚人的礦脈。因為瑤山上是玉泉，和水一樣，低處的礦層比較厚。」

「這樣啊……」

「雖然當時似乎好不容易找到了幾個小型礦山，但很快就被挖光，然後遭到了遺棄。我也只聽過那些據說位在函養山北側礦山的傳說。從函養山西側進入的山中，有一些直到近年還在開採的礦山，只是規模都很小，而且礦產都被挖光，目前已經變成了廢礦。但是，我認為還有遺構留在那裡。」

「遺構——小屋和礦山町還留在那裡？」

喜溢點了點頭。

「因為封山的時候，並沒有特地破壞那些房子，事實上，在土匪之亂到討伐頻頻的時期，聽說有很多災民和落敗而逃的土匪逃進了山裡，也有人看到普通百姓背著行李入山。會不會是住在那裡的百姓救了驍宗主上，然後把他藏匿起來？」

「有道理。」李齋嘟噥著。那裡的確很適合災民藏身。驍宗失蹤當時，把函養山周圍的人都清空了，但可能並沒有發現躲在廢礦內的災民。因為地點的關係，或許無法長期定居在那裡，但在文州的混亂結束之前，應該有辦法在那裡躲藏。

於是李齋一行人又在雪中前往函養山。為了安全起見，他們去岨康找朽棧，希望獲得他的許可，但得知他去了函養山。

「他暫時不會回來岨康，你們要去函養山嗎？」

上次交鋒時認識的赤比是朽棧的左右手，朽棧離開期間，似乎由他負責岨康的一切。

「那我們去看看。」

李齋回答，赤比派了同樣是朽棧手下的杵臼為他們帶路。他就是上次來這裡時，曾經照顧他們的那個雖然懦弱，但很快活的男人。在粉雪飄舞中，他帶著李齋等人走了兩天來到函養山，絲毫不以為苦。見到朽棧時，朽棧笑著說：「你們還真老實。不過，那一帶以前的確是礦山町，但現在根本沒有人。」

「我們知道現在應該已經沒有人了。」

朽棧聳了聳肩說：「你們可以去找找看，肚子餓了，再回來這裡就好。」

朽棧不僅為他們提供了當天的住宿，隔天早上，還擔心他們找不到路，主動派人為他們帶路。

和上次來函養山時一樣，這次為他們帶路的也是一個老頭。這個瘸了一條腿的老人雖然看起來行動不便，但騎馬技術高超。那匹又矮又胖的馬看起來也上了年紀，卻像是老頭身體的一部分，動作十分敏捷。

「你騎馬的技術真好。」

李齋說，這個名叫仲活的老頭放聲笑了起來。

「因為牠就是我的雙腿。」

「不好意思，請問你的腿——」

「坑道崩塌時受了傷，還好福大命大，撿回了一命。」

他們邊聊邊離開了函養山，然後再從函養山往街道的路轉彎，繼續往西前進。道路整修得很平整，據說通往堆放函養山所使用材料的地方。路面很寬，可以讓兩輛載貨車會車，道路的左右兩側設置了堆放空間，可以一邊堆放木材，另一邊堆放廢料。有兩、三間小屋，也有停載貨車的地方，也有只是堆了沙土的地方。穿越那片區域，周圍就是一片樹林，有不少風吹來的雪片聚集在樹蔭下。路越來越不好走，左右兩側針葉樹的樹枝都茂密地交錯在一起，地上長滿了草，根本看不到路。仲活在樹林中騎著馬筆直前進，然後跳下馬，拿著柴刀砍掉地上的雜草。他的動作俐落敏捷。

「這就是以前的路。」

仔細一看，發現樹林中的確有一片像路一樣的草地。

「因為沒有人走，慢慢就變成了這樣。以前這裡有一條小徑，所以猜想有人在走這條路。看目前的樣子，應該很久沒有人走動了。」

仲活在說話的同時，砍掉了馬走路可能會勾到的樹枝和枯藤。

「走到路旁時要小心，因為草叢下可能會有縱坑和龜裂。」

仲活割完最後的枯藤，再度跳上了馬，率先上了山。當草叢阻擋去路時，他又再度拿著柴刀下馬。李齋等人也一起幫忙，但發現比想像中更耗體力。在仲活第三次闢路後，他們終於覺得過意不去。

「仲活，接下來我們自己來吧，我們會小心。」

「是嗎？」仲活說完後，看了看前後說：「沒關係，我陪你們過去。我沒想到山上長了這麼多草，你們不熟悉這裡，恐怕會很辛苦。」

「這樣太麻煩你了，而且你不是也有其他事要忙嗎？」

「首領說，要我盡可能協助你們，還說如果需要，可以一路陪你們。」仲活說完這句話，露齒一笑問：「還是說，有我在的話，你們反而不方便？」

李齋笑著搖了搖頭說：「沒這回事，只是有點納悶，朽棧為什麼幫這麼大的忙？」

「首領很感謝你們。」

仲活說完，輕盈地跳上了馬背。

「不瞞各位，在你們離開之後，有人擔心州師會不會上門，我當初也覺得絕對沒有好事，因為讓外人這樣深入我們的地盤，絕對不會有什麼好事。」

李齋苦笑起來。怎麼可能去向州師告密？因為李齋目前仍然是州師追捕的對象。

「結果什麼事都沒發生，真的什麼事都沒有，而且琳宇的差配、神農和浮丘院都送了禮過來，又是酒，又是藥，還有鹽。」

琳宇的差配是建中嗎？神農應該受酆都之託送了藥。李齋之前沒有聽說這件事，於是看向酆都，酆都靦腆地笑了起來。

「這裡有一個廢礦町。」

仲活說。他舉起一隻手，似乎在指出道路，但李齋完全看不到那個方向有路。

「我最後一次看到時，只有倒塌的房屋殘骸，要不要去看看？」
「請問是什麼時候的事？」
「去年的這個時候，房子倒塌、腐爛，被草木覆蓋，已經分不清是房屋的殘骸還是山了。」
不知道六年前是怎樣的狀態。只要還有一棟小屋，或許就可以躲藏。
「還是去看一看。」
「好啊。」仲活輕鬆地回答，改變了馬前進的方向。他選擇樹林中雜草長得比較矮的地方一路上山。去思在中途說：「這裡也有一條路。」
仲活轉頭說：「沒想到你年紀輕輕，眼力倒是很好。」
「因為我對山上的環境很熟悉。」
「這樣啊？要不要去看看？那裡有很久以前的斜坑遺跡。」
李齋很好奇斜坑遺跡是什麼樣子，提出很想去看。一行人沿著長滿灌木叢的路繼續前進，不一會兒，就來到一片長了很多小樹的窪地。
「你們也看到了，因為已經過了太久，所以幾乎都被埋了。」
仔細一看，周圍有許多以前用來支撐斜坑的石塊砌成的石垣。
「這是多久之前的斜坑？」
「我也不太清楚，我爺爺說——我家世世代代都在這一帶的山上當樵夫——在他懂事的時候，這裡已經是廢礦了。以前至少還看得出曾經是斜坑，但也只是入口而已，裡面早就坍掉了。前年這一帶下了一場很大的雨，可能是那場雨沖垮了，從這些新長出來的樹木判斷，差不多就是這樣。」

「這樣啊……原來你以前是樵夫。」

「只是少不經事的時候，後來因為繳不起稅，就當了坑夫，沒想到不久之後就遇到坑道崩塌。」

他在那之後就當了土匪。

「說起來很諷刺，我當了土匪之後，又回到山上工作。」

維持坑道需要木材，他當了朽棧的手下之後，一直在山上負責管理木材。

「雖然起初很排斥，因為我覺得當土匪很墮落，但那時候我有老婆、孩子。」

「——現在呢？」

「三年前，這一帶曾經出現很大的妖魔，就在函養山西邊那裡——在西崔以西肆虐，結果我的老婆和孩子在那時候被吃掉了。」

雖然他說話的語氣很開朗，但臉上的表情很落寞。

「真可憐……」

「他們真的很可憐，那時候我剛好上山，準備找要砍伐的樹木，我老婆和孩子還說太危險，勸我不要上山，沒想到他們死了，我卻活了下來。」

仲活突然停頓了一下，然後又接著說：「我覺得人類真的太了不起，結婚多年之後，老婆根本就像空氣，根本不會正眼看她，不管她把頭髮盤起來或是化了妝，我也都視而不見，所以我老婆曾經說，即使換了一個老婆，我也搞不清楚。但是……當我看到老婆留下的手，一眼就認出是她。」

仲活眨了眨眼睛。

「絕對沒錯，那就是她的手。」

「這樣啊。」李齋嘟噥著，除此以外，她不知道該說什麼。

仲活豁達地笑了笑說：「最近沒有聽說有妖魔出沒，所以你們不必擔心。」

「上次聽朽棧說，曾經在坑道挖到妖魔。」

「的確有這麼一回事……那個妖魔也睡得迷迷糊糊，所以沒有造成太大的危害，而且也不是很危險的妖魔，那些身強力壯的人說要趁早動手，所以就解決了牠，但還是費了很大的工夫。」

仲活說，雖然有不少人受了傷，但幸好沒有任何人死亡，也沒有人受重傷。當李齋回答說「那真是太好了」的時候，突然走出了樹林。

前方有一個之前砍掉樹木打造的廣場，稀疏的樹木之間，有一些被雜草覆蓋的隆起部分。走過去一看，泥土的下方露出了粗大的木材和竹子，那是以前的房子倒塌回歸大地，逐漸變成山的一部分。

「你們也看到了，這樣根本不可能住人。」

「……是啊。」

從腐爛的木材幾乎只剩下木片來看，房子倒塌應該不止十年、二十年了，長在那片廣場上的樹木中，有些已經可以做為木材使用了。

「斜坑的遺跡就在那裡。」

聽到仲活這麼說，他們走過去看了一下，發現斜坑的遺跡也幾乎都埋在土中。雖然入口還勉強留了下來，但才走沒幾步，就整個坍塌，擋住了去路。

「這裡也看不到有人生活過的痕跡……看這種狀況，顯然不可能從這裡進入地下躲藏。」

李齋說，仲活點了點頭。

第一個礦山町已經不存在了。原本在幾乎已經看不到的路兩旁，有超過十個礦山町和村落，因為住在更深山的地方也沒有任何意義，所以如果有人居住的話，應該會住在山路的入口附近。

「往深山的路會沿著山谷繞一圈，然後回到前面的地方。」

這次又是去思發現了岔路，他們往東走下山谷，很快就看到了第二個村落，遠遠就可以看到有房子。山谷的樹林中有十幾棟房子。

他們費了很大的力氣走近一看，雖然大部分房子都搖搖欲墜，但仍然維持了房子的形狀，至少可以遮風避雨，斜坑在村落最谷底的山崖下方張開大口。他們跳過浮著雪塊的小河來到對岸，入口用舊木材擋住了，但有一部分遭到破壞的痕跡。從入口向內張望，發現裡面是一條長長的隧道，一路向地底滑落。

他們試著往裡走，裡面雖然寬敞，但光線昏暗。許多木板都遭到破壞，陽光照了進來，他們仍然花了很長時間才適應。當眼睛終於適應了黑暗的環境後，發現了曾經有人在這裡生活的痕跡。

「有燒篝火的痕跡。」

靜之彎下身體，去思和酆都在周圍發現了鍋子和大小不一的甕，不遠處有用廢棄木材搭建的小屋，門口沒有門，只垂了一塊布。

李齋掀起了布，等待眼睛適應黑暗，裡面有許多布堆成了小山。

「原來睡在這裡……」

李齋說話的同時掀起了布，這時，原本站在她身後擋住門口光線的人影移動，她在微弱的光線下看到一隻乾掉發黑的人手。

——沒錯，那是他的手。

那隻手的主人還有手臂和身體。在昏暗中看到了肩膀上方的人臉，有兩個黑色的空洞眼窩。

「……已經死了。」

「啊！」背後傳來驚叫聲。一陣倉促的腳步聲後，又是一陣拆開木板的聲音，光線照了進來。李齋在微弱的光線下看到那堆布下有三具依偎在一起的屍體。可能是夫妻和孩子，其中一具屍體特別小。

「不知道是餓死……還是凍死……」

去思說完，在李齋旁蹲了下來，合起雙手。

「看起來沒有外傷，不知道是餓死或是凍死，也可能是飢寒交迫。」

去思點了點頭，仲活在一旁低頭吸著鼻子。

「他們可能是一家人，最後死在一起算是不幸中的大幸。」

李齋不加思索地點了點頭，但立刻為自己竟然點頭感到悲哀。百姓不應該因為飢餓和寒冷死亡，這對夫妻有孩子，他們應該一點都不希望是這樣的結局。他們被逼到這種地方——被逼到死亡的邊緣。雖然完全不存在絲毫的正義，但看到這幾具屍體緊緊抱在一起，還是忍不住為他們能夠死在一起感到慶幸。

「……差不多有一年了。」

靜之的聲音沉痛而冷靜。

「是啊。」李齋點了點頭。

「幸好沒有被野獸吃掉。要埋葬他們嗎？」

如果現在挖墓坑，回函養山時天色就黑了——李齋這麼想，但仲活用力點了點頭。

「至少把他們埋起來。」

「既然仲活都這麼說了，那我們就這麼做。」

李齋他們埋葬了一家三口，在夕陽的餘暉中繼續探索廢礦町。廢礦町各處都留下了曾經有人在這裡生活的痕跡，因為規模都不大，所以最多只有幾個人，但可以確定災民曾經在這裡生活。有些生活的痕跡比較舊，但也有比較新的。剛才那一家三口留下的痕跡最近，顯然至少在去年之前，都有零星的災民在這裡生活。

「在這裡根本無法張羅糧食，只能從外面帶進來，但既然這裡不時有人居住——是否意味著坑道內還有玉礦石？」酆都問。

仲活說：「有可能，我記得這裡是最新的礦山。」

仲活說的「最新」指的是在這一帶的礦山中，最晚停止開採的意思。

「這裡應該算是函養山的一部分，而不是新的礦山，我記得並不是稱為什麼礦山，而是叫什麼坑，有點像是從另一個地方開採函養山沒有挖掘到的碎玉礦石。」

因為這樣的原因，雖然規模不大，但在函養山封山之前，都零零星星地持續開採。李齋等人仔細檢查了所有的痕跡，並沒有發現任何可能和驍宗有關的東西。如果住在這一帶的災民救了驍宗，並把他藏了起來，應該會留下盔甲的殘骸或是其他的東西，但最後沒有發現任何勉強可以和驍宗扯上關係的東西。

一行人帶著徒勞感，在深夜回到了函養山，隔天一大清早再度上了山。這一天也是由仲活帶路，在發現三具屍體的那個廢礦町前面那個岔路往回走，又發現了兩個廢礦町。雖然都已經完全荒廢，但留下了曾經有人居住的痕跡。

在文州之亂之後的某段時期，顯然曾經有人住在這些廢礦町，只不過都是很久之前的事了。廢礦町內的大部分房子都已經倒塌，即使房子沒有倒塌的廢礦町，也明顯已經很久沒有人居住了。

「不像有人住的樣子——至少這幾年都無人居住。」

去思環視四周冷清的樣子，拉了拉褞袍的領子。沿著岔路往西，在谷底發現的這個廢礦町原本似乎是一個很大的村落，有很多房子。雖然房子都已經半毀，但大部分都背靠著山崖，後方有石室，都是鑿穿山崖的岩石建成堂室。放眼望去，都是一片木造房子，但房子後方的地窖幾乎都保持完好，有些洞的規模相當驚人。

有些地窖只能稱為倉庫，但幾乎都空無一物，沒有任何生活用品，可見住民是搬離這裡，然後把房子棄置於此。廢礦町的角落是通往地下的斜坑，雖然規模遠遠不如函養山，但地下有一大片空洞。

「這裡可以容納不少人一起生活。」

「完全有可能。」

李齋看著山崖的龜裂後方建的水池。清水從岩石縫隙中流出來後流入水池，水池內的水至今仍然很清澈。用石材建的水池很牢固，上層是很大的儲水槽，儲存從岩石中流出的水，從儲水槽流出來的水順著排水溝流入下層大而淺的水池中。下層的水池旁設置了很多石階，也有好幾處站立的地方，可能方便洗衣服或洗東西。陽光斜斜地從高處的縫隙中照進來，在透明的水面形成了光斑，有一種莊嚴的感覺。

「設計得真不錯。」靜之探頭看著儲水槽說：「還有取水口，這些水應該也流入了町內。」

仔細一看，發現較深的儲水槽內有好幾個孔，通往上方水池的路面下應該埋設了水路。剛才發現町內有好幾個供水處，設置了既不像水井，也不像水箱的長方形東西，這裡的水應該就是流去那裡。

「原來利用了高低的落差供水，而且區分了飲用水和生活用水，再加上這個村落的規模，所以是一個很大的廢礦町。」

李齋說完，仲活接著告訴她：「我記得好像叫潞溝，我小時候這裡還在開採，只不過住在這裡的人少了很多，有很多空房子，我記得當時還覺得這裡很冷清。」

這裡沒有玉泉，是只能開採玉礦石的礦山。因為玉的品質很高，所以很多坑夫都來這裡，但在驕王治世末期，幾乎都被開採光，玉礦石也越來越少，人口也減少，在驕王駕崩之前就封山了。

「這裡是里嗎？」

「不是。雖然這裡比附近的里規模更大，但並不是里。」

礦山有很多坑夫，坑夫住宿的地方形成了礦山町。如同潞溝這裡，雖然可能會發展到相當大的規模，但光是規模大，無法形成里。必須有里府，以及種植里木的里祠，才能成為里。設置新的里有各種不同的基準，首先必須要有人在那裡生活，而且必須長期居住，將來也會持續居住，所以除了坑夫以外，還必須有其他人生活在這裡。如果缺乏將來即使礦山關閉，住民仍然可以持續生活的基礎，就無法成為里。

坑夫聚集的礦山町如果能夠長期持續相當程度的規模，想要做坑夫生意的商人就會聚集。坑夫的家人和商人的家人會在附近開墾農地，為此就會去山上伐木、引水，出現大片的土地。有了土地之後，農民就會聚集，開墾這些土地。當和礦山無關的人也開始在這裡定居後，府第就會設置分署，然後升格為府第。通常很少只增加一個里，至少都會一口氣增加一族。一族有四里百戶，有時候甚至會一下子增加一黨二十里。反過來說，如果沒有這麼大的規模，就不會開設新的行政府。潞溝並不是里，也沒有設置分署的跡象。雖然府第知道這裡是礦山，但純粹只是礦山町，在掌握土地和住民的戶籍上並不存在。在廢礦之後，整個礦山町也變成了廢墟。雖然是災民隱居的好地方，但現在已經沒有人影，也找不到最近有人居住的跡象。

李齋等人繼續探索廢礦町，但曾經有人居住的痕跡都很微小，而且都是很久之前的痕跡。雖然零星有人曾經在這裡居住，但都只是短期逗留，並沒有定居下來。可能災民也對這片被荒廢遺忘的廢墟環境不滿意。

他們在山上徘徊了一整天，沒有看到任何一個人。越進入深山，越沒有任何曾經住人的跡象。他們只好放棄，向仲活道謝後下了山。

6

風呼呼地吹，門被用力吹開，冷風同時吹了進來。少女忍不住縮起脖子，慌忙去關門。她抓住被風吹開的門，用力關緊之後，把繩子綁在釘子上，但每次風一吹，門還是會鬆開，冷風會夾著雪一起吹進屋內。

不久之前，門前掛了兩層布擋風，但現在把布拆了下來，拆下的布全都蓋在姊姊身上。

少女費力扭著繩子，努力防止風吹進屋內，但手指很快就被凍得失去了知覺，她只能放棄。只要自己忍耐一下就好——她這麼想著，回頭看著狹小的房間後方，用木柴堆起來的床鋪。

「對不起，會不會冷？」

少女看著床鋪問，但姊姊沒有回答。姊姊把家裡所有的布都裹在身上睡著了，她的臉色蒼白，微微張開的嘴裡發出喘息般的呼吸，單薄的胸口不停地起伏。

少女在床邊坐了下來，在火盆裡加了三顆鴻慈的果實，希望放在姊姊腳邊的火可以稍微溫暖姊姊。

前幾天，少女和爸爸一起去潭邊送供品回來後，發現姊姊病倒了。爸爸那天難得在傍晚前回家，父女兩人一起走在雪中去送供品。少女拎著裝了少許堅果和一小塊布的籃子走在路上，姊姊從罐子裡拿出一小把核桃、栗子和橡實——在籃子內發出喀答喀答的聲音。

爸爸每次看到枯枝，就會砍斷後放進背後的背簍中，所以花了很長時間才走到潭邊。當他們來到潭邊時天色已經黑了，少女為拿在手上的燈點了火，在微弱的火光下，把籃子放進溪流——流向那個黑色的洞。看著籃子流進黑洞後，爸爸抱著背不下的樹枝回到家中，發現姊姊病倒了，哥哥急得快哭了。

姊姊這一陣子身體一直很熱。她每天睡覺時和姊姊依偎在一起，所以少女察覺到這件事。但那天回家後，一摸姊姊的身體，發現姊姊的身體變得很燙，張著乾裂的嘴痛苦地呼吸。少女慌忙找出小屋內所有的布都蓋在姊姊身上，燒了剛才撿回來的樹枝，讓小屋內稍微暖和一些，渾身發抖的姊姊終於流了汗。

當解開姊姊身上的衣服，準備為姊姊擦汗時，爸爸出聲哭了起來。少女為姊姊解開衣服時也嚇了一大跳，因為姊姊的胸前浮現一排肋骨，只剩下皮包骨。

「妳……都沒有吃飯嗎？」

爸爸驚叫起來。少女和哥哥才終於知道，姊姊之前一臉調皮地拿出來的食物，其實都是姊姊的份。

姊姊默默減少了自己的食物份額，分給少女、哥哥和爸爸。少女想起自從下雪之後，幾乎沒有看過姊姊吃東西，即使吃的時候也只是吃幾口而已。當少女和其他人吃飯時，姊姊一下子去加柴木，一下子去裝水，總是忙來忙去。姊姊假裝忙得沒時間吃飯，但其實是勒緊褲帶，所以自己瘦得不成人形。姊姊應該前幾天就病了，卻仍然若無其事地去河邊挑水，撿柴火回來燒火，為大家煮飯、整理家裡、剝樹皮。

隔天，爸爸出門前說會帶食物和藥回來，然後就一直沒有回來。少女猜想爸爸為了讓姊姊吃有營養的食物——希望可以買到丹藥，最好能帶醫匠或道士回家，除了平時的工作以外，還希望可以找到兼差的工作，或是像之前哥哥受傷一樣，懇求僱主讓他可以接幾天住宿的工作。

由於窮人很多，大家都在搶打零工的工作。即使好不容易找到工作，領到的錢也微乎其微。能夠領到錢還算幸運，之前爸爸幫忙別人開墾了一整天，只帶了五杯小米回家。

──至少還有工作可以做。

爸爸難過地笑了笑，附近的市街上有許多沒有家，也沒有工作的人。即使是這種小屋，至少有地方可以住，一家人可以生活在一起；即使報酬只有五杯小米，能夠找到工作已經很幸運了。五杯小米加了雜糧和地瓜，一家人吃了五天。

……但是，原來姊姊根本沒吃。

少女握住姊姊的手，想起自己好像曾經說「怎麼才這麼一點點？」還曾經說「餓得睡不著」，姊姊是因為自己說了這些任性的話，所以才勒緊褲帶不吃東西嗎？

「我以後不會再說這種任性的話了。」

少女雙手用力。

──老天爺，請你不要把姊姊帶走，拜託了。

當她祈禱的時候，聽到一聲輕微的吸氣聲。少女慌忙抬起頭，探頭看著姊姊的臉。姊姊呼吸困難，張著嘴，好像想要把什麼東西吐出來，喉嚨深處發出好像吹笛子般輕微沙啞的聲音。少女叫著姊姊，拚命搖著她，然後慌忙衝出了小屋。她要去叫在小屋旁劈柴的哥哥。哥哥臉色大變地跑了回來，當他們回到床鋪前時，姊姊已經安靜下來。

傍晚冰冷的風中開始夾著雪，少年用手撥了撥一塊差不多雙手才能抱起的石頭表面。雪花落在冰冷的石頭上。

——主公，你會不會冷？

少年注視著冰冷的石頭。他的主人躺在這塊石頭下方。

主人從夏天開始就生了病，經常臥床不起，但主人叫他不用擔心。

沒想到——

聽住在同一個里的大人說，六年前，主人受了重傷後，身體就大不如前，如今終於耗盡了生命。

他把小刀供在墓前。主人躺在病床上時，曾經教他怎麼磨刀。當他終於學會磨刀時，主人送給他一把懷劍。主人的懷劍和他之前使用的鈍刀完全不同，磨劍也不是一件容易的事。主人仔細地向他說明，當他說「太難了」時，主人笑著說：「你很快就學會了。」——這也成為他和主人最後的對話。

——我總算學會了。

他向以前當過兵的人請教後學會了，昨天晚上，他們終於對他說，現在拿去墓前也不會丟臉了。

主人曾經答應他，等他學會磨劍之後要教他劍術。他原本打算好好練習，要像當年主人保護他的父親一樣，這次換自己保護主人，要為主人而戰，有朝一日，要打倒那個——在鴻基的財狼。

沒想到，他無法保護主人。

他不想說主人騙人。因為主人並不想騙人。

——但是。

「……你不是說好，要一起奪回宮城嗎？」

冷風帶走了他的嘀咕，雪花積在石頭表面。

第十一章

1

鴻基的街頭都染上了一片白色。昨天下了一整天的雪，讓王宮山麓下的整個市街都被白色覆蓋。從王宮只能略窺一斑，雲海下方聚集了雪雲，不時可以從雲縫中眺望，但大部分時間，雲海都是一片灰色，從雲的狀況來看，還會斷斷續續地繼續下雪，鴻基也將正式迎接冬天。

然而，泰麒和其他人仍然形同遭到拘禁，無法為百姓做任何事。泰麒最近經常悶悶不樂，雖然項梁原本就不太敢主動對他說話，但泰麒這一陣子有一種拒人千里的感覺。他仍然每天去路亭散步，即使天氣一天比一天寒冷，但他在路亭逗留的時間越來越長。

「……怎麼辦呢？」

項梁小聲嘀咕。德裕正在眼前擦藥，不可能沒有聽到，卻沒有回答。項梁內心不由得感到納悶。德裕最近的態度不太對勁，好像經常心不在焉——項梁這麼覺得。

「德裕，怎麼了嗎？」

項梁問，德裕驚訝地抬起頭，眨了眨眼睛。

「……啊？嗯？什麼？」

「你看起來好像有點無精打采，有什麼擔心的事嗎？」

「沒有。」德裕這麼回答，臉上的表情也一如往常。

「是喔。」雖然項梁感到可疑，但還是嘀咕了一聲，同時看向門外，「……平仲怎麼還沒來？」

「對喔，我今天還沒看到他。」

平仲這一陣子也有點奇怪，和德裕一樣，總是有點魂不守舍。項梁猜想他可能太累了，在和惠棟商量之後，建議他回家休息一天，但現在已經過了中午，仍然不見人影。希望他沒有病倒。

如果做了什麼大事感到疲勞也就罷了，無所事事的疲勞很痛苦。黃袍館內瀰漫著陰鬱的倦怠，鴿子的聲音好像在嘲笑他們無人問津的衰運。鴿子好像在哪裡築了巢，半夜突然響起鴿子的叫聲，攪動了內心的不安，簡直就像是不祥的前兆。

——沒錯，項梁應該也累了。他曾經在深夜感受到極度無力感。想到事態的發展，這或許是理所當然的結果。沒有戰果的戰鬥，敵人不在眼前，無法得到有任何意義的成果，只有緊張不斷持續。

項梁最近常覺得自己生活在廢墟中。他雖然知道有許多官吏在這裡生活、活動，但在黃袍館內完全看不到這一切。泰麒沮喪沉默，德裕看起來疲憊不堪，持續在夜間照顧泰麒的潤達可能因為日夜顛倒的關係，臉色變得很蒼白。之前經常進進出出，想要照顧泰麒生活的浹和，這一陣子也很少再插手。平仲比浹和更少出現，惠棟只能對眼前毫無進展的事態沉默，所以很少說話，每次看到他都鬱鬱寡歡。奄奚總是無聲無息，像影子般出現，做完事之後又離開——這就是項梁看到的所有人。
文遠之前經常帶來外面的消息，這一陣子也不見人影。不知道他發生了什麼事。不只是泰麒，德裕和潤達也都很擔心。
——這根本是廢墟中的牢獄。
還是說，項梁他們已經變成了住在廢墟中的亡靈？
「完全沒有任何動靜。這會不會太奇怪了？」
夏官長叔容語氣強烈地說。春官長懸珠也表示同意。
「台輔不是說，要請驍宗禪讓嗎？驍宗到底在哪裡？」
我怎麼知道？張運在內心不屑地說。
「冢宰，你有沒有把必須禪讓的事上奏給主上？」
張運聽到懸珠的語氣中帶著責備，忍不住瞪著她，用不悅的語氣問：「這是什麼意思？」
懸珠慌忙掩著嘴說：「不，我只是在想，也許冢宰有什麼更深入的想法，暫時沒有稟報……」懸珠停頓了一下，又吞吞吐吐地補充說：「因為你之前好像懷疑台輔。」
「怎麼可能！」
張運咬牙切齒地說，只不過他的確沒有馬上向阿選稟報。雖然琅燦肯定了泰麒的說法，但張運無法接受。驍宗不可能答應禪讓，而且也不可以把驍宗帶回白圭宮，讓他和泰麒見面。然而，來自其他官吏的壓力一天比一天強烈，慢慢出現了對無法推動事態的張運批評的氣氛——就像懸珠一樣，這些人都懷疑張運為了守住自己的權勢，故意不向阿選提供這些資訊——照目前的情況下去，很可能會追究張運的責任，最好在發生這種情況之前向阿選請示。張運被案作的這番話說服，無奈之下，向阿選傳達了泰麒說的話，徵詢阿選的意見。沒想到苦苦等了半天，派去見阿選的使者回來時，只帶回了「知道了」這三個字。

「又是這樣？」

張運忍不住咂嘴。到頭來，每次都是這樣。

張運也不知道阿選在想什麼。泰麒說，阿選是新王。阿選砍了泰麒之後，似乎相信了泰麒說的話，原本以為阿選會指揮做登基的準備，沒想到完全沒有任何指示，仍然像之前一樣，在王宮深處閉關，完全沒有任何消息和動靜，簡直就像泰麒說阿選是新王，他接受了這種說法，然後一切就結束了一樣。

張運再三透過近侍的天官催促阿選，必須為登基做準備，但阿選完全沒有答覆。泰麒說的「驍宗必須禪讓」這句話，不僅震撼了整個朝廷，更是動搖阿選處境的重大事件，阿選竟然也完全沒有反應。好不容易等到了回覆，竟然只有「知道了」這三個字。這是阿選一貫的回答。我知道了——就只是這樣而已，就連張運也完全無法瞭解阿選的意圖。

他很想乾脆自己衝去後宮質問，只不過他雖然是冢宰，卻沒有權力擅闖六寢。正當他氣憤難平時，下官走了進來，說是有來自夏官的緊急報告。

「什麼事？」

夏官長叔容問，然後向他招了招手。原本跪著的下官起身，走到叔容身旁向他咬耳朵，叔容立刻露出嚴肅的表情問：

「在哪裡？」

雖然下官回答「委州」時的聲音很輕，但豎起耳朵的張運也聽到了。

「委州——謀反嗎？」

委州是驍宗的出身地，那裡有很多崇拜驍宗的人，在阿選立朝之後也頻頻發生叛亂。

「又是委州嗎？這次是哪裡？」

「原本還覺得近年好不容易太平了。」

「委州果然很危險，必須大規模修理一次。」

眾官議論紛紛，叔容看著張運問：「冢宰有什麼意思？」

「只能按以往的方式處理，反正即使稟報主上，主上也只會回答說『知道了』而已。」

一直以來都是如此，明明是阿選鋪的路，但阿選在某個時間點失去了前進的動力，即使向他報告，他每次也只是答覆「知道了」，張運和其他人在無奈之下，只能按照以往的方式處理，這次也只能這麼做。

「真的可以嗎？」地官長哥錫表達了異議，「雖然我不瞭解其中的道理，但阿選主上不是新王嗎？台輔已經證明了這件事，既然這樣，是否不該因為有前例而用以前的方式處理。」

張運皺起眉頭看著哥錫。

「如果戴國太衰敗，阿選主上是否會以失道的形式——失去從天而降的天命。」

「這……有可能。」

哥錫提出了危機感。

「至少是否應該停止殘酷的討伐？」

「不鎮壓怎麼行？有辦法壓制百姓的不滿嗎？」

許多百姓都不相信「假王」阿選，都隱約察覺到他是偽王。之前只要一有叛亂，阿選就會連同無辜的百姓一起，將整個地方徹底殲滅，斬草除根，藉由百姓相互監視的方法壓制叛亂，也因此導致民怨累積，隨時都可能發生叛亂。即使是很小型的叛亂，也可能在各地引起連鎖反應，所以必須不擇手段加以鎮壓。

哥錫說：「必須請阿選主上趕快踐祚。如此一來，各地的謀反絕對會停止。」

2

張運走出冢宰府，在夾著小雪的寒風中往西走，經過以前仁重殿所在的位置繼續向前走。來到黃袍館後，在過廳叫了惠棟，然後前往正館。必須跪在泰麒面前——張運對這件事很生氣。

跪在阿選面前心甘情願——因為張運目前的職位是阿選給他的，跪拜在其他人面前有損他的矜持，但眼前也無可奈何。

他依照禮儀，進入堂內立刻跪拜、磕頭，然後跪著前進，再度磕頭說：「臣有一事想請教台輔。禪讓必不可缺嗎？」

「我想應該是。」

「你想？」

「天啟並不是上天的聲音，並不是從哪裡傳來『要他禪讓』的聲音——只不過我覺得禪讓絕對有必要，我認為在這件事上無法讓步。」

這未免太馬虎了。張運很想這麼說。

「……驍宗主上禪讓，就意味著他駕崩。如果是以前，會讓我痛徹心腑……但現在除了覺得他很可憐以外，並沒有其他的感想。」

泰麒難過地說完，看著張運。

「為了拯救戴國，驍宗主上必須放棄王位。雖然驍宗主上的生命會因此走到終點，但是為了百姓，這也無可奈何。驍宗主上全心為國為民，如果他知道自己的犧牲可以拯救百姓，應該會接受——我這麼相信。」

項梁在一旁不發一語，卻有一種腳下漸漸被吞噬的感覺……這是不是真的？麒麟為了百姓，有時候會說一些無理的話。麒麟雖然是慈悲的動物，但有時候會有一些毫無慈悲的行為。至少項梁在驕王治世末期，從驕王和選擇他的麒麟身上學到了這件事。麒麟永遠把百姓放在首位，只為王和百姓奉獻，因此，當百姓和王的利害發生衝突時，有時候會對王有一些無情得令人難以置信的言行。

麒麟被稱為慈悲的動物，為什麼會說如此無情的話？項梁當時感到驚訝不已，同時產生了一種不知道自己在面對什麼的恐懼。

……此刻有和當時相同的感覺。

張運可能也有同感，露出害怕的表情磕頭。

「遵命……」

「但如果阿選將軍不做出決斷，你們也很傷腦筋，所以只能發揮耐心，持續上奏——至少是否可以公告阿選將軍是新王這件事？公告麒麟指名阿選將軍為新王，將在近日踐祚——」

「公告？」

「如此一來，世道不是就會稍微平靜嗎？同時，還要救濟百姓，就可以讓世道更加平靜。」

「雖然是這樣沒錯。」

「要不要先讓瑞州動起來？什麼時候才能把州侯的權力交還給我？」

「沒有交不交還的問題，」張運磕著頭，「台輔現在就是瑞州侯。」

「當然啊。」泰麒毫不留情地說：「阿選將軍也准許我回朝，我認為這是包括我身為瑞州侯的地位，不是嗎？」

「那當然。」

「但瑞州似乎無意聽從我的指示，這是士遜膽大包天，還是——你的指示？」

項梁大吃一驚。泰麒這麼發問，張運只能有一種回答。

「我並沒有下達這種指示——士遜應該有他自己的想法，但絕對不是不把台輔放在眼裡，而是擔心您的身體。」

「他完全不執行我要他做的事，是因為士遜所謂的想法嗎？我再問一次，士遜不聽從我的命令，是因為你的指示嗎？」

「絕對沒這回事。」

「所以是士遜的傲慢自大嗎？我認為這已經足以構成革職的理由。」

張運把額頭碰到了地上回答說：「是。」他只能這麼回答。

「將士遜革職後，我任命惠棟擔任州宰。」

「這……」張運抬頭看著泰麒，但被泰麒的氣勢震懾，沒有再說下去。

「我認為任命州宰是州侯的職權，還是需要冢宰的同意？」

「不。」張運回答。他也只能這麼回答。事實上，州侯任用州宰時根本不需要王和冢宰的承認。

「很遺憾，州官不服從我的命令，請你利用冢宰的職權通知相關人等。」

「遵命。」張運磕了頭，項梁所站的位置也可以看到張運脖子上冒著汗。

張運倉皇失措地離開了黃袍館，他發現自己的雙腳微微顫抖。

在張運的記憶中，泰麒還是年幼的孩子。其他麒麟——驕王時代的泰麒也都很溫和，所以他以為這次的泰麒也一樣，即使無視他或是對他置之不理，他也只會哭訴。

——原來還有這種麒麟？

士遜是張運的親信，正因為這個原因，所以才任命他擔任州宰，張運的確曾經對士遜說，無論泰麒說什麼，都只要顧左右而言他。因為原本以為即使泰麒生氣也無計可施。

沒想到，竟然被他反將了一軍。張運覺得自己被泰麒逼到只能同意的地步。

——他真的是泰麒嗎？

這個疑問再度在內心抬頭。他真的是泰麒？

但是，既然阿選承認，就不容張運表達異議。

張運回到冢宰府後找來案作，告訴他要革士遜的職，任命惠棟擔任州宰，然後對著案作大動肝火。

「簡直胡作非為——膽大妄為。」

「但是，」案作安撫著張運的情緒，「州侯的確有任命州宰的權力，既然台輔這麼說，就沒辦法阻止。」

「我當然知道！蠢貨！」

張運咬牙切齒地說完，命令案作公告阿選是新王一事。

「有道理——如此一來，叛民或許也會安分下來。」

「他說要拯救百姓，簡直就像在說我們故意對百姓棄而不顧。我們並沒棄而不顧！」

張運咬牙切齒。棄百姓不顧的並不是張運，而是阿選。棄百姓不顧是阿選的方針，張運只是遵循了阿選的方針。阿選鋪了所有的路，張運只是忠實地走在他鋪好的路上。

阿選將成為王——張運無法對這件事積極，因為照目前的情況，阿選可能會失去從天而降的天意。

「沒錯……的確有這種可能。」

張運自言自語。如果阿選失去天命，阿選和泰麒因為失道而倒，在下一位王出現之前，戴國就是張運的天下——難道沒有這種可能嗎？王位無王時，按照慣例，冢宰成為假王，張運就成為戴國名副其實的「王」。

正當張運偷笑時，身旁傳來小聲說話的聲音。

「一旦失道，十幾年後才會出現新王——這個王朝就真的完蛋了。」是案作在說話。

張運不由得一驚。一旦新王出現，張運等人就會失去權勢。

案作說的話完全正確，假王終究只是臨時的王，根本不值得對這種東西執著，在穩定的王朝持續擔任冢宰一職更值得。即使王朝很短命，自己為拯救戴國盡了力，只是受到阿選的阻撓。只要能夠維持這種局面，即使在新王出現之後，也能夠主張自己的功勞而繼續吃香喝辣。

張運點了點頭。

「還是要請阿選主上趕快踐祚。」

——無論如何都要讓阿選坐上王位。

3

「我是——州宰？」

張運聽了惠棟的問話，不悅地點了點頭說：「台輔親自指名，你要好好感謝台輔，善盡職責。」

「我一定不負重託。」惠棟在磕頭時感到欣喜萬分，同時也感到極大的困惑。對泰麒來說，身為阿選麾下的惠棟根本是仇人，每次見到項梁，惠棟都深刻體會到這一點。即使遭到冷眼相待，即使遭到冷漠對待，他也無法有任何怨言。因為他必須面對一個壓倒性的事實——阿選篡奪了驍宗的王位。

他帶著宛如置身夢中的心情回到黃袍館，要求謁見泰麒，獲得同意之後前往正館。泰麒坐在堂廳的椅子上，很費力地用一隻手處理書信。他跪在泰麒面前說：「我已接獲冢宰通知，奉命擔任州宰。」

惠棟說話的瞬間，項梁立刻露出責備的眼神看著泰麒。泰麒不知道是否察覺，或是即使察覺，也決定加以無視，沒有看項梁一眼，對著惠棟說：「那就拜託了。」

「我當之有愧，我真的可以嗎？」

「我知道你很真心誠意地照顧我的生活，也知道你對國家和百姓的狀態感到痛心。目前必須拯救百姓捱過這個冬天，所以請你也一起相助。」

「我欣然相助！」

惠棟磕頭，他為自己的努力受到肯定深感喜悅。

「由你負責組成州六官，如果有必要，我會和張運交涉，你可以隨時告訴我。很遺憾，我不太瞭解這裡的情況，即使是關於你自己的事遇到困難，如有必要，也請你告訴我。」

「是。」惠棟磕完頭，抬起了臉。

「那……我可以提出一個請求嗎？」

「什麼請求？」

「請允許我在您身邊安排護衛，目前只有項梁大人一個人，他遲早會累垮。」

泰麒傷神地看著項梁，項梁說：「不，我沒問題。」

「我不認為沒問題。台輔周圍的人手太少了，平仲的身體狀況也不太好，德裕的氣色也很差。雖然項梁大人強打起精神，但我覺得他很疲憊。宮城內固然並沒有太大的危險，但無法預測什麼時候會發生什麼狀況，請允許我至少在您周圍多安排一些人手。」

泰麒微微偏著頭想了一下說：「……是啊，我的確讓項梁他們承受了太大的負擔。」

惠棟鬆了一口氣──泰麒願意接受嗎？

「人選呢？」

「我想請項梁大人擔任射士，然後再安排幾名大僕和小臣。我知道台輔可能會覺得不高興，所以在人選方面，會盡可能安排和阿選將軍麾下無關的人，或是挑選巖趙將軍的麾下。」

「巖趙呢？不能安排他嗎？」

「我也認為如果能夠請巖趙將軍協助是最好的選擇，我也會盡可能朝這個方向努力，但也許需要花一點時間。」

「是啊。」泰麒嘆著氣。阿選應該最提防泰麒和巖趙接觸。姑且不論阿選是不是真的不喜歡他們接觸，但張運一定會認為阿選不喜歡，所以不可能同意。

「我相信要找到這樣的人選並不容易，你有什麼腹案嗎？」

「因為至少需要能夠輪流的人員，所以我正在尋找。巖趙將軍的麾下有一位名叫杉登的人。」

「我記得，他以前是驍宗主上的師帥吧？」

「對，杉登大人目前在品堅大人的手下，應該可以借到杉登大人的麾下，我相信這樣的安排，應該可以讓您比較放鬆。」

「品堅同意嗎？」

「沒問題。我在和他討論之後，他也表示贊同，認為這是最好的安排。」

「你認為呢？」泰麒問項梁。

項梁說：「我記得品堅大人——是一位耿直的人。他並不是一開始就是阿選的麾下，在驕王時代跟的是另一位將軍。」

惠棟點了點頭說：「那位將軍雖然很低調，但為人很誠實。在驕王治世末期，瑞州妖魔出沒，很不太平，這位將軍在出征討伐時不幸犧牲。當時品堅大人擔任師帥。」

因為品堅不是阿選從小培養的部下，所以和其他麾下相比，有點不受重視，正因為這個原因，才會把杉登安排在他的手下。

「我認為品堅大人也和那位將軍差不多。」

項梁也為品堅美言。雖然這件事微不足道，但惠棟暗自鬆了一口氣。

「……好。」

「目前由杉登大人挑選人手，除此以外，宮內還有一些私兵，以前是皆白大人左右手的人，願意把手上的私兵借給我們。」

「私兵──嗎？」

惠棟點了點頭。驍宗以前的麾下大部分都被趕去閒職，很多都離開了宮城。尤其是主要官吏中，芭墨和花影因為和驍宗有密切關係，所以被懷疑謀反，於是他們就逃走了。宣角來不及逃走，結果遭處死。詠仲和皆白躲過了魔爪，那是因為詠仲在鳴蝕中受傷身亡，皆白在鳴蝕中下落不明。詠仲的親信雖然活了下來，但遭到張運敵視，幾乎沒有人留在宮中。張運認為他們會影響自己的權勢，當然不可能讓他們留下。皆白的親信雖然沒有遭到排除，但受到冷淡的對待，很多人都離開了宮城，只有和皆白最親近、以前擔任天官小宰的嘉磬留了下來，只是也被剝奪了官位，目前既無官位，也沒有職位，就和惠棟之前一樣，要求他等待進一步的命令，然後就沒了下文。因為無官無位，所以也沒有侍從。

「所以他自己雇用了僕從。我和他商量之後，他說因為人數很少，所以能夠支援的人手有限，為此感到於心不安，但還是借了三個人，其中一名是武官，另外兩個人是文官。」

「小宰……我似乎記得他，能不能請小宰親自來幫忙呢？」

「我也覺得他無官無位很可惜，可以由他擔任州天官長，不知您的意下如何？」

泰麒點了點頭，然後看著項梁，徵詢他的意見。

「我認為嘉磬大人沒問題。」項梁對著泰麒點頭後說：「但我無法同意由我擔任射士這件事。」

泰麒偏著頭。

「台輔的護衛工作由州太衛統籌管理，州太衛手下的射士負責在公開場合的護衛工作，司士則負責私人場合的護衛工作。無論射士和司士都是文官，並不是武官，所以我並不適合，但如果沒有負責管理的文官也很傷腦筋。」

「對，」泰麒似乎也回想起來，「以前由潭翠負責我的護衛工作，潭翠是大僕，聽你這麼一說，我想起上面的確還有文官，但我記得職務名是射士。」

然後他又補充說：「我記得當時好像並沒有司士，大僕也只有潭翠一個人而已，所以我才會忽略對項梁造成的負擔。」泰麒說到這裡，偏著頭說：「潭翠下面還有小臣，但都是遠遠守護房子和值夜班的人，幾乎都不會遇到他們。」

「這是驍宗主上建立了相關的體制，只要這些人手就能夠做好護衛工作，現在的狀況的確無法和那時候相比。我當大僕就好，我也承認如果還有另一名大僕，的確可以減輕我的負擔。必須有人守護這裡，目前雖然有小臣，但小臣的風紀不良，需要重新換人。」

項梁在說話時，將視線移向惠棟。惠棟點了點頭。士遜派來的——也就是張運派來的那些小臣的確素行不良，雖然有極少數人認真執行任務，但大部分人根本看不見人影。他們應該都躲在什麼地方鬼混，所以有必要改善風紀。

「我也看不下去了，一定會重新建立新的體制。」

惠棟說完，直視著項梁說：「絕對不允許有人輕視台輔。」

4

「惠棟大人擔任州宰？」

午月問駹淑，然後重重地吐了一口氣說：「……真是太好了。」

駹淑忍不住偏著頭問：「午月大人，你認識惠棟大人嗎？」

「阿選將軍所有的麾下我都認識，因為他們都是很能幹的幕僚。」

將軍有自家軍隊的軍府，軍府內的官僚稱為軍吏，地位較高的軍吏稱為幕僚。

「他在幕僚中可以列入前五名。幕僚長——以前是軍司的叔容大人就任夏官長時，希望由他擔任副司馬或是小司馬，但不知道為什麼，他始終無官無位，很多人都覺得可惜。」

「他犯了什麼錯嗎？」

「沒有。」午月搖了搖頭，「不曾聽說他曾經犯錯的事，所以起初大家都感到很不可思議。」

「只有起初而已嗎？」

「現在已經不會有人為這種事感到不可思議了，因為目前的朝廷常常會有這種事。」

午月說完，露出了苦笑。

「有能力的人無法獲得地位，也有人雖然有地位和職位，卻完全無法做任何事，到處都可以看到棄之不顧的景象——百姓也一樣。」

「是。」駹淑不知道該如何反應，午月沒有多說什麼，走出了值班室。刺骨的寒風吹來，因為無事可做，只能在寒風中縮著身體巡視四周打發時間。他扛著長槍走出黃袍館，看到伏勝就在前方的空地上。伏勝坐在堆起的木材上仰望著天空，吐出的氣都變成了白色。

「可以看到什麼嗎？」

「看不到。」伏勝回答之後，回頭看著午月問：「巡邏嗎？你還真熱心。」

「因為沒事可做。聽說惠棟大人當了州宰？」

「好像是，他也終於出頭了。」

「真的，太好了。」

「午月，之後也有你發揮的機會。」

「我嗎？」

伏勝點了點頭，示意午月在他身旁坐下。午月順從地坐了下來。木材很冷。

「你手下的士兵中，有幾個人可以派用場？」

午月原本和伏勝一樣都是阿選軍的旅帥。

「有兩個卒長武藝高強，人品也不錯，還有一名兩長也很能幹。要補充小臣嗎？」

伏勝點了點頭說：「惠棟大人成為州宰之後，終於有機會完善台輔的日常生活了。目前護衛的人數很不充足，所以要補充人手。」

「射士呢？」

貴人的護衛工作有內外之分。外出和參加對外的典禮時，由射士負責在公眾場合的護衛工作，司士則是負責私生活的場所等對內的護衛工作。

「沒有射士，只有司士。」

當人員不足時，通常會統一管理內外的護衛工作，有時候由司士掌管，有時候由射士掌管。射士是負責對外的護衛工作，所以不僅重視武藝和人品，而且容貌和儀態也很重要，因此有時候射士的地位會比司士高，但其實射士和司士都是護衛工作的總負責人太衛的下屬，兩者等級相同，只不過即使等級相同，通常都認為射士的地位較高，因此經常由射士負責所有的護衛工作。但是，目前並沒有射士，而且並不認為宰輔會外出。雖然駹淑有點搞不清楚狀況，其實說穿了就是幽禁。

「大僕呢？」

「仍然和以前一樣，由項梁大人擔任大僕，雖然會增加一名人手，但不會和小臣有直接的關係，小臣全都是我的直屬下屬。」

也就是說，之後在實質上也是由項梁負責宰輔的護衛工作。貴人的護衛工作有很多細膩的要素，尤其是私生活空間的護衛工作，有時候會因為對象不同，必須注意的問題也不相同，所以需要隨機應變。當人員不足時，就由司士和射士擔任武官，實際進行護衛工作，也會發生只有大僕，沒有小臣的情況。有些貴人喜歡前呼後擁才會感到安心，也有些貴人只要有一個信賴的人守在身邊，不希望其他人隨便靠近，所以只有大僕護衛台輔也完全沒有問題。雖然並不是令人皺眉的異例，只是如此一來，午月等人就根本沒有機會了。

「雖然我知道這也是無可奈何的事……但還是很難過，台輔不相信我們。」

「這也是理所當然的事。」伏勝很乾脆地說：「因為我們之前是阿選軍的人，台輔和他身邊的人當然會提防我們。」

午月點了點頭。當初阿選攻擊了宰輔，才會導致目前的狀況。

「他們當然會把我們視為敵人，但對戴國來說，台輔的安全是最優先事項，即使台輔不相信我們，我們也必須捨身保護台輔。台輔的敵人眾多，並不是只有張運他們而已。」

伏勝直視著午月說，午月點了點頭。

遺憾的是，必須認為阿選也是敵人——至少目前如此。在正式踐祚之前，不，也許在踐祚之後，也很可能和宰輔對立。令人難過的是，這就是戴國目前的現實。

「……是。」

但是，午月要保護宰輔。這是他的使命，他認為宰輔的安全比王更重要。

伏勝可能察覺到午月的想法，似乎鬆了一口氣，露出了柔和的表情，然後把手放在午月的肩膀上。

「雖然目前的處境很為難，但我需要能夠在目前的環境下，仍然能夠盡忠職守的人，歡迎你向我推薦。」

歸泉得知阿選將踐祚的消息感到很高興。

泰麒選了阿選為新王，既然這樣，阿選就是正當的王。他發自內心為此感到高興，奇怪的是，至今為止沒有任何動靜。阿選仍然閉關在王宮深處，既不出來露臉，也不向歸泉等麾下下達任何指示。為新時代的來臨感到喜悅的歸泉有一種遭到背叛的難過——沒想到終於聽到了消息。

「聽說近日就會公告，阿選將軍要踐祚。」

之前一直說阿選是偽王。阿選的確篡奪了驍宗的王位，但上天並沒有指責阿選，而是選他為新王。從此之後，不會再有人說阿選是偽王而輕視他。

歸泉實在太高興了，忍不住想要告訴別人，所以才脫口說了這句話，但當他抬起頭時，看到杉登一臉複雜的表情移開了視線。

「——對不起，我太失禮了。」

「不。」杉登小聲應了一聲，但仍然移開了視線。

杉登是驍宗的麾下。正確地說，是可以說是驍宗兄長的巖趙的麾下。巖趙被撤除了將軍一職，也被剝奪了地位，目前遭到幽禁，杉登被分配到也是歸泉長官的品堅的部隊，對杉登來說，這種調動簡直是屈辱。驍宗在文州失蹤時，正是品堅的部隊和驍宗同行。品堅和歸泉在驍宗失蹤後大吃一驚，拚命尋找驍宗的下落，但驍宗杳無音信。當時聽說是遭到土匪的攻擊，歸泉也這麼認為，所以覺得至少要找到驍宗的屍體帶回鴻基——正因為這麼想，所以對只能在沒有找到任何線索的狀態下回到鴻基感到很遺憾。而且驍宗前往文州是為了保護轍圍，當時文州的狀況並不平靜，品堅和歸泉都認為即使為了驍宗，也希望可以去保護轍圍，但既然接到了命令，當然就不得不回到鴻基。他們當初帶著萬分悲痛回到了鴻基。

回到鴻基之後，得知了更加震驚的事。有一天，阿選召集了品堅等阿選軍的師帥，品堅回來時臉色發白。

「阿選將軍背叛了主上。」

歸泉永遠都忘不了品堅一臉驚恐的表情對他說這句話時的衝擊。怎麼會這樣——他忍不住這麼想。當衝擊過後，他終於對一切恍然大悟。

既然阿選做出了這樣的選擇，想必有足夠的理由。雖然他對無法事先知情感到遺憾，但既然阿選選擇了這條路，他只能毫無猶豫地跟著走。更何況歸泉覺得阿選才應該是戴國的王，阿選只是糾正了上天走錯的路。

但是，杉登是驍宗的麾下，站在他的立場，當然覺得阿選的行為就是篡奪王位，尤其品堅等人和驍宗失蹤有關，即使遭到敵視也理所當然。然而，杉登被分配到品堅的部隊之後，完全沒有表現出這種態度，他說無論發生了什麼狀況，目前是國家的重要時期，所以必須努力保家衛國，對品堅也彬彬有禮。品堅反而對杉登感到抱歉，但杉登說，完全沒有必要對驍宗——更何況是自己感到抱歉，對因為高度評價品堅的人品而成為部下的歸泉也很關心。歸泉既是阿選的麾下，也同時是品堅的麾下，看到杉登的這種態度感到很高興。正因為歸泉為自己參與了篡取王位感到愧疚，杉登的態度更讓他感到欣慰。

歸泉不想一再道歉，於是離開了杉登。當他走出府第時，剛好遇到了品堅。品堅可能察覺了他內心的不安，問他「怎麼了？」，於是他就把情況告訴了品堅。

「杉登應該很難過……」歸泉低下了頭，「我覺得很對不起他，但因為真的太高興了，所以忍不住說了這件事。」

「目前並沒有明確公布踐祚的時間。」

「是啊，」歸泉點了點頭，「但聽說是近日，所以應該會有登基儀式，我很期待。」

「是啊，」品堅說完之後，又小聲嘀咕說：「……但這樣真的好嗎？」

「不好嗎？」歸泉問。

品堅苦笑著搖頭說：「我這樣說太奇怪了，只是我很納悶，為什麼篡奪王位的阿選將軍會成為王？」

「這……」歸泉也結巴起來，「但是，如果真的是篡奪王位，不是不可能被選為王嗎？」

品堅聽到歸泉這麼說，露出不可思議的表情看著他。

「這難道不是意味著——阿選將軍排除驍宗主上並不是罪嗎？」

「太荒唐了。」

「但是——是啊，雖然我們看不出來，但驍宗主上會不會在那時候已經失道了？」

品堅驚訝地瞪大了眼睛。

「之前就有人說驍宗主上太獨裁，也許除此以外，還有我們不知道的問題，雖然台輔當時也還沒有到明顯生病的階段，但也許上天已經放棄了驍宗主上——會不會有這種可能性？」

歸泉在說話時，忍不住覺得自己說的情況就是真相。

「所以，也許在上天眼中，阿選將軍攻擊驍宗主上並不是一種罪，這次終於挑選阿選將軍為王。」

品堅皺著眉頭思考著。

「是喔——也不能排除這種可能性……」

惠棟在傍晚時分，帶了另一名大僕來見項梁。

「我叫耶利。」

項梁看到惠棟介紹的人，忍不住大吃一驚。因為那是一個年幼的小女孩——至少看起來是如此。雖然看起來像武人，但年紀應該和泰麒差不多，也可能比泰麒稍微年長，幾乎不相上下。她是無官無位的私兵，在嘉磬的推薦下被拔擢為大僕。

——這種小女孩沒問題嗎？

項梁感到不安，但在觀察她的舉手投足後放了心。這個小女孩並非等閒之輩。

「請多指教。」

泰麒很客氣地向她打招呼，她也只是行了一禮回應。她雖然並非能言善道的人，但一雙明亮的眼睛充滿好奇。

「請多指教。」

當項梁向她打招呼時，她看著項梁的雙眼也充滿好奇，但立刻微微偏著頭說：

「你看起來很疲憊。」

「也許吧。」項梁苦笑著說。

「你要馬上休息？還是要先觀察我一陣子？」

雖然這句話聽起來像挖苦，但耶利的語氣很開朗，完全感受不到挖苦的意思。

「之後晚上就交給妳值班，但今天晚上我會陪妳，向妳說明台輔周圍的情況。」

淶和走出黃袍館，匆匆前往治朝。

惠棟命令她趕快去察看平仲的狀況，因為泰麒很擔心平仲的情況。

——為什麼把自己當丫頭使喚？

她感到意興闌珊，原本想派奚去看平仲，但臨時改變了主意。很久沒有向立昌報告了，剛好可以趁這個機會去天官府。

立昌起初經常催促她報告黃袍館的情況，但不知道從什麼時候開始，間隔越來越長。浹和主動找機會去見立昌，立昌的態度越來越敷衍，似乎對泰麒的動靜失去了興趣。

做這種像間諜的勾當很緊張，尤其是最近，浹和覺得很疲累。雖然很慶幸立昌失去了熱忱，但也同時感到很不滿，越來越沒有承擔重要任務的興奮。

她帶著複雜的心情來到天官府，立昌今天甚至沒有出來見她，雖然侍官強調，要她繼續密切觀察，尤其要注意聽泰麒、惠棟和項梁的談話，但浹和甚至懷疑侍官是否對結果感興趣。侍官下達了各種指示，浹和覺得他只是對下達命令樂在其中而已。

浹和悶悶不樂地離開了天官府，再度前往治朝。不知道是否這段日子太疲累了，腳步很沉重。她垂頭喪氣地經過路門往下走，來到雲海下方。雲海下方冷得和天上無法相比，浹和在刺骨的寒風中走向平仲的家，沿途問了好幾次路。平仲家比浹和家更大，他目前是和身為女御的浹和相同等級的寺人，位階是中士，但其實他原本是司聲，所以是上士。目前可能繼續住在當時的房子，只是浹和對這件事感到很不高興。浹和之前是典婦功，在被革職時收走了房子，之後就沒有自己的房子。目前雖然獲得了女御的地位，但不知道哪裡出了什麼問題，仍然沒有自己的房子。

惠棟成為州宰，等州六官安排妥當之後，浹和等人的待遇或許會改善。浹和認為自己可能會成為管理泰麒侍從的侍史，但平仲到時候有可能成為比她高一階的內小臣，這件事也讓她感到不痛快。

——他明明笨頭笨腦。

要論工作，浹和比平仲的工作辛苦好幾倍，也比平仲發揮了更大的作用，只是項梁他們可能並沒有發現，所以更看重平仲。

她帶著不滿敲了敲煞有介事關起的大門，門內立刻有人回應，看起來像是侍官的女人探出頭，露出似乎沒有感情的雙眼看著浹和。

「——請問是哪位？」

女人說話的聲音沒有起伏，顯然有點不耐煩。浹和故意恭敬地行了一禮說：「我是女御浹和，平仲大人似乎身體有恙，台輔派我上門關心一下。」

浹和面帶笑容，彬彬有禮地問，女人用傲慢的態度說：「主公身體無恙，只是換了職位，你們不知道嗎？」

「啊！」浹和叫了起來，「換了職位？」

女人很有禮貌地點了點頭：

「主公目前是保衡。」

浹和張著嘴。保衡是下大夫，比平仲之前的職務司聲更高一階。這到底是怎麼回事？

「平仲大人目前——」

「他出門上班了。」

女人的言下之意，就是要浹和趕快走人。浹和只好鞠了一躬告辭，帶著鬱悶沿著來路往回走。女人關上門的時候，房子內傳來了鴿子的聲音。

第十二章

1

去思一行人從函養山回來時，琳宇一片白雪茫茫。

雖然積雪並不深，但積雪在寒風中凍結，然後又積了新雪，放眼望去，到處都是一片白雪皚皚。琳宇郊外的河流靠岸邊的淺灘開始凍結，農地都被凍結的冰雪覆蓋，之前在丘陵地放牧的家畜也都不見蹤影。文州即將進入冬眠。

沉重的雲層把天空壓得很低，不時飄來幾片雪花，但並沒有正式下雪，乾冷的風不停地呼嘯。有時候山上吹來的強風把樹木都吹彎，寒氣刺進骨子裡——這就是文州的冬天。雖然雲層時薄時厚，但幾乎看不到陽光照射的藍天。

陰鬱的天空下，馬路上到處都是白色的雪堆。去思他們回到琳宇的隔天，在他們落腳處附近的路上也有雪堆。聽到吵鬧聲時向門外張望，得知在清除積雪之後，在下面發現了災民凍僵的屍體。

「是個爺爺，」有人憂鬱地說：「手上還抱了一個孩子……可能是他的孫子。」

「可能就是昨晚聽到的動靜。」一個女人更加憂鬱地說：「昨天半夜，我好像聽到有人敲大門，我問是誰，但沒有聽到回答。」

「妳沒有開門看看嗎？」

「我怎麼敢開門？萬一有人闖進來怎麼辦？」

「最近強盜越來越多了……唉，這也無可奈何。」

聚集的每個人都嘆著氣。人們低頭看的屍體蓋上草蓆後仍然留在原地，但不知道什麼時候消失了。可能是官吏接到報案後搬走了。

「你們去函養山時，也曾經發生了相同的事。」

余澤說著，為他們送上了溫開水。

「那次是一個中年男人。」

這一帶的風氣不佳，有許多無人居住的房子。災民住在那些房子內避寒，但往往為了爭奪狀態理想的房子打破了頭。弱勢的災民好不容易找到了住處卻被趕走，最後因為無家可歸而凍死在街頭。

「他們很難相互幫助……」

余澤落寞地攪動著爐灶的火嘀咕著。去思他們目前住的民房只有正房有火炕，而且不知道是否因為太老舊的關係，導熱效果不理想，所以他們經常聚集在爐灶所在的廚房。這棟房子到處都漏風，所以很冷，只有廚房很溫暖，因為余澤隨時都會燒火取暖。

「雖然在我們眼中都是災民，但他們互不相識。」靜之嘆著氣說：「所以不可能和素不相識的人住在同一棟房子內，不知道對方會對自己做什麼，而且也的確有很多小偷和強盜。」

「即使搶劫災民，也不可能有太大的收穫。」

「即使這樣，有和沒有還是差很多。因為災民不受府第的保護，所以許多強盜都鎖定災民下手。」

府第不會重視災民受到的損害，緝凶也不積極，於是就有卑劣的人趁虛而入。雖然義憤填膺地指責府第或他人輕而易舉，但去思遇到有人三更半夜敲門，也會心生警惕。尤其李齋在這裡，即使造訪者是凍僵的災民，也無法輕易讓他們進屋。

兩天後，那個無視老人和孫子的女人遭到闖入家中的人攻擊而死。雖然有人說是因果報應，但酆都認為「因為之前發生了老人的事，所以她才會開門」，忍不住表示哀悼。她可能為那個死去的老人和孫子感到內疚，遇到有人深夜造訪時無法置之不理，或是附近有人猜到她會這麼想而故意犯案。

——如果王在王位上，至少府第能夠發揮正常功能。

真是讓人懊惱不已。

每天造訪的喜溢帶來的也都是類似的消息，聽說哪裡死了人，哪裡發生了什麼事件，完全沒有任何好消息。在那個女人死去的隔天，喜溢帶來了有點不太一樣的消息。

「我聽到了令人在意的事。琳宇有店家在收購沒有執照的玉礦石。」

喜溢走進廚房，拍了拍外套上的雪說道。外面似乎又下起了雪。

「聽說那家店一直偷偷收購沒有執照的玉礦石，只要有人上門，不問來歷，就會立刻收購。」

「那家店在哪裡？」

「那家店在市街的另一頭，但總部好像在白琅。」

白琅是文州的州都，位在函養山所在的瑤山西方，凌雲山之一的白琅山的山麓。白琅山連綿的山峰一路向西，一直通往馬州。

「白琅有一個大名鼎鼎的大商人——女主人名叫赴葆葉。白琅的赴家不僅在文州無人不知，在戴國全國都赫赫有名。赴家以做玉的生意起家，之後不斷擴大買賣，尤其在驕王時代獲得了王的眷顧，累積了龐大的財富。」

葆葉的丈夫英年早逝，之後，她一個人打江山，累積了這些財富。她有兩個兒子和一個女兒，當三個孩子成人之後，她幾乎把所有的實務工作都交給孩子處理，自己退休後住在白琅郊區，只不過退休只是說說而已，實權仍然掌握在她手上。

「赴家不僅在白琅有店面，在戴國各地都有店鋪，尤其在老家文州，店面數量更是不計其數。大部分店鋪都是收購玉礦石、賣給加工業者，但也有自家的加工業者，還有店鋪販賣這些加工後的玉，在全國各大都市都有店面，專做有錢人的生意。」

李齋點了點頭。

「我記得鴻基也有他們的店，你說赴家收購沒有執照的玉礦石？」

「當然不是赴家的店鋪做這種買賣，而是聽說赴家暗中出資的分號，有在做這種生意。雖然表面上和赴家完全沒有任何關係，但背後的老闆應該就是赴家。」

琳宇的店不久之前還在做生意，只是目前已經關了。那是在店面林立的大馬路後方小巷內的小店。

「住在那家店附近的一位老人家告訴我這件事，他說白天時，從來沒有看過那家店的人。」

雖然那家店表面上是仲介玉礦石買賣，但實際上就不得而知了。因為看起來都沒有在做生意，面向小巷的木板門幾乎都關著，只開了一扇可以進出的門。

「那扇木門後方有一小片空地，牆上開了一個小窗口。雖然看起來沒有在做生意，但經常有窮人帶著東西走進去，從那扇打開的門走進去後敲打窗戶，那扇窗戶就會打開。窮人就交出帶來的東西，然後似乎拿到了錢。」

雖然無論白天和晚上，都會看到有人帶東西走進去，但從來沒有看到過店主和下人。那位老人家覺得很可疑，有一天晚上，而且是在深夜的時候，終於看到有人從店裡走了出來。

「他發現竟然是赴家在琳宇店鋪裡的人。」

「是從赴家店鋪去那裡嗎？」

「好像並不是這樣。告訴我這件事的老人是出入赴家店鋪的手藝人。他在赴家的店鋪拿了玉之後，磨好之後再交回去，然後向店鋪收取工錢。當時曾經見過那個人，那人在去年之前還在赴家的店鋪上班。」

老人在住家附近看到那個人時，還以為那個人辭職後自己開了店，但之後去赴家送貨時，又見到了那個人。

「老人家以為那個人在接赴家店鋪的生意，於是忍不住問了對方，說自己就住在那家店附近，沒想到兩天之後，那家店竟然就關門歇業了。」

「……聽起來很可疑。」

「對，」喜溢點了點頭，「老人家也覺得很奇怪，就向出租店面的差配打聽了一下，沒想到差配也不瞭解狀況，聽說那家店只做了兩個月的生意。當初租店面時，原本說要租半年，聽說每半年就會轉移陣地。」

「原來是這樣……」

那家店向災民收購沒有執照的玉礦石，然後批發給赴家的店鋪，而且特地挑選隱密的地方，每半年就轉移陣地，以免引起懷疑。轉移陣地時，只要把新店的地點告訴出入的災民，就不擔心沒有顧客上門。

「目前應該也開在琳宇的某個地方，只是不知道到底在哪裡。我相信從琳宇到白琅一帶，應該有多家相同的店。」

「如果知道店在哪裡，只要守在附近，就可以遇到災民，也可以打聽驍宗主上的情況——看來不太可能。既然這樣，就只能去總部了……」

李齋說，喜溢點了點頭。

「赴家的總部在白琅嗎？」

「是啊，但實權掌握在葆葉手上，葆葉表面上聲稱已經退休，目前住的別墅稱為牙門觀。」

「是道觀嗎？」

「不是，」喜溢搖了搖頭，「原本是道觀，但法統在空位時期斷了。」

牙門觀原本就是不屬於任何宗派的單獨道觀，擅長占卜的女教主很受歡迎，起初開了一間小道堂，之後建了大道觀，但教主去世之後，為了繼承人的問題不斷分裂，最後就完全消失了，只剩下沒有主人的大道觀。葆葉在土匪之亂之後買下了道觀。

「雖然她改了一個正式的名稱，但大家通常仍然稱為牙門觀。」

原本必須有官府准許才能去玉礦開採、買賣玉礦石，災民撿到的玉礦石必須透過地下窗口才能賣到錢，所以即使千里迢迢，災民也會把玉石賣去那些地方。在驍宗失蹤當時，曾經在函養山撿玉礦石的災民也可能利用這種店。如果是相關者，應該知道那些曾經去賣玉礦石災民的去向。

「雖然很想去看看——」

但是，白琅最早服從了阿選，被認為最早生了病。文州侯當初是由驍宗親自任命，雖然不是驍宗的麾下，但和驍宗很親近，也很有人望。驍宗賞識他的為人，所以才任命他擔任問題頻頻的文州州侯，沒想到文州侯最先投靠了阿選。白琅簡直就在阿選的眼皮底下，靠近白琅就很危險。

「李齋將軍最好還是不要去，由我去看看。」

靜之說，李齋正準備點頭——但看著酆都。

「酆都，你的看法呢？你認為我去白琅危險嗎？」

酆都偏著頭說：「怎麼說呢……」
這時，為爐灶加柴火的余澤插嘴說：
「白琅和周邊的市街戒備並沒有特別森嚴。」
「是嗎？你之前是神農，曾經四處走動吧？」
「我師父都在琳宇周圍走動，但琳宇的神農社瞭解這一帶所有的消息。」
聽余澤說，只有在土匪之亂前後，白琅周邊才戒備森嚴。在土匪之亂之前，對土匪嚴格警戒，但不知道為什麼，在土匪之亂發生時，反而鬆懈了。
「之後一段時間，就好像沒有嚴格調查身分，在密集討伐那一陣子又開始嚴格警戒，但後來又開始鬆懈，現在幾乎不會查身分，只不過李齋將軍的話——」
在阿選掌握的府第，李齋仍然被視為殺害驍宗的凶手。
「至今已經六年了，在琳宇也從來沒有遭到盤問……」
以前——在阿選大肆討伐之後，李齋進入文州時，根本不敢踏進大都市，但就連當時戒備森嚴的琳宇，現在也幾乎沒有人注意通緝犯，李齋失去一隻手也有助於她成功躲避別人對她的懷疑。
「但朽棧不是發現了嗎？」靜之不安地問，「李齋將軍的確遭到了通緝，雖然現在應該沒有百姓相信李齋將軍犯了大逆之罪，但還是小心為上。」
「既然琳宇周邊沒有驍宗主上留下的痕跡，早晚必須向東或向西繼續搜索。白琅雖然危險，但也是很多人聚集的地方，也就是消息聚集的地方，我們甚至可能需要將據點轉移到白琅，所以無法一直躲避。」

「那……也有道理。」

「先去附近看看，確認一下危險的程度。」

靜之想了一下之後點了點頭。

2

幸好牙門觀並不在白琅的中央，而是在郊區。李齋一行人從琳宇出發，余澤留在落腳處看家，這次因為需要借用浮丘院的名字才能申請和葆葉面會，所以喜溢也同行。

從琳宇騎馬到白琅要八天的時間。從琳宇出發的隔天，李齋等人抵達了嘉橋，第三天的中午之前，經過了驍宗消失的那一帶。靜之告訴其他人，驍宗離開隊伍的地點，就在從街道往龍溪的山路不遠處跨越溪流的橋頭。靜之當時並不在文州，所以只是聽說而已。

——絕對是從這裡前往函養山的方向。

驍宗和擔任護衛的阿選麾下官兵一起走在龍溪方向的山路上，然後只有官兵沿著相同的路回來。

想到這是一切的開端，就感到如坐針氈。

如今，這條路上靜悄悄，一片冰天雪地。狹窄的山路兩側是陡峭的山崖，應該沒有人走這條路，凍結的雪地上沒有任何腳印。

第四天傍晚，他們來到了往轍圍方向街道的分歧點。周圍一片荒涼的景象，昨晚積的雪被風吹起，讓眼前的景色蒙上了一片白色。從這裡到轍圍是遭到阿選討伐最慘烈的區域，尤其是轍圍周圍根本無法住人。幾乎所有的里都變成了廢墟，里木也枯了。一旦沒有里木，就無法再長期定居，在行政上也成為廢里，無法獲得任何支援。街道旁的里逐漸復興，也修理了房子，只是沒有人耕種的農地越來越荒廢。

連續旅行了六天，李齋一行人的緊張情緒也逐漸升高。遠方積著白雪的凌雲山看起來有點霧茫茫。那是白琅所在的白琅山，通常靠近到可以看到山的程度，就會加強防備，街角的師士人數也會增加，但文州這裡似乎並沒有增加人手。進城時也幾乎不需要盤查身分，也沒有加強管制的跡象。路上的荒涼情況和其他都市沒什麼兩樣，可以感受到行政鬆散，也可以看到很多災民。災民都躲在陰蔽處圍著篝火，幾個人縮頭縮腦地擠在一張草蓆上。

「即使這裡就在阿選的眼皮底下……百姓仍然無法得到照顧嗎？」

李齋訝異地說，靜之點了點頭。

「之前就聽說了這樣的傳聞，沒想到傳聞是真的。」

靜之之前也不敢靠近白琅，雖然聽說白琅並沒有加強警戒，但他覺得不太可能。

之前跟隨的神農習行做生意的地盤都在琳宇附近，對白琅並不太瞭解，只是從其他神農口中得知這裡的風紀很差，所以認為當然會加強管制。

「但仔細想一想，如果白琅的戒備森嚴，就不可能有人收購沒有執照的玉，既然有人做黑市生意，或許證明了這裡的紀律的確很差。」

李齋等人往白琅的路上仍然小心謹慎，避免遭到盤問。雖然不知道會在哪裡被別人看到，但不知道是幸運還是不幸，文州即將進入極寒季節，路上的旅人大部分穿著相似的外套，把防風帽壓得很低，圍巾拉到了鼻尖，根本看不到長相。白琅雖然需要檢查旌券，但李齋和泰麒一起拿到了在慶國和東架兩個地方發行、他人名義的旌券，所以完全沒有問題，而且牙門觀在白琅的外城牆外。

「靠驕王的揮霍累積了財富……」

李齋嘀咕著，抬頭看著雄偉的牙門觀。圍巾的縫隙吐出的白氣在睫毛上凍結。

白琅的市街位在白琅山的山麓下，牙門觀的園林位在不規則形狀的外城牆外，外形尖銳的山峰之間的山谷中。巨大的門樓聳立，幾乎占滿了山谷的入口，左右兩側是高大的圍牆，幾乎無法看到圍牆內的情況。整片廣大的園林沿著山谷而建，只能勉強看到山谷深處的幾棟樓閣。

李齋點了點頭，這裡的確不能說是園林，而是沿著山谷配置了大小不一伽藍的寺院或是道觀。

「葆葉幾乎一年四季都在牙門觀，她的興趣就是造房子，還曾經大言不慚地說要在這裡建造玄圃。」

「所以她以西王母自居嗎？」

李齋說，但立刻感到不寒而慄。李齋之前曾經親眼見過西王母一次。因為西王母授人予子，所以受到眾人的崇拜，認為是偉大的母親，但其實是冷酷無情、鐵石心腸的女神。

——不知道以西王母自居的女人是怎樣的人？

喜溢報上浮丘院的名字要求面會，一行人被帶往門樓附屬的建築內，等了很久之後，才終於被帶到面對大門的一棟更大的樓閣內。別具一格的石造樓閣擋住了山谷的風景，宛如巨大的影壁。

「這是原本的建築嗎？」李齋小聲地問。

喜溢偏著頭回答說：「我第一次來這裡……但這不像是道觀的建築。」

李齋點了點頭。道觀的建築有道觀的樣式，寺院也有寺院的樣式——府第也有府第的樣式，但這個樓閣不屬於以上任何樣式。兩側前端向前突出的建築都是挑高的三層樓，帶著稜角的高大建築物上頂著積了雪的屋頂。建在中央的大屋頂和建築物角落、兩側前端的兩層樓屋頂是望樓嗎？低矮的屋頂將這些望樓連在一起，石砌的外牆很厚，雕刻了滿滿的花鳥裝飾，漆上了鮮豔的顏色。外牆上有漆成紅色的石柱可能做為梁柱，那根柱子上也盤著青龍，巨大的門上有畫了龍和雲煙的彩色金屬裝飾。

李齋腦海中浮現了「華而不實」這幾個字。除了牆壁、屋頂和門，就連鐵窗上也都是虛張聲勢的裝飾。

連結門樓和正面樓閣的庭院兩側都是小堂宇，李齋等人穿越了掃過雪的庭院，先來到堂宇。李齋帶著身穿道服的去思和喜溢進入樓閣，靜之和酆都留在堂宇。跟著衣著華麗，看起來像奚的女人來到內部，發現和外面一樣雕梁畫棟，富麗堂皇，到處裝飾著花瓶、雕刻和鏤空玉屏風。穿越溫暖豪華的大廳，有一道很大的門，後方似乎還有其他建築。他們走過雕刻了精美圖案，用金箔、寶石裝飾的門，來到地上鋪著白色石頭，用金色和紅色裝飾白色石牆的堂廳。正面的牆壁是一排細長形的水晶門，可以看到庭院內有許多樹木和巨大的奇石。

背對著那排窗戶坐在那裡的應該就是葆葉，她年約五十左右，白淨豐腴，看起來像慈母，但身上過度豪華的衣裳和玉石，以及讓人無法大意的眼神完全不符合她的外表。

「浮丘院來此地有什麼事嗎？」

葆葉舒服地坐在溫暖堂廳的豪華榻上，露出柔和的笑容問道。喜溢拿出介紹信遞給她，恭敬地行了拱手禮。

「謝謝妳願意接見我們。」

喜溢制式地自我介紹後，介紹了李齋等客人，然後相互寒暄，閒聊了幾句之後，葆葉問：「所以有何貴幹呢？」

喜溢露出嚴肅的表情說：「因為——這幾位客人正在找人，聽說你們也會向災民收購玉。」

「怎麼可能有這種事？」葆葉用玉扇遮著嘴笑了起來，「開採玉石需要官府的許可，官府怎麼可能同意那些可憐的災民採玉呢？」

「啊——很抱歉，我無意指責你們收購玉這件事，災民也需要生活的糧食，如果妳幫助災民，浮丘院反而要感謝妳。」

「真是胸襟開闊。」葆葉朱脣微啟，露出微笑，「——但是，我們並不收購沒有官府許可的玉石，因為我們也會向王宮和州城供應玉石，即使是為了慈善，也不能做違法的事。」

「這樣啊，」喜溢聽了她裝模作樣的回答後說：「我剛才也說了，我們在找人，那些撿碎玉石的災民可能知道那個人的下落，所以重點只是那些災民，但不知道要去哪裡找他們，希望能夠找到熟悉災民的人。」

「如果是這樣，你們來找我就真的是白跑一趟了，浮丘院不是很瞭解災民的動向嗎？」

李齋認為這句話明顯是諷刺。她知道浮丘院收容了很多災民，所以拐彎抹角地表示，明明可以問收容的災民，卻偏偏不這麼做，顯然是另有目的。

葆葉矯情地笑了笑說：「我已經退休了，我只對園林有興趣，不瞭解世俗的事。」

「這裡的園林的確令人嘆為觀止。」

「目前還沒有建好，等完成的時候，歡迎再來參觀。」

雖然葆葉嘴上這麼說，但她對喜溢擺出一副高高在上的態度，李齋忍不住說：

「想必花費了大量資金。」

「那當然。」

「聽說赴家是文州最大的大商人，想必受到驕王的重用。」

驕王揮金如土的幫凶，也就是戴國衰敗的幫凶。

葆葉露出輕蔑的表情笑了笑。「驕王的確很照顧我們，」她大言不慚地說：「向來很滿意我們的商品，只要說是為主上準備的，他連看都不看，就直接購買。」

「……想必大有賺頭。」

「當然啊，我們說多少就是多少，的確是難得的老主顧。」葆葉若無其事地說：「即使我自作聰明，為了正義拒絕，也會變成由不中用的官吏交到不中用的商人手上。既然揮金如土，這些金還不如落到我的手上，至少可以用在稍微像樣的地方。」

「像樣的地方嗎？」

李齋說完，環視著只能用富麗堂皇幾個字形容的堂廳。

「窮困的人費盡千辛萬苦撿那些碎玉石，即使用低廉的價格向他們收購，只要用在像樣的地方就沒問題了。」

葆葉立刻收起了笑容，靠在榻背上，用玉扇遮住嘴，瞇起眼睛，露出蔑視的表情。

「……什麼事像樣，什麼事不像樣由我來決定。」

她說話的語氣變了，李齋沒有回答她。因為對這種眼中只有私利私慾的人，無論說什麼都是白費口舌。

「我的確收購了碎玉石，現在仍然持續收購，這就是慈善。」

葆葉說完，露出了目中無人的笑容。

「因為我們向其他玉泉收購高品質的玉石，所以其實不需要災民撿的那些碎玉石，只是考慮他們也必須生活。」葆葉又補充說：「我們當然會從中賺錢，因為商人的基本就是賤買高賣，雖然那些人會在背後說我們收購價格很低，但如果對我們的價格不滿意，可以拿去其他店鋪。既然嘴裡說不滿，但仍然來我們的店，就代表對方也能夠接受。」

「可能只是無可奈何。」

「也許是吧。」葆葉大聲笑了起來，「因為並沒有幾家店能夠不問貨源就收購。但不要因為這樣就說我們違法，我只是沒有問貨源而已，既然有人拿玉石上門，那就一定有官府的許可，因為如果沒有官府的許可，既不能開採，也不能撿拾。問東問西，讓客人覺得我們在懷疑他們，會影響我們做生意。這件事本身並不違法，別人也沒理由指責我們。」

對葆葉來說，來賣碎玉石的災民是客人，她只是沒有過問貨源，就直接付錢而已。

「如果多聊幾句，可能會聽到有關貨源的一些不必要的事，我要求店員幾乎不和他們見面，只做交易而已，所以不可能聽到有關災民的事，更不知道他們長相和名字。」

葆葉說完，誇張地嘆了一口氣。

「……真是不好意思，讓你們白跑了一趟。」

葆葉說完，招了招手，對站在堂廳角落的奚說：「送客。」奚立刻走過來，同時又有好幾個奚從後方的門內走了出來。李齋他們被這群男女催促著離開了堂廳，又被趕出了建築物。和等待的靜之、酆都會合後，那些人又用表面客氣，內心充滿輕蔑的態度把他們請到了寒冷的大門外。

「……啊呀呀。」

喜溢苦笑著搖了搖頭。

「情況怎麼樣？」酆都問。

去思也露出苦笑回答說：「也許該稱她是女中豪傑，太可怕了。」

目前只能先去店鋪察看情況。他們原本就打算去白琅，到時候由去思和酆都走進店鋪瞭解情況。

李齋在往白琅的雪地路上說：「雖然沒有任何收穫，只是在下對葆葉是否真的什麼都不知道存疑。」

「妳的意思是她有所隱瞞嗎？」靜之興奮地問。

李齋搖了搖頭說：「在下並不知道她是不是隱瞞了我們想知道的事，但她隱瞞了很多事，可能有什麼見不得人的事。」

「只是這樣而已嗎？」去思問。李齋訝異地轉頭看著他，他說：「我一直在觀察周圍的情況，那棟別墅有些地方很異常。」

「異常？」

「我從窗戶看到了庭院，雖然樹木和石頭擋住了風景，但可以從縫隙中看到園林的樣子，我看到遠處有建築物和出入的人影，看起來都像工人或是勞工。」

「可能正在造房子？」

「即使是這樣也很奇怪。那棟別墅很豪華，即使是下人，身上穿的衣服應該也不會太差，而且為我們帶路的下人衣著很高級，但這些下人都只出現在門樓和奇怪的主樓，工人出入看起來並不像在建造的房子，那裡簡直就像是工寮。」

「工寮……」李齋沉思起來。

靜之說：「我也發現了有點在意的事，門樓正面是主樓很奇怪，而且用石頭建造也很不尋常。那棟巨大的建築物完全成為不讓人看到園林狀況的障礙。」

「好像是。」

「不僅如此，剛才在堂宇等待時打量了周圍，門樓到主樓之間的前院是封閉的空間。因為前院很大，而且形狀很複雜，乍看之下不會察覺，那個前院被主樓和通往主樓的廊屋完全封閉了。」

靜之說完後又補充。

「主樓的門似乎是青銅，雖然雕刻的部分貼上了金箔，看起來很華麗，但使用青銅門並不尋常。面向前院的窗戶都在很高的位置，雖然也都用金銀和雕刻裝飾，但都裝了牢固的鐵窗，沒有裝鐵窗的窗戶都很小。」

「的確是這樣……」

「看到異常牢固的主樓和廊屋，我覺得那裡簡直就像是一座城堡。前院就像是甕城。甕城通常都修建在外城牆外，這裡是建在外城牆內。」

「當敵人從門樓衝到前院時，就可以從四面八方攻擊？」

靜之點了點頭。

「這麼一想，就會發現如果內部設置了夾層，那些沒有裝鐵窗的小窗戶就剛好在可以射箭的女兒牆位置。」

李齋回頭看著樓閣。

牙門觀是為了防禦攻擊？

李齋一行人回到街道，改變了原本的計畫，監視著通往牙門觀的路。他們撥開積雪，爬上了牙門觀附近的一座山峰。雖然因為角度的關係，無法看到牙門觀的全貌，但可以看到被白雪覆蓋的山谷中有豪華的園林，還有大小不一的建築物，只不過從李齋等人所在的位置，無法清楚看到出入建築物的人所穿的衣服。

出入牙門觀的人並不多，幾乎沒什麼人走進去，但他們看到連續有三輛載貨車進入。載貨車上的貨物全都是包得密密實實的木箱，而且似乎很有分量，不像是建造房子或園林的建材。雖然可能像是玉的材料或碎玉礦石，但又看到大量像是煤炭運入。

去思見狀後說：「裡面是不是有火爐？」

「不是用火炕嗎？」

火炕是在地板下中空、與煙囪相通，燒火取暖的設備。他們剛才進入的堂廳內很溫暖，甚至不需要穿外套。像葆葉這麼有錢的人，可能所有建築物都有相同的設備。

「我認為不是這樣。那裡不是有煙囪嗎？而且又高又大，火炕並不需要這麼大的煙囪，除非是非常高的高溫，才需要那麼高的煙囪。」

「非常高的高溫？」

李齋問，去思點了點頭說：

「比方說像是融化金屬的溫度——會不會在精煉金屬礦石？」

「怎麼可能？」李齋忍不住嘟噥。

礦山和礦石的處理屬於地官的職權範圍，礦山本身是地官遂人的職權範圍，由地官司市掌管開採出來的礦石如何流通。但是，精煉出來的金屬可以製造錢幣和武器，無法交由市場機制決定，所以屬於天官的管轄範圍。地官和天官屬於完全不同系統的業務，不允許同時兼營。買賣玉的業者也可以買賣礦石，但無法精煉礦石。如果葆葉精煉礦石，就完全是違法行為。

「原來是這樣，果然見不得人。」

牙門觀對外防備森嚴，原本以為是因為家財萬貫的關係，但八成不僅僅是因為這個原因，而是因為在違法精煉的關係。

「但是竟然在白琅附近做這種事？」酆都驚訝地說：「根本只有咫尺的距離。」

「可能受到了貪官汙吏的保護，也可能暗中官商勾結。果真如此的話，那個官吏的地位應該相當高。」

官吏的腐敗並不稀奇，這六年來，貪圖私利的官吏為所欲為，中飽私囊。

之後，李齋和靜之在喜溢的陪同下，回到了在白琅之前的市街訂的客棧，去思和酆都前往白琅。他們住在白琅，隔天又去了葆葉的店鋪察看。位在市街中心的店鋪並沒有災民出入，果然只有專門設立的分號才會收購沒有執照的玉石。

「雖然並不知道分號開在哪裡，到底有幾家——」李齋走出客棧時嘀咕，「從聽到的傳聞判斷，雖然有災民出入，但他們可能並不知道那些災民的動向。」

「是啊。」靜之回答後，壓低了聲音說：「……果然有人。」

李齋聽到靜之的呢喃，不經意地向周圍察看，發現附近店鋪旁的巷子入口，有兩個男人在寒風中縮著身體，正在向這裡張望。

他們從可以俯瞰牙門觀的山峰下山時，就發現了那些男人。在下山途中，發現有兩個男人躲在山路旁的草叢中。李齋和靜之相互使了眼色，假裝沒有發現，那兩個人一路跟蹤他們回到客棧。起初以為是李齋的身分曝了光，但後來發現並不是這樣。因為他們看起來不像師士，跟蹤技巧太差，無論怎麼看都知道是外行人。

「是……牙門觀嗎？」

靜之問，李齋點了點頭。這是唯一的可能。應該是牙門觀派了手下瞭解李齋一行人的狀況。

「可見真的有見不得人的事。」

既然不是師士，就不需要在意，反而很想知道牙門觀為什麼如此警戒，到底會做出什麼舉動，所以他們繼續假裝沒有察覺。躲在客棧附近的那兩個男人中，有其中一人是新面孔──也許對方打算長期監視。

在李齋一行人回到琳宇之前，那些男人都不時換人持續跟蹤。回到琳宇之後，雖然不再二十四小時監視，但有時候會在落腳處周圍發現有人向這裡張望。

3

──這次仍然沒有得到任何線索。

李齋一行人頂著寒風，垂頭喪氣地離開了白琅。沿途都睜大眼睛觀察是否有葆葉開的分號，也豎起耳朵想要打聽是否有相關傳聞，卻沒有得到任何線索。沒有成果的旅行只有徒增疲勞，冷風也吹進了骨子裡。

函養山、銀川、附近的廢里──然後是白琅。李齋一行人的搜索全都徒勞無功，只看到戴國令人痛心的現實。土匪造成了國家荒廢，如今仍然允許土匪占據那些地方，但土匪的日子也越來越不好過。災民明知有危險，仍然上山去撿碎礦石，好不容易撿到了寶物，卻被人搶走，甚至遭到了殺害。搶走寶物的人也因遭到覬覦而受攻擊。流浪的災民無處落腳，只能躲在廢棄的里，結果在那裡餓死，也有人靠剝削災民，做違法生意發財。這就是戴國的現實。

沿途經過的所有地方都明顯荒廢，到處可以看到戰禍的痕跡、聚集的災民，和被白雪覆蓋的空地上擠滿了墳墓。違法亂紀橫行，腐敗危害百姓，卻無法撥亂反正。

——因為這個國家沒有正當的王。

即使如此，百姓仍然在痛苦中生活，努力過著每一天，努力守護著各自的生活，黑暗無情地悄悄靠近。

李齋帶著這樣的心情回到琳宇，去見了久違的飛燕，好好照顧了牠一番之後回到了落腳處，發現有訪客。

「因為有一件事讓我很在意。」

年邁的神農習行為了這件事特地登門。

「——在意的事？」

李齋問。這時，後方的門打開，響起一個興奮的聲音。

「這不是習行嗎？好久不見。」

「靜之，」習行蒼老的臉上露出笑容，「最近還好嗎？」

「託你的福，很高興看到你也平安無事。」

習行笑著點了點頭，發現李齋等人露出驚訝的眼神，急忙說：「既然靜之也在，那真是太好了。你還記得我以前向你提過，我覺得有一個里很奇怪嗎？」

「……里？」

靜之皺著眉頭，看著半空，似乎在搜尋記憶。

「就是位在古伯附近的一個小里，名叫老安。」

靜之繼續皺著眉頭，最後似乎終於想起來了，叫了一聲。

「是不是你說可能有人受傷的那個里？」

習行用力點著頭。李齋和其他人紛紛嘀咕著「有人受傷」，習行對他們說：「就在函養山的東南方——從岨康往山上的方向有一個叫古伯的縣城，那裡也是成為六年前發生的文州之亂開端的地方。」

「土匪占據了古伯——原來這就是開端。」

靜之也點著頭。

「古伯附近有一個叫衡門的玉礦，衡門的土匪引起動亂，然後湧入古伯，占據了縣城，成為整起事件的開端。衡門的土匪向來目空一切，他們的粗暴讓周圍的里——也包括古伯在內——欲哭無淚。那一帶沒什麼平地，沒有大面積的農地，所以原本就很貧窮。雖然有玉礦，但好處都被土匪獨占，百姓根本沾不到邊。即使這樣，土匪只要缺糧，就會闖入周圍的里，幾乎不付錢就搶走他們的糧食。」

「古伯也在那次動亂中被捲入，」習行繼續說了下去，「遭到了池魚之殃，之後又受到討伐，變得滿目瘡痍。有些里幾乎遭到毀滅，也有些里湧入了大量災民，導致整個里都癱瘓。只有老安這個里受到的危害比較小。」

「我記得是在靠古伯的山上，是在山上的高地，岩石山的斜坡上有一層層狹小的農地。」

「那個里——怎麼了？」

李齋問。

「那是山上的一個貧窮的里，衡門的土匪也不太去那裡搶劫。因為路途不方便的地利優勢，之後發生的動亂也沒有對那裡造成太大的影響。即使周圍的里受到危害，導致大量災民，或許是因為位在高山上，而且也很窮，所以並沒有災民湧去那裡，只不過並不是完全沒有。有少數災民去投靠那個里，那個里也沒有拒絕災民。因為里內人口原本就很少，再加上文州之亂，導致人口更加減少，所以災民可以增加勞力，他們覺得是一件好事。」

「災民中有人受傷？」

「請先別急，」習行舉起了手，「請等一下——雖然有災民，但和原本的住民相處和睦。雖然並沒有受到戰亂太大的影響，但那裡原本就交通不便，而且也很貧窮。可能有些災民在戰亂中被燒傷了，所以在文州之亂後，和戰亂前相比，傷藥和養生藥的需求量通常會稍微增加一些。因為我瞭解這些情況，所以也經常造訪那裡。當經過一段時間之後，傷藥和養生藥的需求量通常就會減少，需要的是退燒藥或是肚子痛的藥這類常備藥，幾乎每個里的情況都差不多，而且數量也很穩定。我們也會預料到這種情況，大致可以估算出多少人口需要多少量，備妥丹藥前往。當神農多年，就會具備這種估算能力，而且常去同一個地方，也自然能夠掌握。如果有人生了特殊疾病，也知道要帶治療那種病的藥前往。」

李齋默默點頭，示意他繼續說下去。

「但是老安這個地方的丹藥需求數量和人數不符，可以看到的人數、里的規模和丹藥需求量不相符，所以我猜想其實有更多人居住在那個里——只不過這也不是什麼稀奇的事，因為文州的每個里都或多或少有類似的情況。雖然收容了災民，人口增加了，但因為稅務的關係，向府第隱瞞了這件事，或是在做一些無法公開的生意，有很多類似土匪的犯罪者居住的里，或是有許多沒有戶籍的災民和遊民聚集，做一些非法生意的里都會經常發生這種情況。」

「真令人好奇……」

「這種時候，丹藥數往往和里的規模不同，只是這種情況下，看到的人數也會比較多。只是雖然住在那個里，但並沒有在府第的戶籍上登記，所以規模和丹藥數不相符。」

「如果是看到的人數很少，而且數量不相符的情況呢？」

「可能住了遭到通緝的人，或是俠客、叛民，如果住了不能被外人知道的人，雖然里的規模和看到的人數相符，但丹藥的需求量出奇地多。老安就屬於這種情況。」

「……叛民。」

「在文州，這種情況並不少，尤其是古伯一帶，在文州之亂後，藏了不少王師的官兵。當時王師曾經為古伯打退土匪，所以百姓對王師很有同情心，尤其很多人認為禁軍中軍對古伯恩情深重。」

「中軍——是英章軍嗎？」

習行點了點頭。

「因為他們是最初趕到古伯救援的軍隊，而且很多人都說中軍善待他們。因為這個原因，文州之亂後，很多里都藏匿了王師的官兵，有些里也因為這個原因遭到進一步討伐，也有些官兵不忍心百姓受到牽連，主動離開了藏匿的里。但是，老安並沒有遭到討伐，我認為那裡藏匿了人，只是至今仍然沒有被發現。」

「是王師的官兵嗎？」

「不知道。有時候里人會要求像我這種定期拜訪的神農，下次去的時候帶什麼東西，他們曾經要求我帶磨刀石和油脂等看起來像是保養武器所使用的物品。雖然不知道是不是官兵，但至少有武人，而且人數並不多，最多只有幾個人而已。」

習行說到這裡，靜之繼續說了下去。

「我聽習行說了之後，曾經和他一起去了幾次。我以為可能是王師的倖存者，所以就在那裡繞了一圈。也許可以遇到熟識的面孔，或是讓躲藏的人認出我，只不過完全沒有反應，我不經意地向住民探口風，他們也完全沒有反應。」

「很遺憾，」習行露出了複雜的笑容，「即使有人藏匿在里內，大部分都不是官兵，而是受到討伐的住民，因為擔心遭到進一步討伐，所以躲了起來。里人也基於善意和自保，不會向外人透露這種事。我之前以為老安的情況也是這樣，但老安的傷藥需求量很大，所以我猜想應該有人受了重傷。」

「受了重傷……」

李齋微微探出身體。

「根據消耗的傷藥判斷，應該有人受了很重的傷。我問了住民，他們堅稱沒有人受傷，顯然重傷者就是他們藏匿的人，而且雖然藥量有增有減，但這六年期間都持續購買，至今仍然沒有痊癒。沒想到──」

習行壓低了聲音。

「前幾天去老安時，他們購買傷藥的量減少了，養生的藥和滋補的藥量也減少了，似乎不再需要了。不僅如此，他們還說如果我最近會去附近，希望可以為他們張羅五把劍或是長槍。」

「──劍或是長槍？」

李齋露出緊張的表情，去思也感覺到自己心跳加速。身受重傷的人一直需要用藥，現在不需要了，而且想要劍或是槍──

「我們去看看。」

「請等一下。」靜之制止道：「那個里的人很小心謹慎地藏匿那個人，如果我們打草驚蛇，他們可能覺得有危險而轉移到其他地方。讓習行把劍送過去，我也一起去。因為我以前曾經多次以習行徒弟的身分去那裡。」

「那就拜託你了。」李齋點了點頭，然後回頭看著習行說：「只要是劍和長槍就行嗎？」

「他們說要鋒利一點，如果張羅不到冬器，至少要鋒利一點，還說錢不是問題。」

太可疑了——去思握住了手。邊境的窮村不可能有這種財力，而且如果只是防身，根本不需要冬器。應該不是土匪或是俠客，至少是官兵。從前後的狀況判斷，很可能是王師的人，或者——

在六年前身受重傷，而且一直在療傷。

去思的視線游移，想要尋找答案，剛好和酆都的視線交會。酆都也心領神會地用力點了點頭。

……並不排除這個可能性。

4

李齋等人火速尋找、張羅了適當的劍，兩天後，靜之和習行一起在飄舞的雪中啟程前往老安。騎馬去老安單程就要兩天的時間，等他們回來的幾天時間很漫長。如果遇到暴風雪，等待的時間會更長，這種時候，就很懊惱因為太引人注目而無法使用騎獸這件事。

心急如焚地等待了三天，久違的喜溢登門造訪。這幾天的天氣都不算太差，只是冷得身體都快凍僵了，但並沒有下會讓旅人不得不停下腳步的大雪。這一天也有淡淡的陽光，稍微緩和了寒冷，但喜溢上門時看起來驚慌失措。

「發生什麼事了？」

李齋問他時，他也移開視線不回答，看起來好像在努力思考該如何表達。

「喜溢？怎麼了？」

「那個……」他說到一半，又說不下去了，「那個……該怎麼說好呢……今天，我挨了如翰監院的罵。」

李齋偏著頭感到納悶，喜溢抬起了頭，臉上露出了被逼得走投無路的表情。

「李齋將軍，可不可以請妳不要動怒，老實回答我的問題？台輔到底在哪裡？」

李齋面對喜溢直截了當的發問，不知該如何回答，她當然不可能回答「不知道」。喜溢看到李齋無法回答，又繼續說：「你們當初來的時候，帶來了瑞雲觀淵澄長老的信，上面寫著台輔也和你們同行，但實際上——」

「這是因為……」李齋說到這裡就說不下去了，去思代替李齋接著說了下去。

「原本打算同行，但因為文州的盤查比想像中更嚴格，所以一起行動很危險。雖然無法向你說明具體的情況，但目前已經將台輔安頓到安全的地方，以防發生萬一的情況。」

李齋鬆了一口氣，點了點頭，但喜溢似乎無法接受。

「李齋將軍，去思的話屬實嗎？」

「是啊……」

「所以台輔真的曾經和你們在一起嗎？」

去思大吃一驚。喜溢的言下之意，是李齋冒用泰麒的名字嗎？李齋也對喜溢的這句話感到不悅，皺起了眉頭。

「請問這句話是什麼意思？」

「對不起。」喜溢垂下了頭。

「我很相信妳，還有去思和酆都，因為我覺得你們不會說謊，所以從來沒有懷疑你們，也不打算過問台輔沒有和你們在一起的理由，但如翰監院今天斥責我，為什麼沒有好好確認這件事。」

「如翰監院懷疑這件事嗎？」

「不，不是這個意思，」喜溢驚慌失措地說完，垂下了頭，「不……我不知道該怎麼說……」

喜溢搓著手，結結巴巴說不出話，然後好像下定決心似地抬起了頭。

「李齋將軍，不瞞妳說，瑞州的道觀送來了緊急的消息……雖然聽起來很荒誕無稽……」

「荒誕無稽？」

喜溢點了點頭說：

「聽說阿選被選為王，將在近日踐祚。」

李齋瞪大了眼睛。

「——太荒唐了！」李齋驚叫起來，「不可能！」

去思和酆都互看著，酆都也露出驚訝的表情。

「過去曾經多次聽說要以假王的身分坐上王位，雖然說要正式成為王，但最後並沒有正式踐祚，這次會不會也是這種情況？」

去思聽了酆都的話，也點了點頭。阿選過去曾經多次打算踐祚，但只有在正當的王退位之後才能立假王，雖然是否要舉行類似登基儀式的祭典由各假王決定，但假王會正式就位，然後對外公布。阿選每次都說將在近日踐祚，卻遲遲沒有正式對外公布。之前不知道其中的原因，現在終於知道了。因為驍宗並沒有駕崩，所以沒有方法能夠公開承認假王是王。

國家公開舉行任何事都需要公告，公告上需要有簽御名、蓋御璽。即使御名可以找人代筆，御璽只有王可以使用，據說只有正當的王才能蓋印。正當的王駕崩時，御璽上的印影會消失，所以在王位上無王的空位時代無法使用御璽，鳴了末聲的白雉足用來代替御璽使用。去思之前聽說，白雉鳴了末聲之後被砍下的腳會漸漸變成黃金，代替御璽使用，但戴國的白雉未鳴末聲，也就是並沒有白雉足，御璽上的印影也沒有消失，阿選根本無法用御璽蓋印。也就是說，阿選無法正式公告任何事，所以至今為止，也無法就任假王。

但是，喜溢搖了搖頭說：「並不是假王，而是新王。台輔選了阿選為新王，將在近日正式登基。李齋將軍，一定是搞錯了吧？」

「當然，台輔不可能在鴻基，而且也不可能選阿選為新王。戴國的王是驍宗，沒有理由立新王。」

李齋斷言道，去思也點著頭。這絕對是阿選在欺騙。阿選這次不知道因為什麼原因，準備做出邪惡的行為？想到這裡，腦海中突然浮現了一個可怕的疑問。

目前並不知道驍宗的下落，但只要驍宗在某個地方平安無事，就不可能立新王。但是，假設——

酆都可能也想到了同樣的事，慌張地問：

「李齋將軍，該不會是驍宗主上出了什麼事？」

「啊！」李齋臉色大變。「這……不會吧？」

如果白雉已落，掌握了白圭宮的阿選就可以拿到白雉足。上天不可能選定，所以「新王」是阿選這件事應該是謊言，但他可以正式坐上王位。當去思在想這件事時，酆都露出緊張的表情說：「我馬上去向神農確認，至少應該可以確認是否真的有這樣的傳聞。」

他話音未落，李齋就站了起來。

「在下要去鴻基。」
「李齋將軍，」去思驚訝地叫了起來，「太危險了。」
「但必須確認事實。」
「如果非去不可，那我去！將軍千萬不能去那裡，實在太危險了。」
「在下有飛燕，時間上快多了。」
「不，絕對不行。」
「請等一下。」喜溢不知所措地說：「石林觀系統的道觀很瞭解鴻基的狀況。」
「石林觀？」
「石林觀是天三道的道觀。」
「就是會保護白幟的？」
「對，」喜溢點了點頭，「石林觀的本山在琳宇，從琳宇到白琅一帶有許多石林觀系統的廟宇，只不過因為某些因素，我們不方便直接向石林觀打聽，但如果是你們，或許就……」
去思和其他人忍不住偏著頭納悶。
「說來慚愧，因為瑞雲觀系統的道觀和石林觀之間有些不和。」
「石林觀在琳宇的哪裡？」
「在東北方的山上，但石林觀本身完全是修行的地方，只有獲得許可的信徒才能前往參拜，但琳宇有多家石林觀的末寺，你們可以去那裡。」

「那就去看看！」李齋說完，看著酆都說：「酆都，你去向神農打聽。拜託了。」

5

「瑞雲觀當初會受到討伐——就是因為那件事。」

喜溢在路上小聲向李齋說明了事情的來龍去脈。他們造訪的石林觀系統的廟宇，就在離他們落腳處不遠，有許多道觀寺院的地方。

「江州的道觀寺院一致認為要質問阿選時，石林觀聽到了風聲，曾經出面制止。制止的理由是這麼做太危險，但當時沒有人能夠理解為什麼公開質問阿選會有危險。」

「就是啊。」去思點了點頭。

因為去思和其他瑞雲觀的當事人，都完全沒有察覺到有任何危險。

「但石林觀的主座——他們的首長稱為主座——沐雨大人親自派使者前往瑞雲觀制止，瑞雲觀當然沒有聽從忠告。結果……」

喜溢似乎顧慮到去思在場，所以沒有明說。

「我完全不知道有人提出這樣的忠告，甚至沒有聽到傳聞，可見上面的人並沒有意識到問題的嚴重性。如果換成是我，當時應該也只覺得竟然有人說這麼奇怪的話。」

去思在喜溢的建議下，難得脫下了道服。向酆都借來的袍衫和褞袍雖然比道服暖和，但不穿道服有一種不安的感覺。

「雖然大家都料到和國家之間的關係會變得很緊張，但任何人都無法想像會有可以稱為危險的實際危害。」

「這也是理所當然的事。正因為這個原因，所以在瑞雲觀發生悲劇之後，文州系統的道觀開始議論，為什麼石林觀會知道有危險──」

石林觀很瞭解鴻基的情況。因為天三道本身就是在驕王的保護之下成立的宗派，雖然之後和驕王保持了距離，但因為受驕王庇護的歷史悠久，而且石林觀從批評其他道觀出發。道觀基本上是運用以丹藥為代表的技術和咒術，積極向百姓施捨，百姓對此心生感謝，所以來參拜道觀，向道觀喜捨。說起來，道觀是靠和百姓相互扶持共同發展而來，但石林觀認為道教的目的就是道士鑽研道義，所以必須以修行為最優先。

「雖然這種主張並沒有錯……」

但石林觀有些魯莽的道士經常指責其他宗派「為了賺錢討好百姓」，所以石林觀經常引起其他宗派的反彈。在其他宗派中，甚至有人表明道教的本質就是施捨於民，輕視這件事，只拘泥於自我修行的石林觀根本不是道教。

「因為原本就有這種不和，所以很多人難以理解為什麼修行第一的石林觀會這麼瞭解鴻基的狀況。甚至有人說，如果認為其他宗派討好百姓，那石林觀就是討好當權者。」

「如果石林觀最初是因為驕王的保護成立，會出現這樣的聲音也在情理之中……」

「是。」喜溢垂著肩膀，「總之，原本就有這樣的不和，再加上石林觀制止瑞雲觀質問阿選，所以在瑞雲觀遭到討伐之後，就出現了一些毫無根據的傳言。」

「那些人認為石林觀和阿選勾結嗎？」

「沒錯。」

由於其他宗派付出了巨大的犧牲，倖存者當然對石林觀系統的道觀都毫髮無損這件事有很多穿鑿附會的看法。石林觀原本就和驕王朝勾結，所以是否也和阿選沆瀣一氣的傳聞甚囂塵上。

「我認為這是因為驕王之後由那一位繼承了王位，之後又由阿選坐上王位，才會導致這種輕率的臆測。」

「你的意思是，在驕王之後繼承王位的驍宗主上應該反驕王，既然這樣，阿選就應該親驕王嗎？」

「對。有人覺得曾經受到驕王保護的石林觀一定偷偷受到阿選的保護，甚至有人懷疑是石林觀導致瑞雲觀遭到討伐。」

「實際情況如何呢？」李齋問。

喜溢搖著雙手說：「怎麼可能？石林觀不可能和阿選勾結，受到驕王保護也是陳年的往事了，和目前的主座沐雨大人完全沒有關係，沐雨大人是很虔誠、很了不起的人。」

但是，雙方陣營中那些魯莽的人所說的那些無心的話，導致目前石林觀與其他宗派完全斷絕往來。

「如翰監院也為此感到很痛心，但如果輕易接近，一言一行都可能引起不必要的誤解，進而成為進一步紛爭的原因。我相信石林觀應該也有同樣的想法，所以彼此一直不相往來。」

「原來道觀的情況也很複雜……」

李齋說，喜溢露出了淡淡的苦笑。

「因為終究是人聚集的地方，但石林觀的確很瞭解中央的情況，我猜想是和驕王時代的人脈還有往來。你們只要不提到瑞雲觀或是浮丘院的名字，應該不會有問題。」

喜溢說到這裡停下了腳步，道路前方有一座敞著大門的小廟。

「我在這裡等你們。」

那座廟的規模並不大，以祭祀神像的廟為中心，庭院周圍是附屬的建築物，但信徒似乎很多，參拜的人潮絡繹不絕，他們手上拿著香冒出的煙，讓積了白雪的庭院有點煙霧迷濛。

去思和李齋向在門前擺了桌子的老婦人買了線香，去中央深處的廟內進香禮拜，這座廟祭祀的是在冥府審判人在生前罪行的十殿閻羅，李齋看了排列在堂內的神像，小聲地問：「這麼多人都是石林觀的信徒嗎？」

去思面帶微笑地說：「不一定。」

每個人總是為自己祈禱，也會根據祈禱的內容挑選不同的神，道觀的重要使命之一，就是提供人和神結緣的場所。瑞雲觀的廟都會同時設置藥房，但石林觀似乎並沒有這種設施。

「在承州和瑞州沒有聽過石林觀……」

「江州應該也沒有石林觀的末寺，應該是在文州和馬州一帶盛行的道觀。」

「在下原本以為道觀都一樣。」

「其實這麼想也並沒有大錯。」

在戴國，無論從歷史還是設施的人數，或是道士的人數來說，道觀基本上就是指瑞雲觀。瑞雲觀系統的道觀中，會因為教義的差異而有不同的宗派，但可以說根幹都一樣。只不過瑞雲觀並不是全部，經常有和瑞雲觀思想不同的道觀出現，這些出現之後又消失的道觀中，有不少曾經有相當的歷史和規模。

參拜的人潮仍然絡繹不絕，有人熱心虔誠禮拜，也有人可能只是來看熱鬧，所以看起來很歡快。有一些身穿白色道服的人影穿梭在這些參拜者之中。瑞雲觀沒有使用白色的道服，石林觀的道服可能是白色，還有一、兩個穿褐色道服的道士，他們的地位應該比白色道服的道士更高。

去思問身穿白色道服的道士。

「打擾一下，聽說來這裡，可以打聽到鴻基的情況。」

中年道士詫異地停下腳步。

「鴻基的？你想知道什麼事？」

去思舔了舔嘴脣說：「聽說新王要登基，這個消息屬實嗎？」

「噓！」道士豎起手指看著周圍。

「……你在哪裡聽說的？」

道士小聲說完，用眼神看向角落。

「我在街上聽到這個傳聞。」

「只是傳聞而已，而且最好說話不要大聲，以免成為話題。」

「所以不足以相信嗎？」

道士露出嚴肅的表情說：「終究只是傳聞……」

道士的話還沒說話，有一個人大聲問：「這是真的嗎？」

回頭一看，一個男人一臉驚訝地看著他們。

「你們剛才是不是說，新王要登基了？」

「不，只是傳聞而已。」道士回答。

這時男人背後有人問：「怎麼了？」男人轉頭看著那個方向，對像是同伴的幾個

男人和女人說：「聽說立了新王。」

其他人聽了，立刻發出驚訝聲和歡呼聲。

「真的嗎？立了真正的王嗎？」女人興奮地問。

另一個男人說：「這不是太奇怪了嗎？現在已經有王了。」

「不是說現在的是假王嗎？果然是這樣，戴國終於有了真正的王。」

「他是偽王。」李齋咬牙切齒地說：「不可能立新王，因為早就已經有了真正的王。」

也許是因為李齋說話的語氣太強烈，周圍的人都有點掃興。

「真正的王？妳是說誰？」

「既然有正當的王，為什麼不在王位上？」

「如果妳說的是幾年前登基的那一位，聽說他早就死了。」

「他不是在嘉橋戰死了嗎？」

「對啊，曾經有一段時間大張旗鼓地尋找他的屍體。」

李齋正想說什麼，去思伸手制止了她，她抿著嘴脣點了點頭。

「如果終於立了新王，那真是太好了，這下子生活終於有指望了。」

「真希望這次的王可以在王位上坐久一點。」

「就是啊，戴國這些年的王運真的很差。」

其他人可能聽到了他人大聲討論的聲音，紛紛聚集過來問：「什麼事？」「王怎麼了？」

「新王——真的嗎？」

「道士大人，這是真的嗎？」

「稍安勿躁。」當眾人七嘴八舌時，響起一個深沉的聲音。轉頭一看，一個身穿褐色道服的年輕道士走了過來。

「在吵什麼？」

眾人紛紛問他傳聞的真偽。

「如果消息屬實，府第應該很快會公告，里祠也會掛上王旗，各位要不要耐心等到那時候？」

「但是……」

「王的去就是國家大事，我們在這裡討論也無濟於事，輕易絕望或是輕易歡喜都會影響百姓的平靜。傳聞就像是沒有實體的妖怪，不要受其干擾，要用平靜的心祈求上天守護。」

聚集的人潮頓時安靜下來，紛紛散去。

「真的很抱歉，我的問題太輕率，引起了不必要的騷動。」去思鞠躬說道。

「這裡是祈禱的地方，不要把道聽途說的傳聞帶來這裡。」

「但這個傳聞讓人無法過耳即忘。」李齋小聲說。

道士微微偏著頭問：「你們是在哪裡聽說的？」

「……在街上。」

「這個傳聞目前還沒有傳到街上。」
「所以你們也知道有這個傳聞？」
白衣道士大聲地說：「剛才梳道大人不是已經說了，不要把這種傳聞帶來這裡嗎？」
「好了好了，」那個名叫梳道的年輕道士揮了揮手，對白衣道士說：「你先去忙吧。」
白衣道士一臉氣鼓鼓的表情離開了。
「請跟我來。」梳道帶著去思和李齋來到佛堂外，踩著幾乎已經變成冰的雪，來到庭院幾乎沒有人來往的地方。
「的確有這樣的傳聞，但目前還沒有流傳到街上，不是府第就是道觀——你們是在哪裡聽說的？」
去思看了不發一語的李齋一眼說：
「不好意思，我是某個道觀的人。」
梳道露出疑問的表情看著去思。
「為了避免造成你的困擾，恕我無法說出道觀的名字，因為我聽說在文州只要提及，就會帶來不必要的麻煩。」
「原來是這樣。」梳道嘀咕道：「我無法否認。」
「所以的確有這樣的傳聞嗎？」

梳道點了點頭。

「的確有傳聞說，台輔指名目前的假王為新王，而且將在近日正式踐祚。」

「台輔不是失蹤了嗎？」

「聽說已經回到了鴻基。」

「不可能。」

李齋強烈否認。

「是否可以請教，為什麼不可能嗎？」

「因為當初就是阿選想要危害台輔，把他趕出了宮城。」

「家公……」

去思小聲制止李齋。

「這是事實，台輔不可能回到當初想要危害自己的敵人所在的王宮。即使阿選抓到了台輔，看到台輔就在眼前，阿選不可能不對他下毒手。而且，對台輔來說，阿選是攻擊自己，而且弒君篡位的仇敵，怎麼可能選他為新王。」

梳道偏著頭說：「但不是上天選王嗎？」

李齋驚訝地倒吸了一口氣。

「對台輔來說，即使是再怎麼討厭的對象，一旦上天選定為王，台輔是否也無法提出異議？」

李齋沒有回答。因為事實就是如此，所以她無法回答。李齋在心情上無法接受泰麒選定了阿選——她臉上的表情如實地說明了這件事，但上天不可能感情用事，不承認李齋在心情上無法接受的事。

「而且台輔失蹤多年，甚至曾經聽說台輔已經登遐。聽妳剛才說的話，似乎知道台輔目前不在鴻基，請問妳知道台輔在哪裡嗎？」

「不，在下不是這個意思。」李齋含糊其辭。

「……只是沒有理由立新王，因為戴國目前有正當的王。」

「妳說的完全正確。」梳道點了點頭，「但如果正當的王駕崩了呢？」

「……駕崩了？」李齋輕聲問道。

梳道搖了搖頭說：「目前並沒有聽說這種傳聞——不知道是幸運還是不幸。」

「你是說主上沒有駕崩是不幸嗎？」

「也許是……如果妳聽了不高興，我向妳道歉，但是百姓需要王，而且需要的不是生死不明，無法為百姓做任何事的王，而是實際在王位上，為百姓施政的王。」

李齋默默注視著梳道，眼中的悲傷比憤怒更加強烈。

「的確……是這樣……」

「家公。」

李齋聽了去思的叫聲，點了點頭。

「我知道……雖然我們很絕望，但戴國的現狀更糟。即使是阿選，只要新王踐祚，或許就可以擺脫眼前的窮困——百姓會這麼想也情有可原。」

李齋克制著內心的感情說完，向梳道微微鞠了一躬。

「很抱歉，打擾你們了。」

「不，」梳道也微微欠身，「無法幫到你們，內心深感不安。」

「走吧。」李齋輕聲說完，邁開了步伐，去思也鞠了一躬離去。

這時，聽到身後傳來一個聲音。

「目前都只是傳聞而已，請不要感到失落。」

去思驚訝地回頭看著梳道。梳道可能已經察覺，去思和李齋和驍宗有關，去思試圖從他的表情中瞭解他的意圖，但他向去思點了點頭，轉身走回佛堂的方向。

到底是怎麼回事？去思想著這個問題，看著梳道的褐色道服消失在人群中，但在人群中看到一張白皙的臉，去思忍不住微微偏著頭，他似乎見過那張一閃而過的臉。

「不好意思，在下剛才有點激動。」

李齋說，去思如夢初醒般回頭看著李齋。

「不會……任何人聽了都會手足無措，我也有點不知所措。」

李齋點了點頭，默默走出了廟。喜溢等在遠處，李齋和去思面無表情地走了過去。

「……情況怎麼樣？」

李齋似乎在沉思，去思回答說：

「的確有這樣的傳聞，只是目前還難辨真偽，石林觀也無法證實。」

「這樣啊。」喜溢嘀咕著，輕輕按著額頭問：「我們會不會太遲了？」

去思無法回答。目前還沒有確定——雖然這麼想，但內心深處正在慢慢接受驍宗已經駕崩這件事。如果不是這樣，無法理解驍宗為什麼沉默這麼多年。雖然一開始的狀態讓他不得不沉默，因為遭到攻擊時的重傷尚未恢復，也可能為了潛伏，被迫過著在生死邊緣徘徊的生活——

「台輔不可能在宮城。」

李齋開口說道。她走在回落腳處的路上，低頭吐著白氣，低聲說了這句話。

「即使阿選抓到了台輔，也不可能留他活命。」

「是啊。」

「到底發生了什麼事……」

他們各自陷入了沉思，默默走在暮色蒼茫的路上回到落腳處。隨著夕陽西斜，路上越來越冷，看到落腳處溫暖的燈光，忍不住鬆了一口氣。不知道酆都有沒有回來了。

走進門內，不僅看到酆都在廳堂內，還驚訝地發現了靜之的身影。靜之坐在泥土地上，把臉埋在椅子上，酆都一臉痛苦地把手放在他的背上。余澤沮喪地看著他們。

原來靜之和酆都也聽到了傳聞。去思心想。如果傳聞屬實，代表驍宗已經駕崩，他們當然會感到絕望——

「李齋將軍……」

去思從酆都的語氣和表情中，知道也已經從神農那裡確認了傳聞。

「已經確定了嗎？」

李齋問，酆都一臉為難的表情看了看靜之，又看了看李齋。

「目前只是聽到這樣傳聞而已……」

酆都說到這裡，靜之抬起了頭，他的臉痛苦地扭曲著。

「老安的確有一位武將，身受重傷，當初的藥就是用在他身上，但現在不需要了。他已經死了。」

李齋大吃一驚，全身都緊張起來。

靜之痛苦地低吟，停頓了一下。

「——李齋將軍，他們說這位武將——就是主上。」

6

——三天前。

靜之和習行一起前往老安。靜之以前也曾經去過老安多次，那是山上一個貧瘠的里。習行雖然騎著借來的馬，但騎馬技術並不佳，而且沿途積了雪。靜之不可能拋下習行獨自策馬趕路，所以只能放慢速度，但仍然盡可能用最快的速度前往。

他們把酆都張羅的武器放在馬背上，離開琳宇後，沿著街道筆直北上，在即將到達岨康前，進入了上山的岔路。爬上第一個斜坡就是古伯，他們在古伯小歇片刻，立刻繼續上山。

古伯附近有一片農地，周圍是長滿雜木的山，但隨著山越來越高，樹木也越來越少，漸漸被岩石和灌木取代，而且被冰雪覆蓋，景色一片荒涼。走了一陣子，在只有岩石的荒涼小山峰上，看到了老舊的外城牆。外城牆旁就是狹小的農地，都是在陡峭的山上開拓出巴掌大的農地。因為季節的關係，目前被白雪覆蓋，變成一片雪地。種在田埂上的鴻慈也都頂著雪，放眼望去，滿眼荒涼。冰冷的風沿著白色的斜坡呼嘯而過。

靜之和習行在關門的前一刻進入了老安，里內的路上也都被雪覆蓋，只有道路中央和往各家的通道可以看到黑色的石板。這是只有二十五戶人家、最小規模的小里，以文州目前的狀況，這種小里的人數往往很少。這個里的規模不大，但來往的人數似乎有點多。一方面當然也是正值農閒期的關係，冬天的時候，里內的人通常比較多。

習行一走進里內，立刻和聚集於門前的人群中看到的熟面孔打了招呼。

「原來是習行啊，怎麼了？你不是前幾天才剛來過？」中年男人露出訝異的表情。

據靜之所知，老安的人向來討厭外人。雖然他們接受了很多外人居住，但有一種不容外人深入內部的感覺，而且總是用一種好像窺視的眼神偷瞄旅人，好像在監視一樣，視線絕對不會離開旅人。

「沒想到很快就張羅到茂休委託的東西，所以今天就送過來。」

「是嗎？」男人面露喜色。也就是說，這個男人也知道習行受託張羅的是什麼。靜之忍不住想，如果是這樣，可見並不只是委託的當事人想要武器而已，而是大部分里人都知道這件事。

男人小跑著前往里祠的方向，靜之和習行牽著馬，跟在他身後。住民都在家中、店門口看著他們，在路上擦肩而過時，住民不會盯著他們看，卻遠遠地從房子內露出監視般的眼神。

——老安隱藏了什麼祕密。

靜之以前來這裡時就有這種感覺，而且覺得這件事和丹藥不自然的消費量不無關係。此刻他們跟在男人的身後走向里祠，那個男人衝進里祠後，另一個年紀稍長的男人很快衝了出來。他是副里宰茂休。老安的里宰在今年春天去世，目前還沒有決定新的里宰，由茂休暫時代替。

「張羅到了嗎？」

「只是不知道是否合你的意。」

「可以請你們搬進來嗎？」

靜之和習行把武器從馬背上拿了下來，各抱了一包走進里祠內。正面的院子內有白色的樹，前堂內有一男一女，兩個人看起來都像是軍人。軍人有軍人獨特的感覺，靜之覺得他們和自己是同類，對方似乎也有同感，仔細打量著靜之的臉，似乎想要一探究竟。

「茂休，請問這位是？」

女人問。靜之以前沒見過這個女人，也沒見過那個男人。至少不是靜之認識的人。

「他是習行的徒弟……是不是？」茂休問習行。

習行說：「正確地說，他並不是我的徒弟，但目前照顧他的生活。像來這一帶不太平的地方時，就會請他同行。」

「他上次沒有來。」

「因為我聽說岨康以南很安全，沒想到在回去的路上被土匪追趕，嚇得半死。」

「被土匪追趕？」

「他們跟在我後面，雖然不知道是不是真的在追我，或是想要害我，只不過遇到這種事，心裡總是毛毛的，真的是嚇掉我半條命。」

「最近他們的日子也不好過，所以會做出一些像草寇的事。幸好他們之前都不會來古伯的山麓一帶——看來他們的日子真的不好過。」

「果真如此的話就真的很傷腦筋，因為我們身上既帶著商品，也帶著錢財。」

「他們知道是神農的話就不會動手。」

雖然茂休嘴上這麼說，但說話的語氣還是有點不安，顯然並不知道實情如何。神農是偏僻地區醫療的生命線。土匪需要藥，所以即使是土匪，也不會搶劫神農。因為一旦神農覺得有危險，那一帶就會成為醫療的空白地區。不僅如此，神農很團結，為了保護生命安全，都會或多或少有一些私兵，一旦與神農為敵，有百害而無一利。而且神農向來不會把透過做生意得知的消息告訴府第，除非是極危險的通緝犯，否則對一些非法的事也都會睜一隻眼，閉一隻眼。

「話說回來，只要平安就好。可以給我們看一下商品嗎？」

「請。」習行說，那兩個男女打開一看，裡面有五把劍，其中一把是他們所要求的冬器。

「聽張羅的人說，並不是很出色的貨色。」

那對男女點了點頭。

「冬器的確不是很理想，但的確是冬器，其他的都很不錯。」

他們真有眼力——靜之想。分辨冬器不是一件容易的事，如果不是軍人，根本難以分辨。他們以前果然是軍人，只是不知道究竟是王師的成員，還是州師的成員？

那對男女似乎想起習行和靜之看著他們，猛然住了口，偷瞄了靜之一眼，不經意地把頭轉了過去。

「這些貨沒問題嗎？」

「似乎沒問題。」茂休說完，問了習行價格。習行回答後，他請習行和他一起去里府準備付錢。習行對靜之說了聲「等我一下」，跟著茂休一起走了出去。前堂內只剩下靜之和那對男女，他們不發一語，不時瞥向靜之，但最後那個男人沉不住氣地問：

「……神農雇用你嗎？」

靜之在內心微笑起來。這個男人似乎耐不住性子，顯然他在軍中的地位比較低，而且那個女人露出責備部下的眼神看著他。

「並不是受他雇用，是因為他之前對我有恩，所以我現在幫他。」

「有恩？」

「我之前受了重傷，差點送了命，習行救了我，之後照顧我的衣食住行，所以我會在力所能及的範圍幫忙他，回報他當時的恩情。」

「……你以前是軍人嗎？」

女人問，靜之點了點頭。

「你們也一樣吧？」

「我們……」

男人慌忙開口，但女人制止了他。

「沒關係，似乎是同類，我可以請教你所屬的部隊嗎？」

「我們彼此都還不方便說吧？」

靜之說完，看著女人說：「我不會問你們的名字，也不會問你們所屬的部隊……但是，我只想請教一件事，你們不再需要丹藥了嗎？」

女人垂下了眼睛說：「……不需要了。」

「我可以認為是痊癒了嗎？以前我和習行一起來這裡，曾經覺得這裡有一個重傷的人，並不是在外面走動的人，而且這裡的人也堅稱沒有這個人。」

女人露出淡淡的苦笑，搖了搖頭。

「原來這麼早之前就已經被盯上了。」

「並不是盯上了，只是有點在意。受傷的人痊癒了嗎？」

女人悲傷地看著靜之。

「沒有……他去世了。」

靜之覺得好像被人揍了一拳。

「……可以請教一下那個人的身分嗎？」

「你為什麼想知道？」

「因為可能是我認識的人。」

女人和男人交換了一下眼神。

「我一直在找一個人，有可能是我在找的人。可以請你們告訴我嗎？」

女人點了點頭，似乎下定了決心，然後看著前堂的角落。

「遺物在那裡。」

順著女人的視線看過去，發現前堂角落放了一張小桌子，上面有一個木盒，用布蓋了起來。木盒前面供著綠色植物和線香。

靜之在女人的眼神示意下走向小桌，小心翼翼地把布拿了下來，打開了木盒。木盒內墊的布上放了折起的小刀和盔甲的碎片，以及玉佩碎片。

靜之不由得雙腳顫抖，屏住呼吸，看著那些東西。靜之對驍宗並不完全瞭解，但驍宗對他來說，也並不完全是高不可攀的人，甚至曾經有一段時間，可以說是隨侍在側的狀態。因為驍宗昇山時，靜之曾經和主公臥信一起跟隨他一起去蓬山。

當時驍宗帶了臥信和另一名將軍巖趙，靜之是臥信的隨從，在穿越黃海時，他們曾經一起吃住。雖然和驍宗的身分懸殊，而且是透過臥信的關係同行，但少數人在這麼長一段期間一起旅行，彼此當然會變得親近。驍宗登基之後，真的變成高高在上的人，但有機會遇見時，驍宗都會親切地和他說話。

靜之沒有看過木盒內的任何一樣東西，但那些東西的確都很貴重。尤其小刀和玉佩，絕對不是普通士兵的物品，應該是位高權重的人的東西。盔甲碎片就不是什麼貴重品，但應是禁軍的盔甲。

靜之不知道該感到失望還是該抱有希望。

「這些東西的主人逃來這裡嗎？」

「不。」女人回答。

原來是傷者倒在附近的山上，這個里的樵夫把他救了回來，而且時間剛好是驍宗失蹤後半個月的時候。傷者身上有好幾處刀傷，和在山野徘徊時受的無數傷，雖然傷勢嚴重，難以相信竟然還有呼吸，勉強活了下來。

「當時幾乎是無法吃喝的嚴重狀態，一直昏迷不醒，好不容易醒來之後，意識也很模糊，完全無法說話。」

「但是，」女人停頓了一下，似乎感到傷腦筋，「……有傳聞說，琳宇一帶有人在找武人的下落。」

「——傳聞？」

「雖然不是很清楚詳細的情況，但聽說有人鍥而不捨地四處打聽，有沒有見過受傷的武人。」

原來消息還是傳開了。靜之內心感到後悔不已。也許李齋在琳宇停留的時間太長了。

「是不是你們？」

女人問道，靜之猶豫了一下之後承認了。

「應該吧，因為我並沒有聽到其他在找人的傳聞，但執拗地打聽並非本意，希望可以說是在熱心找人。」

女人不想透露有關傷者的情況，因為不想讓不該說的對象知道這些事。靜之也不想讓對方知道自己的身分和正在尋找的人。但是，女人懷疑靜之可能是「該說的」對象，靜之也猜想也許可以向對方透露自己的身分。於是，靜之和女人極其迂迴地——慢慢靠近對方。

「你曾經看過那些東西嗎？」女人問。

「沒有。」靜之回答。「雖然沒有看過，但也無法斷言不是主公的東西。」

靜之用了「主公」的字眼。

「——碎片應該來自盔甲，看起來像是禁軍的盔甲，但主公有自己的盔甲，這個碎片不是主公的盔甲。」

「他的衣服撕破了，有一半都不見了，剩下的布也沾滿了血和泥，都凝固在一起，但一看就知道是高級品。這塊盔甲的碎片是從被鮮血和泥巴凝固的布片中拿出來的。」

女人靠近了半步，所以靜之也前進了半步。

「光靠這些碎片，無法瞭解是哪一軍的哪個師旅，但應該是禁軍的供給品，這點應該錯不了。」

「他掛著錦繩，還留下了這把小刀，但通常佩劍不是都用皮帶嗎？劍旁還掛了小刀，我從來沒有看過現在還有軍人用錦繩。」

靜之忍不住低吟。

「……他的確掛了錦繩。」

他覺得黑暗漸漸吞噬了視野。

雖然時下很少人使用，但驍宗應該仍然使用錦繩。靜之當年和驍宗一起前往黃海時，他使用的是普通的皮帶，但在登基之後就使用錦繩。靜之曾經親眼見過，也從臥信口中聽說過這件事。

「只是……小刀的事我不太清楚，如果是劍的話，應該就可以分辨。」

如果是驍宗的愛劍，只要看一眼就知道了。只是不知道驍宗使用的是怎樣的小刀，也不知道是否具備一眼就可以辨識的特徵。

「玉佩呢？你以前有沒有見過？」

玉佩看起來是相當昂貴的琅玕，但靜之以前也沒有見過——他甚至不知道驍宗打仗時，是否有戴玉佩的習慣，至少一起去黃海時，驍宗身上沒有玉佩，在宮中時，除了穿袞冕的正式場合以外，平時應該並沒有戴玉佩。只是靜之忘了什麼時候，曾經聽過玉佩的聲音，聽到那清脆美妙的聲音，就知道應該是很優質的玉石。回頭一看，發現驍宗站在身後。如果要問，是否真的是驍宗身上發出的聲音，靜之就無法回答，因為當時並不是只有驍宗在場而已。

眼前這塊玉佩的確很優質，想必玉佩的主人有很高的身分地位，從小刀是很出色的冬器來判斷，主人絕對是武人。

「只有盔甲的碎片和小刀、玉佩很不相稱——也許是因為某種因素穿了禁軍的供給品，也可能是受傷逃亡時，把找到的這件盔甲穿在身上，但最後連這件盔甲也掉了。」

「他說曾經扒過屍體身上的盔甲。」

女人說完，輕輕舔了舔嘴唇，似乎下了更大的決心。

「……他遭到追捕，在山野四處逃命，最後精疲力盡倒下了。雖然之後獲救，但傷勢實在太嚴重——幸好還活著，八成是加入了仙籍，否則在那種狀態下，根本不可能活命。」

靜之雙腿顫抖，膝蓋發軟，他扶著旁邊的柱子，撐住微微傾斜的身體。

「……請問他的外表如何？」

「白髮紅眼。」

靜之抱著柱子，當場癱軟在地。

「怎麼會？」

自己曾經來到這裡——已經近在咫尺，而且還知道這裡有人身受重傷。

「已經近在咫尺……」

到底該怎麼向李齋啟齒？要怎麼告訴李齋，因為自己太愚蠢，當時沒有追問，結果就這樣擦身而過？

——他之前沒有想到主上還活著。因為擔心發生糾紛，所以並沒有追問這裡的人。不久之後，主上就死了，一切就這樣結束了。

這是靜之的疏失，要怎麼向李齋、向百姓賠罪？他很想乾脆在這裡刎頸自盡。

「你果然在找主上嗎？」

女人問，把手放在他的背上安慰他。

「我晚了一步。我——到底該怎麼辦？」

要如何才能負起這個責任？靜之趴在地上喘息，這時，有一個人跑了過來。

「——靜之，該不會？」

靜之抬頭看著向他伸出手的習行，忍不住抱住了他的腿。

「習行，請你殺了我……！」

「靜之！」

「你有這個權利，所有人都有資格把我大卸八塊！」

「你不要太自責。」

茂休把燈火放在靜之身旁。

「聽說已經立了新王，一切都過去了，新的時代即將來臨。」

靜之在眾人的建議下，坐在室內的椅子上一動也不動。這裡是里家的一個房間，暮色籠罩室內，飄散著冰冷的空氣。習行默默把椅子放在靜之身旁坐了下來，似乎想要安慰他，輕輕拍著靜之放在椅子扶手上的手，似乎想要告訴他，不要急著下定論。

「靜之，你最後一次來這裡是什麼時候？」

「夏天結束的時候。」

「即使你那時候見到了那一位，也無法改變結果。」

靜之無法回答。

「當初能夠撿回一命，就已經是奇蹟，我們也沒想到他可以活下來。」

茂休在無力搖晃的燈火旁倒茶。

「他花了很長時間才恢復意識，在意識恢復之後，又花了差不多一個月左右的時間才終於能夠開口說話。那時候我們才問他，為什麼會昏倒在那裡？他只說敵人在追捕他，他一直在逃命，被追得走投無路了。」

他雖然說有人把他藏了起來，但並沒有提到是誰把他藏在哪裡。結果那裡遭到強攻，他輾轉各山逃命。

「即使在談這些事時，他也沒有透露自己的身分。即使問他身分和名字，他也只說不想回答，還說如果需要名字，可以隨便幫他取一個。他可能認為我們不知道他的名字比較好，因為我們知道他是為我們好，所以也就沒有追問。但是既然他這麼說，我們猜想他應該是身分地位很高的人，不久之後，就猜想是不是主上……」

茂休把茶杯放在桌上的茶器上，請靜之喝茶。

「尤其因為他眼睛的顏色很獨特，所以菁華說，會不會是主上，」茂休看著那個女士兵說：「當初是她最先這麼說，如果是主上的話，就必須格外注意主上的生命安全，於是我們就問了。」

「他承認了嗎？」

「不，起初他說不是，但是我們知道，因為一旦藏匿主上，就會連累我們——他是因為這麼想，所以才會矢口否認。」

堅持不肯透露名字的武將在脫離險境之後，似乎一心想著趕快治好傷離開這個里。茂休再三告訴他，沒這個必要，即使犧牲這個里，也一定會保護他。也許是感受到這份心意，他漸漸不再否認，雖然叫他「主上」時，他會回頭，但從來沒有承認過。

「這樣啊……」

他的傷勢狀態很差，不知道是否因為加入仙籍的關係，雖然傷口會癒合，但只要傷勢稍微好轉，他就會想拿起木刀和劍揮舞，務農、在山上走路，急著想要鍛鍊身體，結果就又倒下了。

「即使懇求他休息，否則傷口又會綻開，他仍然不聽，他說必須有人拯救百姓，所以他要去鴻基。」

當傷口裂開時，就硬是把傷口塞起來。雖然會暫時不再硬撐，但只要傷口痊癒，又立刻嚴格要求自己鍛鍊。

「但其實一開始就不是能夠硬撐的狀態。」

茂休說，他應該靠著必須奪回王位使命感活下來。即使要求他好好休養，他仍然持續訓練，希望能夠再度用劍。

「今年夏天，他終於病倒了。起初以為是感冒，但其實內臟都化了膿，已經病入膏肓了，即使用了藥，也無藥可救了。但他仍然沒有放棄，在病床上仍然指示了很多事……」

但是，在秋末時終於撐不下去了。

「他直到最後，都很擔心戴國的未來。」

他在最後呻吟了一句「至少台輔……」，然後就陷入了長眠。

在那個瞬間，他已經對自己能夠活下去不抱希望了。自己即將辭世，但戴國至少需要台輔——他應該想表達這個意思。

「因為這是主上的遺言，所以我們認為無論如何都要找到台輔，但我們根本不知道從何找起，連找人的線索都找不到。」

茂休說完，深深地嘆了一口氣。

「這個里藏匿了好幾名軍人，你剛才見到的那兩個人也是，他們都是在討伐文州時，因為涉嫌藏匿叛民而逃來這裡。」

「文州師嗎？」

「對。」茂休點了點頭，其中一人想要讓住民逃離受到討伐的地方，另一個人想要幫助差點遭到殺害的一家人，攻擊了王師，結果反而遭到追捕。

「他們兩個人說要去找台輔，雖然不知道該從哪裡找起，只不過躲在這種深山裡，絕對找不到台輔，所以他們決定帶三個人，先去鴻基尋找頭緒。」

所以需要武器。但是——茂休陷入了沉默。

「——因為想要趕快回來回報消息，所以我們硬是拜託他們打開里閭，急忙趕了回來。」

聽了靜之的報告，李齋和去思都說不出話。

「在下想去看看。」李齋說。

「要去幹什麼？」一個嚴厲的聲音問，沒想到竟然是喜溢。

「即使去那裡，問那裡的人也無濟於事。主上已經駕崩了，新王的時代已經來臨。」

「他們說無法確定。」

喜溢搖了搖頭。

「……你們應該很清楚。」

去思不知道喜溢想要說什麼，李齋也訝異地看著喜溢。

「你們應該很清楚，時代已經發生了變化，但你們是前王的麾下，無法接受阿選登基，所以想要討伐阿選——」

「太荒唐了。」

「為什麼荒唐？你們不是想要討伐阿選嗎？這件事不是很明確嗎？」

「這……」李齋結巴起來。

他們的目的是要尋找驍宗的下落，一旦找到驍宗，李齋等人當然打算把阿選趕下王位。這是從驍宗手上竊取的王位，驍宗當然要奪回來。

「但是，意義不一樣，在下認為主上還活著。」

「真的嗎？」

喜溢露出疲憊的笑容。

「阿選將成為新王——台輔是不是知道這件事？所以才會和對驍宗主上很執著的

你們分道揚鑣——」

李齋說不出話。

「所以台輔才沒有和你們同行。」

「不是這樣，這是因為——」

李齋否認，卻無法繼續說下去，因為她沒有任何否定的根據。

泰麒突然不告而別，什麼都沒說。李齋不知道泰麒消失的理由，也不知道他在想什麼，然後去了哪裡。雖然泰麒臨走時對去思說會和他們聯絡，但至今為止，完全沒有任何消息。不知道是沒有機會聯絡，還是——原本就只是為了安慰去思才說這句話？

7

——泰麒為什麼突然消失？

李齋感到隱約的寒意。泰麒是在離開東架的第十天左右，在江州的碵杖不告而別。那是降霜的時節，那位武將也剛好在那個時候在老安辭世。該不會——泰麒察覺了這件事，難道他說的「奉天命」是這個意思？

「王已死，選次王」——難道這就是天命？

不可能。李齋忍不住低吟，如果是這樣，泰麒應該會告訴李齋。他沒有理由隱瞞，而且他們之間也不是不能談這種事的關係。更何況泰麒已經失去了角，即使驍宗駕崩，泰麒真的能夠察覺到嗎？

李齋在快馬加鞭地趕往老安的路上悶悶不樂地思考這些事。

泰麒當初和李齋在一起，是雙方都有營救驍宗的意志，想要藉由營救驍宗拯救戴國，但如果驍宗不再是王，營救他就失去了意義，更何況如果如傳聞所說阿選是新王，泰麒就不可能再和李齋他們共同行動。

「阿選嗎？太荒唐了。」

李齋忍不住自言自語。

——只要看看戴國目前的狀況就知道不可能有這種事。阿選是造成目前荒廢的原因，怎麼可能被上天選為新王？

即使這麼告訴自己，仍然無法消除內心的不安，而且遠遠看到老安的景象，更增添了她憂鬱的心情。寒冷的山峽，灰色的外城牆建在沒有像樣的綠地，完全是不毛之地的小山峰上，在陡峭的山上開墾的狹小農地也因為季節的關係，變成一片空無一物的雪地。寒風吹起積雪，宛如暴風雪般吹向旅人。

靜之帶著李齋他們進入里內，立刻看到了熟面孔打招呼，那個住民跑向里祠，他們也跟著前往里祠，一個上了年紀的男人從建築物內跑了出來。

「這位是副里宰茂休。」

「靜之，這位是？」

茂休看著李齋問道，靜之點了點頭。

「恕我無法說出姓名，只能告訴你，這位以前是主上身邊的人，一直在荒廢的戴國尋找主上的下落。」

茂林向李齋行了一禮，低下了頭。

「……你們來晚了一步……」

「真的是主上嗎？千真萬確的事實嗎？」

李齋問，茂休請他們進入里祠內，然後帶他們來到靜之上次看過的遺物前。

李齋肩膀忍不住繃緊，看著這些遺物。她以前完全沒有看過這些東西，只能確認盔甲的碎片的確來自禁軍的盔甲。

「……李齋將軍？」

李齋聽到問話聲，搖了搖頭。

「在下沒看過……」李齋說完後，看著茂休說：「他是否親口承認自己是主上？」

「不，他並沒有親口承認過。」

李齋低下了頭。

「……在下想看看墳墓。」

「我找人帶你們去。」茂林說，然後對著里祠後方叫了一聲，立刻有一個老人走出來為李齋他們帶路。

離開那個里，爬上了雪山，墳墓位在更高的地方。巨大的岩石形成一片像突出露臺般的白色平地，那裡有一個簡陋的墳墓，簡單地豎了一塊石頭。一個十二、三歲的少年在墓前合著雙手，他察覺到李齋等人的動靜後轉過頭，站了起來。

「原來你在這裡。」老人向少年打招呼後，對李齋他們說：「他是——」

「回生。」

少年打斷了老人的話說道，老人無奈地搖了搖頭。

「我叫回生。」

「這是那一位賜給他的名字，」老人微笑著說：「最後一直都是由他負責照顧。」

老人說完，微微欠身後下了山。

「……照顧？」

回生點了點頭。

「當時的情況怎麼樣？」

李齋問，回生揚起下巴問：

「你們是誰？」

「我們……」靜之回答說：「正在找這個人。」

「找這個人？」

李齋點了點頭。

「雖然我們一直在找他，但似乎來晚了一步……」

靜之說完，在墓前跪了下來。

「我之前曾經來過老安，如果當時見到的話……」

靜之當時就察覺這裡有傷者，但因為里人似乎不喜歡別人過問，所以他也就沒有多問，早知道就應該不顧一切追問。靜之懊惱地拍著地面。

「……如果你這麼做，只會讓主公更早就送命。」

回生輕聲地說。

靜之抬起頭，李齋也訝異地看著少年的臉。

「他不是生病了嗎？」

李齋問。

「主公在夏天快結束時感冒，雖然拖得有點久，但已經好了，根本不可能死。」

李齋走到少年身旁。

「聽說他的傷勢很嚴重……」

「主公的確受了傷，而且都不肯好好休息，傷一直好不了，但並不是會讓主公送命的傷。雖然之前真的很嚴重，但在我開始照顧主公之後，他的狀況大為改善，主公也說自己沒問題。」

少年的臉上難掩怒氣。

「但是，既然這樣，為什麼……」

少年露出憤怒的眼神看著山下的里。

「一定是因為聽到有人在找主公的消息。」
「有人在找他？」
「因為我只是剛好聽到，所以不太知道詳細情況，大家都在討論，說有人在找主公。」
李齋等人忍不住互看了一眼。
「聽說有人住在琳宇一帶，到處在找主公——原來就是你們。」
李齋忍不住嘆息。
「原來……消息傳開了？」
少年點了點頭。
「大人聽到之後都驚慌失措，不知道該怎麼辦，都說如果查到主公就完蛋了。」
少年說完，用拳頭擦拭著眼淚。
「不久之後，主公的身體就越來越差。」
李齋一隻手抓住少年的肩膀。
「你知道自己在說什麼嗎？」
「我當然知道。」回生用因為憤怒而發抖的聲音說：「因為我知道，有人偷偷在主公的食物裡加了些東西，我問那是什麼，那個人說是藥，因為藥錢很貴，主公絕對會說不需要，所以叫我要保守祕密。」
回生說著，眼淚撲簌簌地流了下來。

「我太傻了，竟然相信這種話。早知道我應該試毒，主公就不會死了。」
「回生……」
「你們也很傻，為什麼不趕快來這裡？現在來這裡太遲了，主公已經不在這個世上了。」
「回生！」李齋搖著少年的肩膀，「你知道他是誰嗎？」
「我知道。」
回生避開了李齋的手，露出強烈的眼神看著她。
「主公是我的恩人，是唯一的主君。」
回生說完這句話，轉身衝下了坡道。
「李齋將軍……」
李齋聽到靜之的叫聲，只是點了點頭，目送著少年跑向里的方向。
「他剛才說的事是真的嗎？」
「不知道……」
他們正在找人的消息傳開了。這件事應該是真的。也許李齋長時間在同一個地方活動太久，她也能理解這個里的人聽到這個消息後驚慌失措，因為他們並不知道是什麼勢力在找人。
「原來他們以為是阿選在追捕餘黨……」
「也可能是相反的情況。」酆都開了口，「他們認為有什麼勢力在尋找主上。」

「如果是這樣，不是沒必要驚慌失措嗎？」
「那也未必，也許這裡的人認為藏匿主上，以後會對這個里有利，就像傳說中的篁蔭一樣。珍貴的寶物在這裡失蹤了，只要能夠得到這個寶物，任何願望都可以實現。」
「但時機明顯尚未成熟。」
「……就和篁蔭一樣，可能因為這個原因遭到攻擊。」
李齋低聲嘀咕，酆都點了點頭。
「假設已經有叛民造反和阿選奮戰——或是發生了暴動也就罷了，如果現階段被主上的麾下得知主上的下落，麾下一旦聚集，主上在這裡的消息就很可能被阿選方面知道，老安就會完蛋。」
老安之前都躲過了討伐，但這次或許真的會遭到攻擊。
李齋捂著臉，深深地嘆了一口氣。
「李齋將軍……」
「在下知道……即使回生所說的是事實，老安的人也是不得已做出了這種選擇。」
李齋仍然無法相信驍宗已經駕崩這件事——她無法相信，所以也對老安的罪沒有真實感。
不僅如此，她知道戴國的現狀，知道已經走投無路，即使發生這種事也不會感到不可思議。老安藏匿驍宗和軍人應該是出於善意，至少不是基於對阿選有叛意。老安並沒有養兵，也不打算反抗阿選，這裡的規模根本不可能有辦法做這種事。既然這樣，藏匿驍宗和軍人無法為他們帶來太大的好處。

李齋看著無名的墓。

——你真的在這裡長眠嗎？

李齋一行人垂頭喪氣地沿著夕陽西斜的山路下山，已經來不及在關門之前趕去其他里。老安雖然有一間可以住宿的客棧，但他們並不打算住在那裡。無論再怎麼寒冷——即使在風雪中，即使熬夜趕路，也希望趕快遠離那個墳墓。

他們快馬加鞭趕路，在中途休息時跳下了馬。積了雪的溪流內流著冰冷的水，馬正在喝水，吐出的氣都變成了白色。

「沒有看到靜之上次遇到的兩名軍人。」

李齋說。

「是啊，聽說他們昨天離開了老安，只是不知道是真是假。」

「你在懷疑？靜之呢？」

靜之聽到李齋這麼問，搖了搖頭。

「老實說，我不知道該相信什麼。聽到白髮紅眼，覺得像是主上，但如果問我是不是絕對不可能有其他人有相同的容貌，我只能回答，我不認識第二個這樣的人，也不曾聽說有這樣的人，但也可能是除了主上以外的其他人，畢竟無法排除這樣的可能性。」

「是啊……」

「想要相信的事和可以相信的事交錯在一起——我很混亂。」

「是啊。」李齋小聲嘀咕著，看著馬悠閒地喝水的樣子。

「我們必須趁現在決定一件事……」

「決定？」

靜之問，李齋點了點頭。

「如果阿選是真正的王，靜之，你會怎麼做？去思呢？酆都呢？」

三個人在李齋的注視下，露出訝異的表情。

「如果阿選成為戴國正當的王怎麼辦？雖然阿選對我們來說是仇敵，但如果新王駕崩，國家就會沉淪，更何況反王是犯罪，即使這樣，我們要繼續憎恨阿選嗎？」

三個人沉默不語。

「還是原諒他，支持戴國邁入新的時代？」

李齋說完，看向寒風吹向的方向。

「如果驍宗主上已經駕崩，在下要怎麼做？」

去思無法回答。如果阿選真的成為王，就意味著阿選是戴國需要的人，但是，去思因為阿選的殘暴失去了很多。因為遭到討伐，許多同修都在道觀內被燒死了，老師為了保護去思他們而挺身被捕，結果遭到處死，還有恬縣的人在接下來的時代忍受著飢餓，付出了莫大的犧牲，許多人在忍耐的時代中死去——這一切都是阿選造成的，去思無法忘記這些犧牲，也無法原諒阿選。

自己無法追隨阿選，更無法尊敬阿選、向他敬禮。如果阿選坐上王位，自己很想衝到阿選的王位前指責他，但是，自己能夠動手討伐阿選嗎？自己能夠對戴國絕對必要的——目前比任何一切都更需要的王說「不需要」嗎？

自己的確不需要這樣的王，也可以當著阿選的面說這種話，但是，對國家來說呢？對百姓來說又是如何？

李齋一行人下了山，經過已經關了門的古伯前時，老安里閭大門上的矮門打開了。

黑暗中，從打開的門縫中探出一個腦袋，東張西望後，人影悄悄從矮門內走了出來——他是回生。

回生把所有的衣服都穿在身上，然後左顧右盼著。

——沒有野獸的身影，也沒有妖魔的影子。

夜晚的路很可惜，但是，來找主公的人沒有留下來住一晚就離開了。這至少可以證明沒有像大人說的那麼危險。

——來不及了。

那些人來晚了。回生也無能為力。

他蔑視那幾個懊惱地低頭看著墳墓的大人。太晚了。即使現在出現，也已經無法挽回。

——我不會像你們大人一樣。

所以，回生採取了行動。

——別亂來。

他似乎可以聽到主公帶著苦笑的聲音。然後——還聽到歌聲。

——**戰城南，死郭北，**

野死不葬烏可食。

第二卷完

十二國記

十二國記

奇炫館
十二國記 白銀之墟 玄之月㈡
（原名：白銀の墟 玄の月㈡ 十二国記）

著　者／小野不由美
譯　者／王蘊潔
封面及內頁插畫／山田章博
執行長／陳君平
榮譽發行人／黃鎮隆
美術總監／沙雲佩
企劃宣傳／陳品萱
協　理／洪琇菁
美術編輯／方品舒
國際版權／黃令歡、梁名儀
總編輯／呂尚燁
執行編輯／洪琇菁
文字校對／施亞蒨
內文排版／謝青秀

出　版／城邦文化事業股份有限公司 尖端出版
台北市中山區民生東路二段一四一號十樓
電話：（〇二）二五〇〇—七六〇〇
傳真：（〇二）二五〇〇—二六八三
E-mail：7novels@mail2.spp.com.tw
發　行／英屬蓋曼群島商家庭傳媒股份有限公司城邦分公司 尖端出版
台北市中山區民生東路二段一四一號十樓
電話：（〇二）二五〇〇—七六〇〇（代表號）
傳真：（〇二）二五〇〇—一九七九
中彰投以北經銷／楨彥有限公司（含宜花東）
電話：（〇二）八九一九—三三六九
傳真：（〇二）八九一四—五五二四
雲嘉以南／智豐圖書有限公司
（嘉義公司）電話：（〇五）二三三—三八五二
傳真：（〇五）二三三—三八六三
（高雄公司）電話：（〇七）三七三—〇〇七九
傳真：（〇七）三七三—〇〇八七
香港經銷／城邦（香港）出版集團有限公司
香港灣仔駱克道一九三號東超商業中心一樓
電話：（八五二）二五〇八—六二三一
傳真：（八五二）二五七八—九三三七
E-mail：hkcite@biznetvigator.com
新馬經銷／城邦（馬新）出版集團 Cite（M）Sdn. Bhd.
E-mail：cite@cite.com.my
法律顧問／王子文律師 元禾法律事務所
台北市羅斯福路三段三十七號十五樓
二〇二〇年四月一版一刷
二〇二三年七月一版六刷

■中文版■

郵購注意事項：
1.填妥劃撥單資料：帳號：50003021戶名：英屬蓋曼群島商家庭傳媒(股)公司城邦分公司。2.通信欄內註明訂購書名與冊數。3.劃撥金額低於500元，請加附掛號郵資50元。如劃撥日起 10～14日，仍未收到書時，請洽劃撥組。劃撥專線TEL：(03)312-4212 ・ FAX：(03)322-4621。E-mail：marketing@spp.com.tw

國家圖書館出版品預行編目(CIP)資料

十二國記．13：白銀之墟玄之月．二 / 小野不由
美作；王蘊潔譯．-- 初版．-- 臺北市：尖
端，2020.04
面；　公分

譯自：白銀の墟 玄の月(二) 十二国記

ISBN 978-957-10-8839-6(第 2 冊：平裝)

861.57　　109001382

十二國記

十二國記

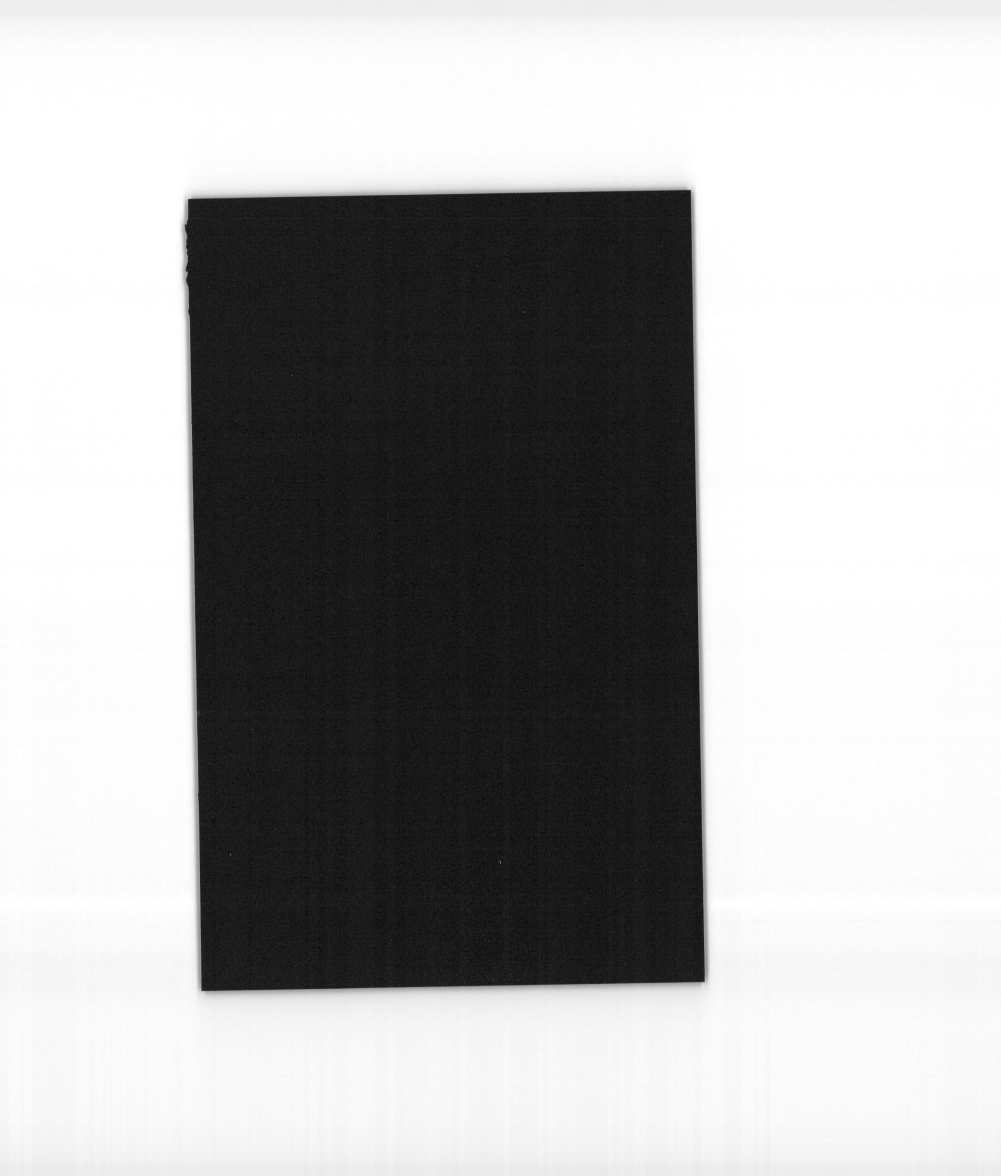